KB219752

쥰페이,
다시
생각해!

쥰페이, 다시 생각해

초판 1쇄 펴낸 날 2013년 6월 17일
지은이 오쿠다 히데오 **옮긴이** 이혁재 **펴낸이** 박설림 **펴낸곳** 도서출판 재인 **디자인** 오필민디자인
등록 2003. 7. 2 제300-2003-119 **주소** 서울시 강남구 도곡동 467-6 대림아크로텔 1812호
전화 02-571-6858 **팩스** 02-571-6857

ISBN 978-89-90982-49-0 03830 Copyright © 재인, 2013 Printed in Korea.

책값은 뒤표지에 표시되어 있습니다. 잘못된 책은 바꿔 드립니다.

쥰페이, 다시 생각해!

오쿠다 히데오 지음

이혁재 옮김

재인

1

사카모토 쥰페이에게 신주쿠의 가부키초 거리는 겨울밤의 이불 같은 곳이다. 편안한 잠이 약속된 건 아니지만 적어도 내쫓기거나 빼앗길 일은 없다. 그곳은 따스하고 부드러우며 한숨 돌릴 수 있는 장소다. 비록 더럽고 복잡하지만, 기름은 기름과 함께 있는 편이 낫다. 자칫 물과 섞이기라도 하면, 말 그대로 둥둥 떠 버리고 만다. 소라게와 마찬가지로 사람도 자기 몸에 맞는 잠자리가 최고다.

"쥰 짱."

가부키초를 걷노라면 30미터마다 사람들이 말을 걸어온다. 대개는 밤의 여인들로, 친근하게 다가와 날씨가 어쨌느니 경기가 어쨌느니 얘기를 늘어놓고 때로는 색기를 풍기기도 한다. 쥰페이는 마르고 핸섬하며 사람 좋은 야쿠자다. 하지만 누구한테나 인기가 있는 것은 아니다.

쥰페이는 상대가 남자라면 고슴도치가 되지만 여자에게는 어쩔 줄 몰라 하며 창끝이 무디어진다. 또 여자가 거짓 눈물이라도 흘리는 날엔 그냥 넘어간다. 밤의 여인들은 쥰페이의 그런 성격을 진즉 간파하고 어려운 일을 부탁하거나 놀려 먹거나 신세타령을 늘어놓으며 일상의 스트레스를 날려 버리곤 했다.

한번은 작은 실수를 저질러 형님으로부터 머리를 빡빡 밀라는 명령을 받은 적이 있다. 그때 가부키초 여인들은 무척 즐거워하며 마주칠 때마다 "한 번만 만져 보자. 응? 한 번만." 하고 마치 지장보살이나 되는 양 쥰페이의 머리를 만져 댔다. 한마디로 애완동물 대용품이라고나 할까.

무엇보다 쥰페이는 조직에 들어온 지 2년밖에 안 된 21세의 신참 야쿠자로 여기저기 심부름이나 다니는 처지라서 돈이 없다. 환락가에서는 야쿠자건 보통 사람이건 씀씀이가 커야만 인기가 있다. 쥰페이가 그렇게 되려면 복권에 당첨되든가, 아니면 긴 세월을 지나 간부가 되는 수밖에 없다.

하지만 쥰페이는 사람들이 자신에게 그런 식의 관심을 보이는 것이 싫지 않았다. 사이타마의 아동 보호 시설에서 자란 쥰페이는 지금까지 다른 사람에게 환영받은 경험이 거의 없다. 어린 시절 부모가 이혼해 아버지 얼굴은 기억도 안 나고, 어쩌다 기분 내키면 시설에 나타났던 엄마는 쥰페이에게는 관심도 없고 남자를 갈아 치우기에 바빴다. 가정이 없다는 열등감에 쥰페이는 학교에서 마을에서 허구한 날 싸움질을 해댔다. 모두가 색안경을 끼고 그를 바라봤고, 선생님에게 차라리 학교에 오지 말라는 말까지 들었다.

그런데 가부키초는 사람을 구별하지 않고 받아들인다. 눈이 아플 정도로 화려한 네온사인도, 뒷골목의 악취도, 여기저기서 들리는 고함과 교태 섞인 목소리도 모두 쥰페이의 오감에는 "어서 와."라고 말하는 것처럼 들린다. 들이마시는 공기마저 다르다. 폐 구석구석 산소가 스며드는 듯한 감각을 느끼며, 지금까지 자신이 얼마나 가슴 답답하게 살았는지를 비로소 깨달을 정도였다.

가부키초에서 사는 데는 조건이 필요 없었다. 출생도 피부색도 전력도 묻지 않았다. 그런 공평함이 고마웠다. 겨우 찾아낸 이 홈타운에서 어떻게든 잘 헤쳐 나가야 한다고 쥰페이는 마음먹었다. 어차피 야쿠자가 된 바에야 반드시 이 세계에서 출세해야 한다. 당장의 목표는 똘마니 신분에서 벗어나 계급장을 다는 것이다.

쥰페이는 로쿠메이회라는 야쿠자 단체의 산하 조직인 하야다파 소속이다. 조직원은 20명 정도. 절반이 감방에 갔다 왔다. 원래는 쥰페이 밑에도 하나가 있었는데, 3개월 전 폭행상해죄로 체포돼 그길로 감방에 갔다. 그래서 잡일은 모두 쥰페이 담당이다. 청소는 이제 습관이 됐다. 찻집 테이블에서 먼지라도 발견하면 반사적으로 팔꿈치로 닦고 있는 자신을 깨닫고 혀를 찬다.

그날은 아침부터 채권 회수 작업에 동원됐다. 기타지마 게이스케라는 띠동갑 직계 형님을 모시고 나갔다. 이 세계에서 쥰페이는 '기타지마의 사람'으로 통한다. 실제로 쥰페이는 기타지마를 흠모해 이 조직에 들어왔다.

처음 만남은 길거리에서 조무래기들과 싸움이 붙었을 때 기타지마가 중재에 나서면서 이루어졌다. 기세등등하던 남자 셋이 기타지마를 보자마자 얼어붙어 직립 부동자세를 취하더니 주절주절 변명을 늘어놓기 시작했다. 여유로운 미소를 지으며 쌍방의 주장을 다 듣고 난 기타지마는 "이걸로 밥이라도 사 먹고 기분 풀지."라며 각자에게 용돈을 쥐여 줬다. 손이 베일 것처럼 빳빳한 만 엔짜리 지폐를 받은 쥰페이는 그만 한눈에 그에게 반해 버렸다. 세상에 저렇게 멋진 남자가 다 있다니. 다음 날부터 그는 기타지마의 단골 카페에서 기다리다가 그가 오면 인사를 하고 말을 걸어오기만 기다렸다. 기타지마도 자신을 따르는 쥰페이가 귀여웠는지 이것저것 묻고 보살폈고, 그 결과 보름도 안 되어 조직 내 2인자의 똘마니로 들어가게 되었다. 하지만 그 이후의 생활은 쥰페이의 예상과는 달리 노예 같은 나날이 계속됐고, 쥰페이는 '이럴 줄은 몰랐다'고 한 시간마다 후회하며 체념과, 실낱같은 희망과, 스스로에 대한 위로 등등의 감정이 뒤범벅된 속에서 매일을 보내야 했다. 하지만 하루하루가 너무 바쁘다 보니 그 이상은 생각할 여유조차 없었고 마침내는 '지구 상에서 무서운 것은 형님들뿐'이라는 생각이 뇌리에 박히게 돼 순종적이고 무모한 자아가 형성되기에 이른다. 젊은 야쿠자들은 모두 그랬다. 쥰페이도 '지금은 배우는 과정'이라고 자신을 타이르고 있다.

"어이, 쥰페이. 끼어들어! 난 추월당하는 꼴은 못 봐. 졸지 말고!"

형님이 뒤에서 운전석 등받이를 걷어차며 말하자 쥰페이는 당황해서 "예!"라고 대답했다. 좌우 백미러를 힐끗거리며 급히 차선을 변경한다. 중고 벤츠 560SEL이 난데없이 끼어들자 뒤에서 끼익, 급브레이크 밟는 소리가 들렸다. 유리창에 스모키 선팅을 한 데다 차체에는 금색 몰딩이 들어가 있으니 이 차에 어떤 인종이 타고 있는지는 누구라도 쉽게 짐작이 갈 것이다.

"부울."

기타지마가 담배를 꼬나물더니 그렇게 말한다.

쥰페이는 왼손으로 운전대를 붙든 채 오른손으로 웃옷 주머니에서 카르티에 라이터를 꺼내 팔을 뒤로 뻗으며 불을 댕겼다. 기타지마가 허리를 숙여 불을 붙이고 다시 뒷좌석 깊숙이 몸을 묻는다.

"요즘 풍림 회관 앞 노상에서 차량용 휴대 전화 거치대를 파는 외국인들이 있다던데, 너 알고 있어?"

"네, 알고 있습니다. 이스라엘 사람들입니다. 마쓰이파가 관리한다고 합니다."

"야, 이 바보 같은 놈아. 마쓰이 쪽에는 하야다파에게 세금을 상납한다고 뻥쳤다더라고. 그 자식들, 거짓말을 밥 먹듯이 하는 놈들이야. 확실하게 알아봐."

"알겠습니다. 간이 배 밖으로 나온 놈들이군요."

마침 신호가 빨간불로 바뀌자 쥰페이는 볼펜을 꺼내 왼 손바닥에 '외국인'이라고 적었다. 중동 녀석들은 야쿠자를 두려워하지 않고 웃으며 악수까지 청한다. 무심코 받아 주면 '프렌드, 프렌드' 하며 친한 척 다가와 매사를 얼렁뚱땅 넘기려고 한다.

"그리고 신주쿠 경찰서의 야마다가 '탱고'에 와서 아쉬운 소리를 했다던데, 이 근처 양복점에 가서 넥타이라도 사서 준비해 놔."

"제가 골라도 괜찮겠습니까?"

"멍청이야, 야마다가 원하는 건 넥타이 상자 바닥에 깔린 후쿠자와 유키치(=만 엔짜리 지폐에 그려진 인물)야. 으이그, 그 썩어 빠진 형사 놈 딴 데로 좀 안 가나."

야쿠자가 관리하는 클럽에는 폭력단 담당 형사가 노상 드나든다. 은근히 뒷돈을 요구하고 그 대가로 사소한 탈법을 눈감아 준다.

"그럼 한국제 구치 짝퉁이라도 사 두겠습니다."

"야, 신호!"

신호가 녹색으로 바뀐 순간 또다시 운전석 등받이를 걷어 차였다. 기타지마는 성질이 급해서 기다리는 걸 엄청 싫어한다. 담뱃불이라도 좀 늦게 붙여 주는 날에는 곧장 주먹이 날아온다.

액셀러레이터를 밟자 머플러에서 맹수가 포효하는 듯한 배기 음이 울렸다. 겉으론 멋져 보이지만 실상은 12년이나 된 낡아 빠진 중고차다. 조금만 정비를 게을리 해도 금세 체력의 한계를 드러낸다.

9월의 하늘이 아득히 높다. 고층 빌딩이 초가을 햇살을 담뿍 받으며 기분 좋은 듯 우뚝 솟아 있다.

도착한 곳은 오기쿠보에 있는, 도산한 지 얼마 안 된 건설회사였다. 낡아 빠진 3층 건물로, 사주의 자택도 겸하고 있는 듯했다. 현관 앞에 몇몇 남자가 모여 있었는데 멀리서 보기에도 인상이 안 좋게 느껴졌다.

"이런, 빌어먹을. 벌써 똥파리가 꼬여들고 있구먼."

뒷좌석에서 기타지마가 혀를 찬다. 그리고 차 밖으로 몸을 내밀어 남자들의 모양새를 살피더니 "동업자들인가?"라고 중얼거린다.

"앞에다 댈까요?"

쥰페이가 물었다.

"당연하지, 인마. 뒤로 가서 어쩌겠다는 건데."

기타지마는 스스로에게 기합이라도 넣듯이 뺨에 힘을 주어 옆으로 길게 늘였다.

"준비됐지? 자, 가자. 끝장을 본다."

쥰페이는 채권 회수에 대해서 교육받은 적이 없지만, 서당개 생활 3년에 대충의 내용은 파악하고 있었다. 회사가 어음을 두 번 부도내면 채권자들이 빌려 준 돈을 받아 내려고 달려든다. 하지만 돌려줄 돈이 없어서 도산한 것이기 때문에 빵 한 조각에 100명이 달려드는 사태가 벌어진다. 그런데 사람들은 그것을 100개로 나눠 먹으려 하지 않는다. 먼저 잡는 사람이 독식하는 것이다.

현관에는 셔터가 내려져 있고 도산 통고장으로 보이는 쪽지가 붙어 있었다. 쥰페이는 벤츠를 세우고 잽싸게 뛰어내려 차 뒷문을 열었다. 기타지마 형님이 어깨를 흔들며 내리자 사람들이 누군가 싶어 쳐다본다.

"아아, 이거 실례 좀 하겠습니다!"

기타지마가 목청을 높이며 앞으로 나아갔다. 그는 키는 보통이지만 가라테 유단자답게 가슴이 떡 벌어져 마주치는 사람을 뒷걸음치게 만든다. 게다가 1년 내내 태닝 살롱에서 피부를 태워 한층 강한 인상을 줬다. 나르시시스트인 그의 집에는 대형 거울도 있다.

"뭐여, 느그들?"

지금은 찾아보기도 힘든 뽀글 머리 남자가 간사이 사투리로 거칠게 소리쳤다. 그가 요란뻑적지근한 자수 넥타이를 흔들며 앞을 가로막는 것과 동시에 대여섯 명의 남자가 기타지마 일행을 둘러쌌다.

"네놈들이야말로 누구십니까? 사람한테 뭘 물어볼 때는 자기소개부터 하는 게 예의 아닌가?"

기타지마가 여유 있는 태도로 대답하며 천천히 남자에게 얼굴을 들이민다. 쥰페이는 옆에서 재빨리 공격 태세를 취하며 온몸에서 기를 내뿜었다. 그리고 웃옷 안주머니에 오른손을 집어넣는다. 물론 주머니에는 칼도 총도 없다. 그저 상대의 기선을 제압하기 위한 허세일 뿐이다.

"뭣이여, 한번 해 보자는 거여?"

남자가 으르렁댄다.

"이봐, 물러나 있어."

기타지마가 손을 들어 쥰페이를 제지했다.

"우리는 세이와회 기지마파 소속이여. 어디서 굴러 온 말뼈다귀인지는 모르겠으나, 뒤늦게 나타나셔서 뭐하자는 것이여?"

남자가 얼굴이 시뻘게진 채 침을 튀기며 고함쳤다.

"아아, 그러세요. 말 뼈다귀라고 하셨나? 우리는 로쿠메이회 하야다파입니다만. 서로 간판을 맞대어 보자는 건 각오가 돼 있다는 뜻이겠지요?"

기타지마의 말에 일순 남자는 말문이 막히는 듯했다. 로쿠메이회는 간토 지방에서 손꼽히는 야쿠자 단체다. 그 산하의 하야다파는 불면 날아갈 정도로 미미한 조직이지만, 로쿠메이라는 큰 나무의 그늘이 워낙 넓다.

"로쿠메이회, 그까짓 게 뭔데? 우릴 우습게 보고 함부로 입 놀리면 산에다 확 묻어 버리는 수가 있어."

남자는 점점 더 흥분하며 펄펄 뛰었다. 야쿠자 세계에선 한 번 밀리면 끝이다. 속으론 큰일 났다 싶어도 끝까지 허세를 부려야 한다. 후진 기어가 없는 자동차나 마찬가지다.

"어이구, 그러신가. 좋아. 그럼 명함이나 하나 줘 보시지. 우린 회사 조직이니까 인터넷 연락망이 있거든. 거기에 자네 명함을 올려 주지. 유명해지실 거야. 시골 노점상 관리인한테야 더할 나위 없는 영광 아닌가. 엉!"

기타지마의 목소리가 마치 무대에 선 배우처럼 쩌렁쩌렁 울린다. 요쓰야에서 태어난 도쿄 토박이인 그는 말투가 아주 독특하다. 쥰페이는 형님의 그런 세련됨에 푹 빠져 있다.

"하, 거참, 시끄럽구먼. 빨리 꺼져. 이쪽은 채권자의 위임장이 있단 말이여. 니들은 뭘 갖고 계시나요? 이서된 어음 따위면 용서 못하쥐이."

"위임장이 뭔데? 하청 업체의 소액 채권 나부랭이 아니야. 대체 그쪽은 뭘 노리고 온 건데? 가져갈 만한 거나 있어? 어차피 사장 놈 개인 자산은 다 저당 잡혀 있는데. 은행이 꽉 움켜잡고 있어서 니들 따위는 손도 못 댄다고."

"그거야 삼척동자도 아는 사실이고오."

"그럼 어쩔 건데?"

"내 알 바 아니지. 사장부터 납치한 다음에 생각해 보면 될 것잉게. 뒈지고 싶으면 방해하든가아."

남자가 악을 썼다. 다른 젊은 녀석들은 머릿수나 채우러 온 똘마니인 듯, 입을 다물고 가만히 서 있다. 기타지마는 기지마파 녀석들의 면면을 죽 둘러보더니 흥, 코웃음을 쳤다.

"뭣이 웃겨? 우리가 우습게 보인다 이거여?"

"너희들, 세이와회라고 했지? 노점상 관리하는 놈들이면 노점상 관리하는 놈들답게 굴어야지. 채권 회수 경험도 없으면서 말이야."

기타지마의 말투가 한결 부드러워졌다. 눈도 살짝 내리뜬다.

"시끄러워. 네가 뭔데 참견이여."

"우린 중장비 압수해 놨거든. 포클레인하고 덤프, 크레인 각 한 대씩. 그리고 트럭 세 대."

기타지마가 여유롭게 웃으며 말한다. 그 말에 남자가 선뜻 입을 열지 못했다.

"……어디 있는데?"

"그걸 내가 말해 줄 거 같아? 이것들 순 아마추어잖아."

남자가 대답할 말을 찾지 못한다. 얼굴이 점점 붉어졌다.

"여기서 옥신각신해 봐야 무슨 소용이 있나. 내 너희들 체면도 세워 줄 테니 채권자 위임장, 그거 진짜 있으면 내놔 봐."

"글쎄, 있다니까 그러네."

남자가 자기 가슴을 치며 말한다.

"의심하는 게 아니야. 거래하자는 거지."

이제 완전히 기타지마 페이스였다. 그가 주머니에서 담배를 꺼내는 것을 보고 쥰페이는 잽싸게 라이터를 켜서 내밀었다.

"뭘 거래하자는 건데?"

"조건만 맞으면 그 위임장 우리가 사 줄 수도 있어. 너희들, 다 날리는 것보단 낫잖아."

그러고서 눈을 가늘게 뜨며 담배 연기를 날린다. 기타지마는 거드름 피우는 폼이 잘 어울린다.

남자는 잠시 고민하더니 양복 안주머니에서 서류를 꺼냈다. 기타지마가 받아 들고서 죽 훑어보더니 "미수금이 5백만 엔이군. 동네 건축업자한텐 큰 액수지."라고 중얼거렸다.

"그렇다니까. 연쇄 도산할 판이여. 우리가 봐도 안됐더라고."

"좋아. 우리가 백만 엔에 사지. 오케이?"

"뭐여, 백만 엔? 도대체 그런 놈의 숫자가 어디서 나온 것이여!"

남자의 목소리가 뒤집어졌다. 뺨에서는 실룩실룩 경련이 인다.

"대신 이 자리에서 현금으로. 싫어? 싫으면 관두고. 우리가 무슨 자선 사업가도 아니고. 그럼 알아서들 해 봐. 단, 이 회사 사장은 너구리 같은 놈이고 경쟁 상대도 한둘이 아닐 테니 마음 단단히 먹으라고."

기타지마가 쓴웃음을 지으며 말했다. 그때 차 한 대가 또 나타났다. 흰색 세르시오다. 안에 딱 보기에도 인상이 더러운 남자 2명이 타고 있다.

"거봐, 왔잖아. 채권자 대리인이 속속 등장하시네. 너희들 같은 양아치는 잽도 안 된다고. 그리고 이딴 일로 징역이라도 살게 되면 너무 억울하잖아?"

"아무리 그래도 백은 너무 심하잖아. 적어도 2백은 돼야……."

남자는 완전히 한풀 꺾여 있었다.

새로 도착한 남자들이 세르시오에서 내린다.

"이봐, 당신들 어느 조직이야?"

선글라스 낀 남자가 가시 돋친 목소리로 물어 왔다.

"로쿠메이회 하야다파. 거기서 순서 기다려."

기타지마가 찌르듯 말을 던지고 턱을 치켜세운다.

"아, 로쿠메이회 분이십니까? 그럼 저희는 나중에 오겠습니다."

선글라스는 즉시 꼬리를 내리고 차로 돌아갔다.

"자, 어쩔 거야. 백에 합의를 볼 거야, 아니면 이판사판 덤벼 볼 거야?"

"그러니까 2백으로……."

"그건 안 돼. 우리도 리스크가 크다고."

"……생각 좀 해 보고."

남자가 뽀글뽀글한 파마머리를 양손의 손가락으로 쓸어 올리며 저만치 떨어져 갔다. 똘마니들은 어찌할 바를 모르고 그대로 서 있었다. 쥰페이는 그중 한 사람과 눈이 마주쳤다. 짧게 올려 깎은 머리에 눈썹이 없고, 얼굴에 박력은 있지만 피부색을 보아하니 자신과 동년배다.

쥰페이는 담배 한 대를 입에 문 후 "피울래?"라며 그에게도 말보로를 권했다. 말보로를 피우는 것도 기타지마 형님 흉내를 낸 것이다.

짧은 머리가 "한 대 줘."라고 하자 쥰페이는 담뱃갑에서 한 개비를 뽑아 그에게 건넸다.

"니들, 요즘 경기가 어때?"

쥰페이가 작은 소리로 물었다.

"엉망이지, 뭐."

짧은 머리가 쓴웃음을 지으며 대답한다.

"세이와회는 노점상 운영이 주 종목이야?"

"응."

"무슨 장사?"

"나는 야키소바 포장마차 담당이여."

"나, 작년까지 가부키초에서 이소베야키(구운 떡에 간장을 발라 김에 싸 먹는 음식-옮긴이) 팔았는데."

"그래? 그럼 너도 노점상 담당이여?"

"아니, 그건 아니고, 정식 조직원이 되기 위해서 수업 중이지."

"흠, 좋겠네. 가부키초라니."

"너는 어딘데?"

"우리는 긴시초. 하지만 대개는 지방을 돌아."

"한번 놀러 와."

"정말? 그럼 휴대 전화 번호 가르쳐 줘."

젊은이들끼리 금세 마음을 열고 정보를 교환했다.

"난 신야."

"난 쥰페이."

그러고 있는데 뽀글 머리가 돌아왔다. 누군가와 통화했던 듯, 손에 휴대 전화를 쥐고 있다.

"좋아. 백만으로 하지."

그가 벌레 씹은 표정으로 말했다.

"쥰페이, 차에 가서 돈 가져와."

기타지마의 지시에 쥰페이는 얼른 뛰어가 돈다발로 불룩한 손가방을 대시보드에서 집어 들고 홍정에서 이긴 형님에게 달려갔다.

기타지마에게서 돈을 건네받은 남자는 "로쿠메이회는 경기가 좋은가 보네."라고 투덜거리듯 말했다.

"그렇지도 않아요. 그거 동업자가 마련해 준 돈이거든. 우리도 줄타기마냥 위태위태하다고. 그보다 세이와회가 채권회수 작업에 나서다니, 보기 드문 일인데?"

"본업이 어려워지니까 전공이 아닌 일까지 하게 되는 것이지."

"하긴 어디 가나 불경기지. 가부키초 같은 데도 문 닫는 게 많아서 우리가 거둬들이는 돈도 줄고 있으니까."

"그쪽이나 우리나 고생이 많소. 아까 말이 좀 심했던 것 같은데, 미안하게 됐수다."

"아니, 이쪽이야말로."

마지막엔 화해하는 형국이 되었다. 긴장이 풀어지자 그 자리에 있던 사람들 모두가 흰 이를 드러내며 웃는다. 쥰페이도 어깨의 힘을 빼고 안도의 한숨을 내쉬었다. 겨드랑이 밑엔 땀이 흥건하다.

남자들은 현금 백만 엔을 갖고 그 자리를 떠났다.

"자, 다음 손님. 세르시오 안에서 기다리는 두 사람 불러와."

기타지마의 명령에 쥰페이가 얼른 달려간다. 역시 형님은 능력이 대단하다고 감탄하면서. 머릿수가 더 많은 경쟁자와의 거래를 우리 쪽에 유리하게 끌고 간 것이다.

돌아오는 차 안에서 기타지마는 여기저기 휴대 전화를 걸었다. 아마도 사들인 어음과 차용증에 관련된 내용인 듯하다. 백만 단위 숫자가 입에서 퐁퐁 튀어나온다.

결국 기타지마는 오늘 하루에 5백만 엔 가까운 돈을 사용했다. 어디서 마련했는지는 모르지만, 마음대로 사용한다는 사실 자체만으로도 쥰페이에게는 정신이 아득해질 정도의 거금이었다.

한바탕 전화를 마친 기타지마가 담배를 입에 물었다. 운전하던 쥰페이가 얼른 불을 붙여 주자 기타지마는 만족스러운 듯 보라색 연기를 내뿜었다.

기분이 좋아 보여 용기를 내서 물어봤다.

"형님은 그 회사의 도산 정보를 전부터 알고 계셨습니까?"

"아니야. 나도 며칠 전에 알았어. 원청 업체가 도산했으니 하청 업체에 피해가 미치는 건 당연지사지. 너, 만화만 보지 말고 경제 신문도 좀 꼼꼼하게 읽어."

"하여간 그 짧은 시간에 중장비 재고까지 조사해 압수해 두시다니 역시 대단하십니다, 형님."

"이 멍청한 놈아, 그걸 곧이들었어? 다 뻥이야."

뒷자리에서 기타지마가 껄껄대며 웃는다.

"네? 정말입니까, 형님?"

쥰페이가 놀라 허리를 쭉 폈다.

"그 정도 규모의 회사라면 중장비는 다 리스야. 조사할 필요도 없어."

"그럼 사들인 채권은……."

"야, 쥰페이. 너, 세상에서 제일 남는 장사가 뭔지 알아?"

"글쎄요……, 뭡니까?"

"머리 좀 굴려 봐."

"여자 장사……인가요?"

"이런 바보. 네 대가리에는 여자밖에 없냐, 여자밖에 없어?"

기타지마가 몸을 앞으로 들이밀고 쥰페이의 머리를 콩콩 쥐어박더니 급기야는 목까지 졸라 댄다. 차가 좌우로 요동쳤다.

"야, 야, 운전 똑바로 못해!"

그러고는 유쾌한 듯 웃는다. 정말 기분이 좋은 모양이다.

"여자 장사로 1, 2억을 뽑아낼 수 있겠어? 비누 거품 속에 돈이 잠긴들 그게 얼마나 되겠냐."

"죄송합니다. 통 생각이 안 나서."

"중개야, 중개. 수수료 장사. 중간에서 빼먹는 거. 오른쪽에서 왼쪽으로 옮겨 주고 이익을 남긴단 말이지. 금융, 부동산이 다 그런 거 아니냐."

"아아!"

"채권은 전매야. 거기에는 은행을 상대로 다퉈도 수금에서 지지 않는 프로가 있어. 우리가 상상도 못할 수법을 써서 돈을 회수해 간다고. 야비하기 짝이 없는 놈들이지. 은행의 법인 담당자에게 여자를 붙여 줘서 스캔들을 만든 다음 그걸 빌미 삼아 싸움을 걸어."

"대단하네요."

"하지만 말이지, 그런 수법은 삐끗하면 감방이야. 똑똑한 놈들은 그딴 짓 안 해. 대신 돈의 흐름에서 상류를 노리는 거지."

기타지마의 말이 점점 속도를 낸다.

"오늘 우리는 5백만 엔을 들여 채권을 샀어. 그걸 천만 엔에 전매한다. 자, 사카모토 쥰페이 군, 얼마를 번 걸까?"

"5백만 엔 아닌가요?"

"어이구, 산수도 되네. 완전 바본 줄 알았더니."

그러더니 다시 뒤에서 목을 조른다.

"아닙니다. 그 정도야 산수라고……."

"그런데 실은 그렇게까지는 안 남아. 수금하는 놈들도 그런 사정을 뻔히 알거든. 결국 밀고 당기기야. 하지만 말이지 6백만에만 팔아도 백만은 남는 거야. 겨우 한나절 만에 말이야. 편의점 알바하면 요즘 얼마 받지?"

"아……, 야간은 시급 천 엔이라고 하던데요."

"그럼 백만 엔을 벌려면 몇 시간 일해야 하지?"

"그러니까……."

머릿속에서 이리저리 계산을 해 보지만 단위가 너무 커서 뇌세포가 우왕좌왕한다.

"이거, 역시 바보잖아. 잘 들어. 시급이 천 엔이니까 만 엔 버는 데는 10시간. 그럼 백만 엔을 벌려면 10시간의 100배니까……."

기타지마가 손가락을 접으며 계산했다.

"천 시간이네. 야, 천 시간이야!"

자신도 놀란 듯 허리를 쭉 편다.

"그럼 하루 8시간을 일한다고 치면……, 며칠이지?"

"제가 계산을 잘……."

"1,000을 8로 나누면 되잖아."

"나누기는 제가 좀……."

"아, 됐어. 몇 개월 걸리겠지. 그런데 말이야, 나는 한나절 만에 벌었다고. 죽도록 일하는 놈들이 멍청하다고 생각되지 않아?"

"그렇게 생각됩니다."

쥰페이는 지체 없이 고개를 끄덕였다. 야간 고등학교를 다니던 시절, 그는 낮에는 창고 회사에서 일했는데, 숙식비를 제하고 나면 실제 손에 쥘 수 있는 돈은 5만 엔 정도에 불과했다. 멍청한 짓인 것 같아 3개월 만에 학교고 직장이고 다 때려치웠다.

"너, 야쿠자로 성공하면 뭐든지 손에 넣을 수 있어. 지금은 쫄따구지만, 조금만 참고 견디면 네 특기를 활용해서 얼마든지 돈을 벌 수 있다고. 그러니까 다 수업이라고 생각하고 열심히 해."

"네. 그렇게 각오하고 있습니다."

쥰페이는 핸들을 쥔 채, 훌륭한 형님을 만나 가르침을 받게 된 것에 감사했다. 기타지마만 따라다니면 다양한 세상을 들여다보면서 야쿠자로 살아가는 법을 배우게 될 것이다.

하야다파에는 매년 10명 정도가 수습으로 들어오지만 1년 뒤에 남는 건 한두 놈뿐이다. 대부분은 엄격한 예절과 되풀이 되는 격무에 견디다 못해 정식 야쿠자 입회식이 열리기 전에 달아나 버린다. 쥰페이도 한번은 고향인 사이타마까지 도망쳤는데, 그곳에 그가 기댈 곳이 있을 리 없었다. 하는 수 없이 살그머니 가부키초로 돌아왔다가 우연히 기타지마와 마주치고 말았다. 맞아 죽을 거라고 생각했는데 예상외로 기타지마는 빙긋 웃으며 다정한 목소리로 이렇게 말했다.

"뭐야, 갈 데가 있었잖아. 그럼 야쿠자가 될 필요도 없었네."

쥰페이는 감격한 나머지 그 자리에서 무릎을 꿇고, 다시 형님 밑으로 돌아가고 싶다며 눈물을 흘렸다. 기타지마는 허락했지만, 조직의 입장에서는 그냥 넘어갈 수 없는 일이어서 작은형님들로부터 목검 기합을 당했다. 하지만 쥰페이는 그런 고통 따위 얼마든지 참아 낼 수 있었다. 그때 그는 이 길을 끝까지 걸어가리라 마음먹었다.

벤츠는 오메 가도 동쪽을 향해 미끄러져 갔다. 나카노사카우에를 지날 무렵부터 공기에 가부키초 냄새가 떠다니기 시작했다. 신주쿠의 오가도까지는 완만한 내리막이다. 자석에 끌려가듯 환락의 숲으로 내닫는 느낌이었다. 그 거리에는 온갖 종류의 욕망이 침전돼 있으며, 대대로 물려 가며 쓰는 장어 집 양념장 단지처럼 좀처럼 바닥을 드러내는 일이 없다. 그런 요상함도 쥰페이는 좋았다.

"야, 쥰페이."

기타지마가 다시 생각난 듯 그를 불렀다.

"네, 형님."

"내 미리 말해 두겠는데, 혹시 조만간 한판 붙을지도 몰라."

"전쟁입니까?"

"그래. 우리 로쿠메이회 계열에 니시야마라는 파가 있는데, 그쪽 젊은 간부가 아카사카에서 부동산 문제로 다툼을 벌이다가 시노노메회 계열의 새파란 놈들한테 당했어. 죽었다고. 게다가 분쟁도 좀처럼 해결이 안 되고. 중개인 놈이 멍청해서 하도 터무니없는 가격을 부르는 바람에 로쿠메이회 간부들까지 분개해서 다 집어치우라고 난리라고. 그래서 누가 저쪽 간부급의 목을 따 오자는 얘기가 나왔어. 그런데 우리 오야붕이 웬일로 그러라는 거야. 그러니 우리로서는 손 놓고 앉아 있을 수가 없잖아."

"그런 일이라면 저한테 맡겨 주십시오. 가끔은 아랫사람들에게도 한 건 할 기회를 주시죠."

쥰페이는 기타지마의 말에 저도 모르게 사무라이 흉내를 냈다. 기타지마의 부하가 된 지 1년하고도 몇 개월이 지났건만 전투 경험은 아직 없었다.

"이 돌대가리야! 야쿠자 영화를 너무 많이 본 거 아냐? 전쟁이라니까 진짜로 총 들고 한판 붙는 건 줄 알아? 양쪽 다 입으로는 싹 쓸어버릴 것처럼 난리지만 결국은 조용히 합의하게 돼 있다고."

"그래도 혹시 제가 필요하시면 부담 없이 말씀하십시오. 저, 조직을 위해서라면 뭐든지 할 수 있습니다."

"하하. 그놈, 의외로 구식이네. 오야붕이 들으면 용돈감이다, 야."

기타지마가 기분 좋은 듯 그렇게 말하더니 몸을 앞으로 들이밀어 쥰페이의 양복 안주머니에 만 엔짜리 한 장을 찔러 넣었다.

"아침부터 고생했다. 사무실에 전화 당번은 확실히 붙여 놨지? 나, 이거한테 가 있을 테니까 너도 사우나든 어디든 가서 쉬라고. 사무실에 얼굴 비쳐 봤자 윗놈들이 부려 먹기밖에 더 하겠어."

그러면서 기타지마는 새끼손가락을 세워 까딱거렸다.

"감사합니다!"

이런 통 큰 배려가 쥰페이를 홀리게 한다. 쥰페이는 자신도 언젠가는 형님처럼 되겠다고 굳게 마음먹었다. 그러기 위해서는 얼굴을 알려야 한다. 얼굴이 알려지면 일도 저절로 몰려오게 된다.

전철이 달리는 고가 아래를 지나자 자동차와 오가는 행인이 부쩍 많아졌다. 처음 여기 왔을 때는 축제라도 열렸나 생각했을 정도였다. 가부키초는 매일이 축제다. 그러니까 지루

할 일이 없다. 매일 누군가 울고, 소리치고, 웃고, 화낸다.

2

그날은 오후 4시에 전화 당번에서 해방되어 해가 떠 있는 시간대에 자유의 몸이 되었다. 오야붕은 골프 치러 갔고 기타지마는 다른 조직의 행사에 참석하기 위해 간사이 지방으로 출장을 갔다. 다른 형님들이 사무실에 있었지만 기타지마를 의식해서인지 쥰페이에게 직접 일을 시키지는 않았다.

"잠깐 나갔다 온다."

쥰페이가 동료인 안도에게 말했다. 안도는 사이타마 출신의 동년배로 결손 가정 출신이며 과거 폭주족에 소년원 생활을 거쳤다. 하나부터 열까지 쥰페이와 닮은꼴 인생이다. 단, 가출 소녀에게 각성제를 먹이는 등 질 나쁜 행동을 일삼아 별로 좋아하지는 않는다. 어렸을 적 싸움질한 걸 자랑삼아 늘어놓곤 하는 것도 마음에 안 들었다.

"왜, 여자?"

안도가 묻는다.

"그렇지, 뭐."

쥰페이는 허세를 부렸다. 사실은 최근 1년간 애인이라 부를 만한 여자가 없다.

"너, 시노노메회랑 한판 붙는다는 얘기 들었어?"

"어, 기타지마 형님한테 얼핏."

"난 할 거야. 이름을 알릴 기회잖아."

안도가 눈에 핏발을 세우며 말한다. 쥰페이는 속으로 '너는 만날 말뿐이잖아.'라고 중얼거리며 아무 대꾸도 하지 않았다. 이 녀석에게만은 추월당할 수 없다.

2층 침대 2개가 나란히 놓인 안쪽 방에서 운동복을 벗고 새로 산 양복으로 갈아입었다. 거울 앞에서 머리 모양을 다듬고 향수를 뿌린다. 파친코에서 경품으로 받은 아라미스다. 양손으로 뺨을 두 차례 두드리며 마음을 다잡는다.

앞으로는 거리에 자주 나갈 것이다. 가부키초에는 맨 아는 얼굴들이라 대화 상대를 못 찾는 경우는 없다. 갈 곳도 있다. 지금은 쇼 클럽에서 일하는 댄서 가오리를 보러 간다. 사귀는 사이는 아니고 짝사랑하고 있을 뿐이지만.

두 살 연상인 가오리는 유명 극단의 연습생 경력이 있는 댄서로, 큰 키에 쇼트커트 머리를 한 보이시한 여자다. '백조의 호수'라는 쇼 클럽에 처음 손님으로 갔을 때 테이블로 안내해 준 사람이 그녀였다. 처음에는 저속한 스트립쇼 댄서라고 생각하고, 밖으로 나가서 데이트하자는 둥 야한 농담을 던지며 건방지게 굴었지만, 막상 쇼가 시작되자 뜻밖에도 본격적인 뮤지컬이어서 깜짝 놀라고 말았다. 작은 원형 스테이지에서 춤추는 가오리는 젊음을 온몸으로 발산하며 반짝반짝 빛났다. 쥰페이는 그만 넋을 잃고 박수를 쳐 댔다. 알고 보니 '백조의 호수'는 가부키초에서 제일 오래된 쇼 클럽으로, 40년의 역사를 자랑하는 곳이었다. 댄서는 모두 오디션을 거쳐 선발한 정예 멤버로, 단순한 호스티스와는 차원이 달랐다.

매사에 쉽게 감격하는 쥰페이는 즉시 존경의 마음을 품게 됐고, 그녀를 진심으로 응원하고 싶어졌다. 자신이 하야다파 사람이라는 사실을 밝히자 가오리는 "아, 그러세요."라며 뺨이 살짝 굳어졌다. 그렇고 그런 가부키초의 여자들과는 달리 야쿠자에 대해 거부감이 있는 것 같았다. 쥰페이는 어떻게든 오해를 풀고 싶어 백조의 호수를 빈번히 출입하기 시작했지만, 기타지마가 클럽으로부터 쓸데없는 오해를 산다며 출입에 제동을 거는 바람에 그때부터는 클럽이 문을 열기 전에 리허설을 참관한다는 명목으로 얼굴을 비치게 되었다. 매니저에게는 늘 깍듯하게 인사했다. 일단 미움은 받지 말아야겠다는 생각에서다.

언제나 들르는 제과점에서 슈크림을 사서 백조의 호수로 향했다.

"쥰 짱, 어디 가?"

광고 휴지를 돌리던 술집 아가씨가 말을 건다.

"볼일이 좀 있어. 가게 문도 열기 전부터 애쓰네."

"이것도 해야 할 일 중 하나야. 경기가 안 좋으니까. 있잖아, 우리 집에도 가끔 놀러 오라고 기타지마 씨한테 말 좀 해 줘."

"나 말고?"

"아니, 뭐…… 쥰 짱은 돈 없잖아."

"지금 사람 무시하는 거야?"

"아유, 귀여워. 정색하긴."

한마디 해 줄까 했지만, 그래 봐야 놀림만 더 당할 게 뻔해 그만뒀다. 이 세계에서는 한번 얕보이기 시작하면 애들까지 무시하려 든다고들 말하지만, 그래도 쥰페이에게 가부키초 여자들은 강적이다. 으름장을 놓아도 주먹을 치켜들어도 하나도 무서워하지 않는다.

구청 옆 내리막길을 뛰듯이 내려가 풍림 회관 사거리를 오른쪽으로 돌아 백조의 호수에 도착했다. 쪽문으로 들어가 사무실에 있는 중년 매니저에게 슈크림 상자를 내밀었다.

"자, 선물. 같이들 드세요."

"아, 고마워. 안 그래도 슬슬 올 때가 됐다고 다들 한마디씩 하더라고."

컴퓨터 모니터로 장부를 들여다보며 매니저가 말한다.

"그래요?"

"달콤한 게 먹고 싶을 때 딱 맞춰서 오거든, 쥰페이가."

"에이, 내가 무슨 배달분가요."

"마실 거 뭐 줄까?"

"감사! 콜라 마실게요."

쥰페이는 주방으로 들어가 거침없이 냉장고를 열더니 콜라를 꺼냈다. 그리고 뚜껑을 따고 병나발을 불면서 공연장 안으로 들어갔다. 이미 쇼의 리허설이 진행되고 있었다. 처음 듣는 음악인 걸 보니 분명 새로운 공연일 것이다. 방해가 되지 않도록 객석 한구석에 서서 지켜본다. 물론 맨 먼저 시선이 향하는 곳은 가오리에게다.

총 12명의 댄서는 여성이 반, 성전환 수술을 한 트랜스젠더가 반이다. 6명의 트랜스젠더 중 한 명만 빼고는 얼핏 봐서 구분이 안 갈 정도로 여성스럽다. 그들의 프로 의식만큼은 존경할 만하다. 절반이 트랜스젠더라는 사실을 알았을 때는 혹시 가오리도 그쪽이 아닌가 의심도 했었다. 한 명의 예외는 캐서린이라는 이름을 쓰는 키 190센티미터의 트랜스젠더로, 그는 극단의 피에로 같은 존재였다. 프로 레슬러 같은 거구를 흔들며 다이내믹하게 춤을 추는 그 자체로 그림이 된다. 그를 보러 오는 팬도 많았다.

가오리는 오늘도 보기 좋았다. 스포트라이트를 받은 그녀의 육체는 입체적이고 섹시했으며 군더더기가 하나도 없었다. 그녀의 탭 댄스는 마치 지구를 굴리는 것 같아서 쥰페이는 '천부적인 재능이란 이런 것이구나.'라고 생각하며 그저 넋을 잃고 바라볼 수밖에 없었다. 그런데 그 정도의 실력도 유명 극단에서는 연습생에 그치고 말았다고 하니 뮤지컬의 피라미드는 얼마나 높은 것인가. 가오리는 따로 공부를 더 해서 다시 한 번 도전할 것이라고 말했다. 만약 그녀가 주역으로 무대에 서는 날이 오면 쥰페이는 그녀의 대기실을 꽃으로 가득 채워 주리라 다짐했다. 그날이 오기 전에 반드시 출세해야 한다.

옛날 야쿠자들은 배우나 연예인을 아끼고 보호했다고 한다. 쥰페이는 그런 세계를 동경했다. 멋진 협객으로 불리고 싶다. 사람들이 의지하는 야쿠자이고 싶다.

가오리는 쥰페이 쪽으로 일절 눈길을 돌리지 않았다. 중요한 리허설이니 당연한 일이지만, 그래도 시야의 한구석에는 쥰페이가 비칠 것이다. 조금은 의식해 줬으면 싶지만, 지금은 너무 욕심 부리지 않기로 했다. 저쪽은 아직 쥰페이와 쥰페이가 사는 세계를 이해하지 못한다.

리허설이 끝나자 댄서들은 그 자리에 주저앉아 흐르는 땀을 닦았다. 모두들 얼굴이 발그스레한 채로 숨을 몰아쉰다. 이렇게 격렬한 운동을 매일 밤 두 스테이지씩 하다니, 같은 젊은이로서 조금 주눅이 든다.

캐서린이 상냥한 표정을 지으며 다가왔다.

"어머! 쥰 짱, 오늘 쉬는 날인가 봐?"

"우리한테 쉬는 날이 어디 있어. 형님이 출장 중이시니 날개를 살짝 펴 볼까 하는 거지."

캐서린 뒤로 가오리가 분장실로 들어가는 모습이 눈에 들어왔다.

'뭐야, 인사 정도는 할 수 있잖아.'

쥰페이의 마음이 착잡해졌다.

"근데 말이지…… 쥰 짱, 오늘 밤 한가해?"

"한가하진 않지만 별로 급한 일도 없어."

"그럼 마침 잘됐다. 상담할 일이 좀 있어서 말이지."

캐서린이 반달 모양 소파의 옆 자리에 걸터앉는다. 진한 향수 냄새가 코를 찌르는 바람에 쥰페이는 무심코 뒤로 물러났다.

"아이, 왜 그래? 도망가지 마."

그러고서 팔을 붙들어 강아지 안듯 가볍게 끌어당긴다. 그 바람에 캐서린의 땀이 쥰페이의 웃옷을 흠뻑 적시고 말았다.

"저기, 우리 댄서 중에 히로미 짱이라고 있잖아. 팔에 체리 문신한 아이 말이야."

"응, 알아. 근데 남잔가, 여잔가?"

"중간."

"아…… 그렇구나."

"응. 근데 그 애가 얼마 전에 이사를 했는데, 먼저 집주인이 성질 더러운 인간이더라고. 보증금을 돌려주기는커녕, 조립식 목욕탕을 더럽혀서 교환해야 한다면서 그 비용 20만 엔을 부담하라고 하는 모양이야."

"뭐, 그런 게 다 있어. 말도 안 되는 얘기지."

"그렇다니까. 완전 갈취라고. 그런데 부동산에 하소연했더니 야쿠자 같은 남자가 와서는 '너희 부모 집에 들이닥쳐도 좋냐'며 위협하더래. 히로미 짱이 이만저만 난감해하는 게 아니야."

"아우, 이거 듣기만 해도 열 받네."

트랜스젠더 댄서라면 일반 부동산업자들은 상대도 하려 들지 않는다. 대신 가부키초에는 물장수 전문 부동산업자가 있어 어느 정도 양심적으로 거래를 해 주지만 개중에는 나쁜 놈들도 있다. 쥰페이만 해도 지금은 조직 사무실에서 살고 있지만, 아파트라도 얻으려면 다른 사람 손을 빌리지 않을 수 없다. 그래서 남 일로만 여겨지지 않는 것이다.

"보증금을 되찾도록 해 주면 정말 고마울 텐데."

캐서린이 쥰페이의 팔을 자기 가슴에 대고 눌렀다. 뿌리치려 해 봤지만 꿈쩍도 하지 않는다.

"좋아. 내가 담판을 짓지."

쥰페이가 가슴을 쫙 펴며 말했다. 내용 자체에 화가 나기도 했지만, 그보다는 누군가 자신을 의지하려 한다는 사실이 기뻤다. 드디어 나설 기회가 왔다.

"사실 기타지마 씨한테 얘기하는 게 맞을지도 모르겠지만……."

"형님 바빠. 이런 사소한 일에 신경 쓸 틈이 없다고. 앞으로는 나한테 직접 얘기해."

쥰페이가 정색하며 말했다. 자신도 엄연히 야쿠자의 일원이다.

"저쪽이 여럿이면 어떡해?"

"상관없어. 이쪽은 간판을 등에 업었다고. 야쿠자입네 어쩌네 하면 찍소리 못하도록 작살내 줄 거야."

"어머나, 믿음직해라!"

"그러니까 무시하지 말라고. 내가 이래 봬도 가부키초에 오기 전에는 사이타마의 폭주족들을 꽉 잡고 있었다고."

사이타마라는 건 허풍이지만, 사이타마의 구석 동네인 히가시마쓰야마에서 쥰페이를 모르는 불량 청소년은 없었다.

"정말 괜찮을까?"

"글쎄, 걱정 말라니까."

"아아, 잘됐다. 그럼 히로미 불러올게."

캐서린은 얼굴이 상기된 채 그 커다란 입술로 쥰페이의 뺨에 키스를 쪽, 했다. 그리고 벌떡 일어나 대기실로 달려간다. 순식간에 일어난 일이라 항의할 새도 없었다. 대신 근처에 있던 웨이터에게 "물수건 가져와!"라고 고함쳤다.

1분이 채 안 돼 캐서린이 히로미를 데리고 왔다. 트랜스젠더 중에서는 제일 몸집이 작고 여자 같아서 귀띔해 주지 않으면 누구나 여자라고 생각할 것이다.

"오빠, 정말 부탁해도 돼요?"

"응. 그 부동산 놈들, 용서할 수가 없어. 내가 깔끔하게 정리해 주지."

"너무 심하게 하면 안 좋을 텐데……."

"그렇게 안 해. 그냥 가서 얘기만 하면 돼."

"사례금도 많이 못 드리는데……."

"필요 없어. 너한테 돈을 왜 받아? 오해 마. 나는 잘못된 게 싫어서 바로잡으려는 것뿐이야."

그럴듯하게 결론지었다. 이 발언이 가오리에게 전해지길 기대하면서.

"멋져, 쥰 짱! 멋지다! 자, 여기 계약서랑 보증금 영수증 복사한 거."

캐서린이 서류 봉투를 내밀었다.

"뭐야, 미리 다 준비해 놓은 거야?"

"믿을 만한 사람이 나타나길 얼마나 기다렸는데."

그러면서 캐서린이 또 안기려고 하자 쥰페이는 황급히 손으로 막았다.

계약서를 보니 가부키초에 있는 부동산업자다. 무지막지하게 장사하는 걸 보면 보나 마나 조직이 연계돼 있다는 건데.

"괜찮겠어?"

캐서린이 눈을 올려 뜨며 묻는다.

"당근이지. 날 뭐로 보는 거야."

쥰페이가 마치 스스로에게 기합이라도 넣듯 힘을 주어 말한다. 야쿠자에게는 승부를 걸어야 하는 순간이 있다. 이런 일로 평판이 결정되는 것이다. 체면을 걸고 돈을 찾아와야 한다.

"자, 그럼 잠깐 볼일 좀 보고 올까."

셔츠 깃을 세우고 여유를 부리며 천천히 일어선다.

"벌써 가게?"

캐서린이 앉은 채로 올려다보며 묻는다.

"여기서 노닥거릴 시간 없어."

목을 좌우로 꺾은 다음 손가락도 우두둑 꺾었다. 이런 모습을 가오리한테 보여 주고 싶었다. 하지만 그녀는 대기실에 틀어박혀 나올 줄을 모른다.

어깨를 건들거리며 클럽을 나왔다. 뜨거운 피가 온몸을 휘돌기 시작한다.

그 부동산은 유흥업소가 즐비한 거리 한구석의 허름한 빌딩 2층에 있었다. 계단 입구 입간판에 '접대부, 외국인 OK'라고 적혀 있다.

"흠, 야쿠자는 아니라 이거야?"

쥰페이는 트집 잡듯 그렇게 중얼거렸다.

'자, 들어가 볼까.'

도대체 무슨 일이 벌어질지 알 수 없으니 두렵지 않다면 거짓말이겠지만, 한판 붙어서 남자의 기를 한껏 올리고 싶다는 마음이 더 컸다. 불량 청소년 시절 싸울 때도 그랬다. 맞아서 아플 때도 있었지만 그래도 싸우는 쾌감이 더 컸다.

계단을 올라가 유리문으로 내부를 들여다봤다. 아주 평범한 사무실이었다. 여직원이 하나 있고, 넥타이를 맨 남자 두세 명이 카운터 안쪽에서 일하고 있다. 물장수풍의 손님 하나가 매물을 고르고 있었다.

문을 밀고 안으로 들어갔다.

"어서 오십시오."

힘찬 인사말로 쥰페이를 맞이한다.

사무실 내부를 오른쪽에서 왼쪽으로 한 번 둘러본 후 가까이 있는 파이프 의자에 앉았다. 언뜻 보기에도 야쿠자 같은 쥰페이의 인상에 직원들의 안색이 변했다.

"어떤…… 물건을 찾으십니까?"

'네가 더 물장수 같다, 야.'라고 말해 주고 싶은 인상의 서른 살 정도 된 남자 직원이 응대를 위해 쥰페이 앞에 와서 앉았다. 입가에 어색한 미소가 떠올라 있다.

"당신이 책임자야?"

의자 등받이에 몸을 기대며 쥰페이가 있는 대로 목소리를 깔고 물었다.

"아닙니다만…… 왜 그러시죠?"

"나는 이시자카 히로미라는 트랜스젠더의 대리인이야. 그 뭐야, 백조의 호수 댄서 히로미 말이야. 당신들, 아파트 계약 기간이 끝났는데도 보증금을 안 돌려주고 수리비까지 요구한다면서? 그거 좀 뻔뻔스러운 거 아냐?"

"선생님은…… 성함이?"

남자가 낮은 소리로 묻는다. 두려워하는 기색은 전혀 없다.

"나? 사카모토."

"어디 계시는 분이신지……."

"뭐야, 지금 그게 중요해?"

"일단은 알아 두는 편이……."

"지금은 말 못해. 당신들이 하는 거 봐서."

남자의 얼굴이 굳어지더니 자리에서 일어나 반투명 유리 칸막이 안쪽에 있는 상사에게 가서 뭐라고 얘기한다. 안에서 뚱뚱한 중년 남자가 얼굴만 빼꼼 내밀어 의심에 찬 눈초리로 쥰페이를 바라봤다. 그리고 둘이서 잠시 소곤거린 뒤 어딘가로 전화를 건다. 잠시 후 남자가 돌아왔다.

"저쪽 소파에서 잠시 기다려 주시겠습니까? 곧 사람이 올 겁니다."

"아아, 뒤를 봐주는 분이 오시겠다? 이거 재밌게 됐네. 이봐, 거기 언니. 여기서 계약하면 험한 꼴 당한다고. 해약할 때 보증금을 안 돌려주질 않나, 터무니없는 수리비까지 청구하질 않나. 웬만하면 하지 말라고. 아니면 지금부터 날 경호원으로 고용하든가."

쥰페이는 밖에서 들릴 정도로 큰 소리로 말했다. 시비 걸 땐 무조건 큰소리부터 치라고 기타지마에게 배웠다.

여자 손님은 겁에 질린 표정으로 핸드백을 집어 들더니 종종걸음으로 부동산을 나가 콩콩 하이힐 소리를 내며 계단을 내려갔다. 직원의 안색이 확 변했다.

"어이, 여긴 손님한테 마실 것도 안 주나?"

그러면서 쥰페이는 허름한 소파로 옮겨 앉아 다리를 테이블 위로 내던졌다. 잠깐 나가 있으라는 남자의 지시를 받은 여직원이 문을 열고 나갔다.

"바보 같은 자식, 쫄기는. 그러면 차를 내올 사람이 없잖아. 으하하."

되는대로 지껄인다. 이쯤 되면 뇌 구석구석에 진한 무언가가 스며들어 내가 나 자신이 아닌 것처럼 느껴진다. 권총은 아니더라도 칼 정도는 들이대고 싶어지는 것이다.

잠시 후 여럿이 계단을 뛰어 올라오는 소리가 들리더니 부동산 뒤를 봐주는 야쿠자들이 나타났다. 셋이다. 운동복 차림인 걸 보니 조직 사무실을 지키던 놈들인 듯했다. 한눈에도 별 볼일 없어 보인다. 기타지마 형님처럼 포스 있는 녀석은 아무도 없다.

"이놈이야?"

한 녀석이 턱으로 쥰페이를 가리키며 남자에게 물었다.

"뭐야, 이거 애송이잖아? 야, 너 어디서 온 똘마니야?"

다른 한 녀석이 맥 빠진 말투로 묻는다.

"오오, 똘마니랑은 상대를 안 하시겠다? 부동산 뒤나 봐주는 주제에 뭘 잘났다고 나불거려. 아유, 이것들을 확! 야, 너희들도 집 빌리기 힘든 거는 마찬가질 거 아냐. 근데 불쌍한 트랜스젠더나 괴롭히는 데 앞장서고. 부끄럽지도 않냐!"

"터진 입이라고 말은 잘하네. 자알났다. 너 그따위 말투 어디서 배웠어?"

뒤에서 염소같이 가느다란 수염을 기른 녀석이 한발 앞으로 나선다. 셋 중에서 리더 격인 모양이다.

"시끄럽고, 보증금이나 내놔!"

쥰페이가 일어서며 테이블을 확 걷어찼다. 알루미늄 재떨이가 날아오르고 우당탕 큰 소리가 사무실을 울렸다.

“왜 이 좁은 데서 짖고 난리야. 귀청 떨어질 뻔했잖아. 아가, 어느 집 자제신가?”

“아, 가? 아저씨 말버릇부터 고쳐야겠네. 젊다고 무시하면 큰일 나요오.”

“걱정 말고 말해 봐. 우리는 간토 지방 이나무라회 이소에파야. 그쪽은 어디야? 야마모토파? 로쿠메이파? 그냥 가부키초 양아치? 잘만 하면 봐줄 수도 있는데.”

“웃기고 있네. 누가 봐 달라 그랬어?”

“너, 혹시 하야다파 기타지마 똘마니 아니야?”

염소수염의 말에 쥰페이는 움찔했다. 혹시 내가 가부키초 뒷골목 세계에서 벌써 이름이 알려진 존재인가? 가슴이 살짝 부푼다.

“맞구먼. 어쩐지 말투가 귀에 익더라니. 너 그거, 형님 흉내 내는 거지?”

‘에이 씨, 그런 거였어?’

쥰페이의 얼굴이 확 달아올랐다.

“시, 시끄러워. 형님이 누구건 무슨 상관이야. 나는 수련 중일 뿐, 누구한테 매인 신분이 아니야!”

“저 봐, 저 말투. 기타지마랑 똑같네. 솔직히 말해 봐. 너 기타지마 똘마니지?”

쥰페이는 점점 졸아 거친 소리가 입 밖으로 나오지 않았다.

"그렇다면 얘기가 다르지. 그러니까 어디 소속인지 밝혀. 아니면 정말로 동네 양아치야?"

"정 원한다면 말해 주지. 잘 들어. 나는 기타지마 게이스케의 사제로, 사카모토 쥰페이라고 한다."

"거봐, 맞잖아. 그럼 하나만 더 묻겠는데, 이거, 기타지마 생각이야? 네가 쳐들어와서 시비를 걸다가 도리어 이소에파에게 얻어맞아 병원에 실려 간다, 그걸 안 기타지마가 나선다, 그런 그림이냐고."

"멍청한 녀석. 우리 형님이 보증금 문제 따위에 끼어들 것 같아? 너, 나는 무시해도 우리 형님 무시하면 죽을 줄 알아!"

"그러니까 보증금 운운은 핑계고, 기타지마가 노리는 건 이 일을 빌미로 트러블을 일으켜서 우리가 장악하고 있는 골든 스트리트 구역을 한입 물겠다, 그런 얘기 아니냐고."

"당신네 구역인지 뭔지는 내 모르겠고, 밑에서 이러쿵저러쿵할 일도 아니고. 나는 단지 트랜스젠더 캐서린의 부탁을 받고 히로미라는 댄서의 보증금을 찾아 주러 왔을 뿐이야. 자, 돌려줄 거야, 말 거야!"

쥰페이는 화가 나서 소리 질렀다. 기타지마가 존경하는 형님이긴 하지만, 자신이 완전 그의 부속품으로 여겨지는 건 참을 수 없다.

"이놈 그냥 바본데요."

머리를 박박 민 쪽이 말한다.

"그래요. 그냥 손봐 버리지요."

다른 한 녀석도 동조한다.

"오오, 해 보시지. 하지만 말이야, 손댔다 하면 죽여야 할 거야. 나는 뱀처럼 집요하거든. 목숨이 붙어 있는 한 끝까지 쫓아다닐 거거든."

"일단 밖으로 끌어내."

염소수염이 지시했다.

"사무실로 데려갈까요?"

"야, 이 멍청이야. 이따위 애송이를 처리하는 데 우리 간판까지 사용해야겠어? 적당한 데 끌고 가서 니들끼리 혼내 줘. 나, 간다."

염소수염이 짜증 난다는 표정으로 코를 비비더니 발길을 돌렸다.

"야, 기다려, 이 자식아!"

쥰페이가 자리에서 벌떡 일어나며 외쳤지만 염소수염은 뒤도 돌아보지 않고 휑하니 나가 버렸다. 남은 두 남자가 험상궂은 표정을 지으며 다가왔다.

"지금 해 보겠다는 거야?"

쥰페이가 침을 튀기며 소리 지른다.

"거참, 뉘 집 자식인지 시끄럽네. 야, 얼굴 좀 이리 대 봐."

두 남자가 양쪽에서 쥰페이의 팔을 잡아챘다. 몸집이 마른 쥰페이는 손쉽게 팔이 잡혀 등 뒤로 붙여졌다.

"아! 아프잖아, 이 새끼들아!"

부동산 남자가 카운터 안에서 싱글거린다.

"야! 너 웃어? 죽었어, 너. 또 올 테니까 각오해!"

부동산을 나와 계단이 있는 곳까지 끌려갔다. 등 뒤에서 남자들이 서로 눈짓하는 기색이 느껴진다. 다음 순간 잡혔던 팔이 풀리더니 냅다 앞으로 밀쳐졌다. 몸이 균형을 잃고 공중에서 춤을 춘다. 계단 밑 골목에 있는 술집의 네온 간판이 눈에 들어왔다. 맨 먼저 충격이 온 건 오른쪽 무릎이었다. 이어 팔꿈치, 어깨, 등의 순으로 충격이 내달았다. 쥰페이는 계단을 굴러 떨어지며 '아, 내 새 양복…….'이라고 자신의 불운을 저주했다.

길바닥으로 굴러 떨어지는 데는 3초도 걸리지 않았다. 바닥에 닿는 찰나 잽싸게 머리를 감쌌지만 전신에 밀려오는 고통과 현기증으로 인해 일어날 수가 없었다.

"어! 미안, 미안. 손이 미끄러졌네. 괜찮지? 와하하하."

위에서 남자들 목소리가 들려온다. 그들은 천천히 내려와서 다시 쥰페이의 팔을 잡았다.

고함치고 싶지만 소리가 나오지 않았다. 그대로 후미진 골목까지 끌려갔다.
"얘, 아가야. 함부로 까불면 안 되지."
배에 한 방을 먹었다. 위 속에 든 것들이 한꺼번에 뿜어져 나온다.
"너, 가부키초 무서운 데다, 아가야. 시골로 돌아가는 게 어떻겠니?"
웅크리고 있자니 이번에는 얼굴을 발로 걷어찼다.
코피가 수도꼭지를 튼 것처럼 주르륵 흘러내린다. 쥰페이는 전의를 상실했다.
"얼굴은 하지 마. 신발 더러워지잖아."
"으히히. 너 오늘 운 좋은 줄 알아라."
두 사람이 큰 소리로 웃었다.
쥰페이는 큰대 자로 뻗었다.
"야, 죽여! 안 그러면 복수하러 갈 거야."
숨을 헐떡이면서도 큰소리다. 그의 오래된 습성이었다.
"너, 그 입 안 닥쳐?"
다시 배를 힘껏 걷어차였다. 심한 고통에 몸을 웅크린다. 그 뒤로는 속수무책으로 당했다. 더는 아픔도 느껴지지 않았다. 린치는 중학생 때부터 이골이 났고, 어떻게 대처해야 하는지도 알고 있다. 저항하지 않으면 된다.
5분 정도 린치가 계속됐다. 배와 등을 집중적으로 얻어맞았다. 햇빛이 닿지 않는 골목의 콘크리트에 핀 이끼가 기분 나쁘게 얼굴에 닿았다.

양복이 피로 물들어 엉망이 됐다. 와이셔츠는 검은색이어서 멀리서 보면 눈에 띄지 않지만, 이런 꼴을 하고 조직 사무실로 돌아갈 수는 없는 노릇이다.

쥰페이는 하나조노 신사로 가서 물로 얼굴을 씻었다. 그리고 양복저고리를 쓰레기통에 버린 후 밤바람을 맞으며 걸어서 야스쿠니 거리에 있는 잡화점 돈키호테로 갔다. '이치방(一番)'이라는 글자가 프린트된, 외국인용 관광 기념 티셔츠를 샀다. 그것 말고는 제대로 된 도안이 없었다. 점원이 겁에 질린 눈으로 보고 있었지만, 조금도 개의치 않고 그 자리에서 와이셔츠를 벗고 티셔츠로 갈아입었다. 그길로 약국에 가서 소독약과 타박상 연고를 산 뒤 다시 하나조노 신사로 가서 약을 발랐다.

쥰페이는 본전 바닥에 벌렁 드러누웠다. 별이 빛나는 밤하늘이 시야에 들어온다.

'어떻게 복수할 것인가.'

죽는 한이 있어도 이대로 넘어갈 수는 없다. 가만있으면 평생 무시당하게 된다.

'복수는 24시간 내에 해야 한다.'

그것이 기타지마의 가르침이었다. 복수하지 않으면 백조의 호수에 얼굴을 내밀 수 없고 가오리도 못 보게 된다. 보증금을 되찾아 주지 못하면 꼴이 말이 아니다.

생각할수록 굴욕이었다. 완전히 애 취급을 당했다. 그건 나이가 적고 많음을 떠나 이름을 알릴 만한 사건을 한 번도 일으킨 적이 없기 때문이다. 싸움이라면 질릴 정도로 해 왔지만 감옥살이를 한 적은 없다. 사람을 찌른 적도 없다.

우선 이소에파의 세 놈을 찌르기로 했다. 방법이야 어찌 됐건 일단 저지르고 볼 것이다.

시계를 봤다. 시간이 벌써 이렇게 됐나. 밤 9시가 되어 간다. 슬슬 사무실로 돌아가야 한다. 전화 당번이 기다릴 것이다.

일어나 사무실로 걸음을 옮겼다. 지나치는 행인들이 쥰페이를 보고 당황해서 시선을 돌린다. 아마도 엄청 끔찍한 얼굴일 것이다. 빨강, 파랑 네온 빛까지 받아 좀비로 보이겠지.

사무실에 들어가 보니 골프를 치고 온 오야붕이 있었다. 이 시간까지 있는 건 드문 일이다. 형님들에게 둘러싸인 채 안쪽 의자에 앉아 있다.

오야붕 하야다 요시노리는 50살 먹은 대머리로 살이 쪄서 당뇨병 증세가 있다. 최근 수년간의 최대 관심사는 자신의 건강이었다. 그래서 매일 아침 산책과 녹즙을 빠뜨리지 않는다. 술도 잘 안 마시고 길거리에 나다니지도 않으며 곧장 시모오

치아이의 집으로 돌아가는 나날을 보내고 있다.

당황한 쥰페이가 차렷 자세를 취했다.

"어이, 쥰페이. 그 얼굴, 어떻게 된 거야?"

중간 간부가 물었다.

"아닙니다. 아무것도 아닙니다."

쥰페이가 큰 소리로 대답했다.

"아무것도 아니라니. 싸웠나?"

"아, 네. 보고할 정도는 아닙니다."

중간 간부가 3초 정도 뜸을 들였다가 다시 묻는다.

"그래서, 이겼나?"

"네, 이겼습니다."

그렇게 대답했다. 그럴 수밖에 없다.

"뭐, 좋아. 사카모토는 아직 젊잖아. 길에 나가면 이런저런 일이 많겠지."

오야붕이 그렇게 정리했다. 그리고 잠시 눈앞의 똘마니를 바라보더니 "거기 좀 앉아 봐."라고 명령했다.

이런 일을 처음 겪는 쥰페이는 약간 놀랐다. 오야붕 입장에서 본다면 쥰페이는 말단 중에서도 말단이다. 보통은 상대조차 하지 않는다. 잘못을 저질러도 형님인 기타지마를 대신 꾸짖는다.

"너 몇 살이지?"

"스물하나입니다."

"그래, 아직 스물하나인가……. 감방에는 다녀왔나?"

"아니, 아직입니다."

"흠……."

오야붕이 목캔디를 한 알 꺼내 입에 던져 넣더니 기침을 해댔다.

"내, 기타지마가 돌아오면 말할 생각이었는데, 마침 잘 왔어. 어때, 남자가 한번 돼 보지 않겠나?"

매미같이 쉰 목소리로 묻는다. 무슨 뜻인지 얼른 이해되지 않았다. 쥰페이는 입을 다문 채 가만있었다.

"조직을 위해서 나서 볼 생각이 없느냐 이 말이야."

"그게……."

"우리가 시노노메회의 모가지 하나를 따려는데 말이지, 그걸 네가 해 줄 수 없겠어?"

"하겠습니다!"

바로 대답했다.

"시켜만 주십시오."

또 한 번 큰 소리로 대답했다.

오야붕의 표정이 순식간에 밝아진다. 형님들의 얼굴에도 미소가 번졌다.

"오오! 그래? 사카모토, 해 주겠어?"

"제가 도움이 되는 일이라면 뭐든지 하겠습니다."

쥰페이는 그렇게 대답하며 온몸이 뜨거워지는 걸 느꼈다. 이제 남자가 되는 거다. 진짜 야쿠자가 되는 거다.

시야 한끝으로 파랗게 질린 얼굴을 한 채 꼼짝 않고 서 있는 안도가 들어왔다. 오야붕은 안도가 아니라 나를 지명했다. 내 쪽이 인정받고 있다는 증거다.

뜨거운 피가 몸속을 힘차게 내달렸다. 린치로 인한 고통은 잊은 지 오래다. 창밖에는 가부키초의 네온사인이 빛나고 있었다.

3

야구 점퍼 안주머니에서 현금 30만 엔이 들어 있는 봉투가 아기 캥거루처럼 머리를 빼꼼히 내밀고 있었다. 오야붕이 직접 준 돈이다. 쓰기 아까울 정도로 빠닥빠닥한 신권으로, 잉크 냄새가 날 정도였다. 쥰페이는 아침에 일어나자마자 아직 형님들이 출근하지 않은 조직 사무실에서 나왔다.

조금 전 외출할 채비를 하고 있을 때, 침대 2층에서 자고 있던 안도가 "왜 쥰페이냐고!"라고 한탄에 찬 소리를 질렀다.

"어쩔 수 없잖아. 오야붕이 지명한 걸."

"너, 권총 쏴 본 적 있어? 나는 있다고. 폭주족 시절, 이란 놈들하고 붙었을 때."

"알았어. 그보다, 청소랑 전화 당번 잘 부탁해. 당분간 너 혼자야."

쥰페이는 우월감을 느꼈다. 입만 살아 있는 인간이란 얼마나 가련한 존재인가. 야쿠자에겐 행동이 있을 뿐이다.

잠시 어슬렁거리며 길을 걷다가 가부키초의 캡슐 호텔에 체크인 했다. 사우나 시설이 있는 위생적인 호텔이다.

"사흘간 사바세계를 맛보고 와."

오야붕이 쥰페이에게 그렇게 말했다. 오늘이 금요일이니까 주말을 통째로 마음대로 쓸 수 있다는 얘기다. 조직 생활을 시작한 후 처음 경험하는 자유다. 주말에는 대개 운전기사로 불려 다니거나 사무실 청소를 했다. 모처럼 얻은 자유 시간을 어떻게 보낼지 궁리하다가 우선 잠자리부터 확보하기로 한 것이다. 형님들에게서 벗어나고 싶기도 했지만, 무엇보다 혼자 있고 싶은 생각이 간절했다. 공포나 망설임 따위의 감정은 없었다. 가슴속을 지배하는 건 한여름의 태양 같은 뜨거움뿐이다.

거사는 월요일 새벽. 타깃은 시노노메회 계열 마쓰자카파 간부인 야자와 히로히사. 쥰페이는 '총알'이 되는 거다.

"이 녀석을 죽이고 와."

조직 2인자가 사진을 건네주며 나지막한 목소리로 그렇게 말했다. 골프장에서 찍은 단체 사진을 확대한 것이었다. 초점이 잘 안 맞아 흐릿했지만 한눈에도 인상이 나빠 보이는 중년 남자의 얼굴을 들여다보며 쥰페이는 저도 모르게 몸이 떨려왔다. 마침내 기다리던 날이 온 것이다. 기다렸던 건 아니지만 각오는 이미 서 있었다.

1박 요금 4,500엔을 내고 창문 없는 새장 같은 방 하나를 확보했다. 그리고 방에 있는 소형 금고에 오야붕에게 받은 30만 엔을 집어넣었다. 기타지마라면 이 정도 돈은 항상 갖고 다니겠지만 쥰페이에겐 거금이다. 만일 잃어버리기라도 하는 날엔 인생 끝이다.

얄팍한 매트리스 위에 몸을 눕혔다. 잠시 뒤척이다가 벽에 붙은 거울로 얼굴을 보니 어제 맞은 턱과 입 주위가 보라색으로 변해 있다. 그래도 보기보다 통증은 많이 가셨다. 그보다 등짝과 옆구리가 쑤신다. 얼굴보다 몸을 집중적으로 얻어맞은 탓이다.

할 일이 많았다. 우선 권총을 손에 넣어야 한다. 또 어제 일에 대한 복수, 히로미의 보증금을 되찾아 주는 일, 타깃 확인하러 가기…….

왼 손바닥에 하나하나 볼펜으로 적었다. 이러지 않으면 잊어버린다.

텔레비전을 켜니 와이드 쇼의 한 코너에서 요리를 하고 있었다.

'맞다. 먹을 거.'

임무를 완수하고 경찰에 출두하면 당분간 맛있는 건 못 먹게 된다. 뭐니 뭐니 해도 고기를 먹어야 한다.

이 기회에 두툼한 스테이크나 먹어 볼까.

손바닥에 '스테이크'라고 적었다. 생각만 해도 군침이 흐른다.

눈을 감자 잠이 몰려왔다. 생각지도 못했던 오야붕의 얘기에 흥분해서 어젯밤에는 잠을 푹 잘 수 없었다. 잠깐만 눈을 붙이기로 했다. 시간은 넘칠 만큼 있고 게다가 맘대로 쓸 수 있다. 전화벨 소리에 후다닥 일어날 필요도 없다. 형님들의 변덕에 휘둘리지 않아도 된다. 그렇게 생각하자 신경이 한 가닥 한 가닥 풀어지고, 온몸이 매트리스 속으로 빨려 들어가는 것처럼 힘이 스르륵 빠져나갔다.

오랜만에 느끼는 감각이다. 꿈도 꾸지 않고 푹 잘 수 있을 것이라는 확신이 들었다.

눈을 떠 보니 오후 3시였다. 뒤척이지도 않았는지 등이 저리다. 균페이는 침대에서 내려와 다른 층에 있는 공중목욕탕으로 가서 거품 욕조에 몸을 담갔다. 평일 낮 시간이지만 가부키초답게 야간 업소에 종사하는 남자들로 붐빈다. 안면이 있는 점쟁이가 쥰페이를 발견하고 반가운 표정으로 다가온다.

"어이! 하야다파 젊은이. 그 얼굴, 왜 그렇게 된 거야?"

"시끄러워요. 아저씨랑 상관없는 일이야."

쥰페이는 손으로 내쫓는 시늉을 했다. 이 점쟁이는 누구에게나 "한번 봐 줄게."라며 지분거린다.

"자네, '건위천'이라는 점괘가 나와 있어."

"에이, 귀찮아. 말 걸지 마요."

"자네 운세는 말이지……."

점쟁이가 조금씩 다가온다.

"이봐, 가까이 오지 말라니까."

"매정하게 왜 그래. 건위천이라는 건 말이지, 주역 64 점괘 중에서 적극적으로 열심히 노력할 때라는 뜻이야."

점쟁이가 제멋대로 떠들기 시작한다. 상대하고 싶지 않아 얼굴을 돌려 버렸다.

"건위천일 때는 크게 통한다고. 곧고 바르게 행동해야 해. 하늘과 하늘이 겹쳐진 전양(全陽)의 괘라서 하늘 높이 우주의 기운이 가득 차 있어. 이럴 때는 매사 전향적으로, 목표를 높이 두고 인생을 개척하는 거야."

쥰페이는 거품 아래로 잠수해 버렸다. 욕조의 물거품 때문에 눈앞이 뿌옜다. 얼굴에 난 상처가 쓰라렸지만 5초 정도 지나니 고통이 사라진다.

물 위로 고개를 내밀었다. 점쟁이는 아직도 떠들고 있다.

"……양의 기운이라고 너무 기세등등하거나 지나친 행동을 해서는 안 돼. 교만하지 말고 다른 사람들의 의견을 듣고……."

"어이, 아저씨."

"아저씨가 뭐야. 선생이라고 불러."

"흥, 선생 좋아하네. 그래서, 운이 좋다는 거야, 나쁘다는 거야? 어느 쪽이냐고."

"그러니까 말했잖아. 지금은 열심히 노력할 때라고."

"그런 거야?"

결국 그의 페이스에 말려들어 되묻고 말았다. 누구라도 그런 말을 들으면 노력하고 싶을 것이다.

"또한, 다른 사람들의 말에 귀를 기울이고, 신중함도 잊어서는 안 돼. 자네 같은 젊은 친구들은 하여간……."

"당신이 무슨 스님이야? 나한테 설교하지 말라고."

"바로 그거야. 그렇게 기세등등하다가는 자칫하면 목숨을 잃게 되니 주의하라고. 하하하!"

점쟁이는 대화 상대가 생긴 게 기쁜지 얼굴 가득 주름을 잡으며 웃어 댔다. 속이 뒤틀린 쥰페이는 욕조에서 나와 버렸다. 가부키초 인간들은 젊은 야쿠자를 조금도 두려워하지 않는다. 그게 부아가 난다.

목욕탕을 나와 거울 앞에서 머리를 말리고 젤을 발라 올백으로 넘겼다. 요즘은 보기 드문 헤어스타일이지만, 이것도 기타지마를 흉내 낸 것이다. 가슴에 로션을 바르고 스모 선수처럼 두드렸다. 그리고 눈가의 푸른 멍 자국을 감추기 위해 선글라스를 끼었다. 눈썹을 찡그리며 거울을 노려본다. 준비는 끝났다. 이제 모든 건 나 하기에 달렸다.

호텔을 나와 가부키초 북쪽을 향해 걸었다. 그대로 쇼쿠안 거리를 건너 오쿠보 골목으로 들어갔다. 행선지는 대만 음식점이다. 맏형님에게 거기 가서 권총을 사라는 지시를 받았다.

9월이 되어선지, 골목을 빠져나가는 바람이 선선하다. 어딘가 정원에서 방울벌레가 울고 있다. 거리 곳곳에 서 있는 남미 출신 성 매매 여성들도 조금은 덜 벌거벗은 모습이다.

"오파, 놀다 카요."

쥰페이보다 몸무게가 더 나갈 게 틀림없는 여자가 유혹해 온다.

"나 바빠."

"엄머, 귀여워. 돌아갈 때 들러요."

여자가 팔을 잡고 흔드니 어깨가 빠질 것 같다.

"야! 하지 마. 아프잖아. 이런 아마추어 같으니라고. 내가 누군지 알아?"

"누군데? 가르쳐 줘."

야쿠자에 익숙한 여자가 쥰페이에게 계속 수작을 건다. 화가 나 손을 치켜드니 여학생처럼 꺅꺅 소리를 질러 대면서도 도망가지는 않고 스페인 어로 뭐라 지껄여 댄다. 쥰페이는 무시하고 발걸음을 재촉했다.

목적지인 식당은 낡은 개인 주택 1층에 있었다. 2층 창문에는 세탁물이 널려 있다. 종업원이 사는 곳인 듯했다. 대개는 중국인 불법 체류자들이다. 이 근방에서는 합법적인 체류자를 찾아내는 게 더 어렵다.

'준비 중'이라는 팻말이 걸려 있는 문을 열고 어둠침침한 실내를 향해 외쳤다.

"실례합니다. 누구 없습니까?"

그러자 안쪽 주방에서 흰옷을 입은 다부진 인상의 남자가 중국 식칼을 손에 든 채 나타났다. 잠에서 막 깬 듯, 뚱한 얼굴로 쥰페이를 살핀다.

"이 집 주인이에요? 나는 하야다파 사람인데……."

쥰페이의 말이 끝나기도 전에 남자는 말없이 안으로 들어갔다가 메모지 한 장을 들고 나왔다. 들여다보니 휴대 전화 번호가 적혀 있다.

"여기로 전화하라는 거예요?"

그렇게 물었을 때는 이미 남자가 주방 안으로 사라진 뒤였다.

하는 수 없이 쥰페이는 메모지에 적힌 번호로 전화를 걸었다. 신호음이 몇 번 울리고 어떤 남자가 이상한 일본어 억양으로 전화를 받았다. 쥰페이가 이름을 말하자 요 근처 공원에서 기다리라고만 하고 전화를 끊어 버린다. 권총 정도의 물건을 거래하려면 절차가 이렇게 복잡한가 보다.

전화의 남자가 가르쳐 준 공원으로 갔다. 좁은 골목을 사이에 두고 초등학교가 있었다. 수업을 마친 아이들이 공원을 뛰어다니고 있었는데, 노는 데 바빠 쥰페이에게는 관심도 보이지 않는다.

은행나무에 기대어 두 개비째 담배를 물었을 때 아기 돼지를 연상시키는 50세 전후의 중년 남자가 가죽 가방을 들고 나타났다.

"당신, 못 보던 얼굴인데. 누구 밑에 있어?"

"나, 기타지마의 부하 사카모토요."

가슴을 펴고 고개를 까딱하는 정도로 인사를 마쳤다.

"흥, 태도 하나는 형님하고 똑같네."

남자가 쓴웃음을 지었다.

"쓸데없는 얘기 하지 말고 물건이나 줘요. 급하다고."

"알아. 전화로는 복제 권총이라고 하던데."

"아니, 그건 모르는 얘긴데."

"얼마 가져왔어?"

"20만. 형님들한테 한 자루에 20만 엔이라고 들었는데."

그래서 용돈을 포함해 30만 엔을 받았다.

"20만이면 모조 총. 진짜는 그 두 배."

"어쨌든 총알은 제대로 나가는 거죠?"

"걱정 안 해도 된다. 총알은 나가. 가격 차이는 정확도."

"알아, 나도."

몰랐지만 아는 척했다.

"5미터 떨어져서 쏘면 50센티미터 정도 좌우로 비껴간다."

"아니, 잠깐. 그렇게 많이?"

"당신, 총 쏴 본 적 있어?"

"……없는데."

"어디 쓸 건지는 안 묻겠는데, 어차피 가까이서 쏠 거 아냐. 세 발 쏘면 그중 한 발은 반드시 맞는다."

남자는 황당한 말을 아무렇지도 않게 내뱉으며 앞에 있는 벤치에 앉아 가방을 열었다. 그리고 턱짓을 하기에 쥰페이도 옆에 앉았다. 가방 속을 들여다보니 기름종이에 싸인 회전식 모조 권총이 있다. 손잡이 부분에 검은 테이프가 감겨 있는 것이, 전형적인 복제품이다.

남자가 가방에서 권총을 꺼내 쥰페이에게 건넸다. 들어 보니 쇳덩어리답게 묵직한 느낌이다. 흔들자 탄환이 장전된 부분에서 짤랑짤랑 소리가 난다. 격철도 흔들거렸다.

"좀 더 좋은 거 없어?"

쥰페이가 불안해하며 물었다.

"맘에 안 들어? 그럼 하는 수 없지."

남자는 어깨를 으쓱거리더니 가방 속에서 다른 권총을 꺼냈다. 역시 복제품이긴 하지만 한눈에 상태가 더 좋다는 것을 알 수 있었다. 남자가 장난스러운 웃음을 짓는다.

"이 영감이 사람을 갖고 놀아!"

"기타지마 사람이니까 믿는 거다. 혹시 경찰에 잡히더라도 입수 루트를 까발리면 안 돼."

"나도 알아. 조직의 신용이 걸린 문젠데."

"근데, 몇 살이지?"

"……스물하나. 왜?"

쥰페이는 나이 밝히기를 좋아하지 않는다. 어리다고 가볍게 볼까 봐.

남자가 잠시 쥰페이를 바라본다.

"그래? 스물하나라……."

뭔가 말하고 싶은데 참는 표정을 짓더니 한숨을 푹 내쉰다.

"왜 그러는데?"

"자신을 소중히 여겨야 한다."

"내, 참. 당신이 내 부모야? 나도 다 안다고."

그러고 보니 남자는 쥰페이의 부모 나이다.

"알면 됐다."

남자는 다시 가방에서 종이 상자 하나를 꺼내어 "7발이야."라며 벤치 위에 놓았다. 적절한 개수인지 어떤지 판단이 서지 않았지만 쥰페이는 입을 다문 채 고개를 끄덕이며 봉투를 내밀었다.

"20만 엔이야. 확인해 봐."

"소비세까지 21만 엔이다."

어이가 없었다. 하는 수 없이 지갑을 열려고 하는데 "농담이야."라며 남자가 진지했던 얼굴을 무너뜨린다.

"이 거지 같은 영감탱이가 사람을 놀려!"

하지만 남자는 아랑곳하지 않고 지폐를 한 장 한 장 센 후 천천히 일어나 쥰페이를 향해 섰다.

"혹시 생각이 바뀌면 아까 그 가게로 오면 된다."

"무슨 말이야?"

"피스톨, 환불해 준다."

"지금 장난해? 절대 환불 안 해!"

"생각이 바뀔지도 모르지."

그리고 그 자리를 떠났다. 쥰페이는 들고 있던 권총을 바지 뒷주머니에 꽂았다. 총알은 점퍼 주머니에 넣었다.

공원을 나와 빠른 걸음으로 골목길을 걸어 나갔다. 해야 할 일 중 하나를 마쳤다. 손바닥에 적힌 메모를 본다. 다음은…….

길가에 남미 성 매매 여성의 수가 늘어나 있었다.

"어머, 자기 또 왔네!"

여자가 두 팔을 벌리며 키스를 조르는 포즈로 달려온다. 쥰페이는 일단 블록 담에 기대어 그녀를 피한 뒤 냅다 뛰어 그들 무리를 돌파했다.

나는 이제 권총을 가졌다. 낭비할 시간 따위는 없다.

권총을 손에 넣은 쥰페이는 그길로 어제 그 부동산으로 갔다. 조금이라도 지체했다가는 결심이 무뎌지고 이런저런 변명거리를 찾아내게 된다. 기타지마가 말했듯이 보복은 24시간 이내에 하는 것이 철칙이다. 두고 보자고 해 놓고 진짜 복수하는 놈은 거의 없다.

빌딩에 도착한 즉시 계단을 달려 올라갔다. 유리문으로 내부를 살펴보니 손님은 없고 어제 그 아니꼬운 직원이 카운터 저편에서 서류 작업을 하고 있다. 여직원도 있었다.

어깨로 문을 밀치고 안으로 들어갔다. 직원이 쥰페이를 보더니 흠칫한다.

"다시 온다고 했지? 어제 일 마무리를 해야지. 아직 안 끝났잖아. 자, 히로미의 보증금, 내놓지그래. 2개월 치 18만 엔."

쥰페이가 기세등등해서 말했다. 칸막이 안쪽에서 중년의 상사가 얼굴을 내밀더니 다급히 전화기를 잡는다.

"어이, 기다려. 이소에파를 부르는 건 좀 이따 하지그래. 우선 내 일부터 처리하고."

쥰페이는 카운터 위로 펄쩍 뛰어올랐다. 그리고 바지 뒷주머니에서 권총을 뽑은 뒤 다리를 넓게 벌리고 서서 양손으로 권총을 잡고 앞쪽을 겨냥했다.

맨 먼저 여직원이 비명을 질렀다. 그녀는 자리에서 일어나더니 좁은 사무실 안을 갈팡질팡 도망 다녔다. 남자 둘은 힘없이 그 자리에 주저앉았다.

"자, 잠깐! 쏘지 마!"

목소리가 뒤집어진다.

"보증금만 돌려주면 안 쏘지. 내 확실히 말해 두지만, 나는 강도가 아니라고. 18만 엔이야. 그것만 돌려주면 얌전히 돌아갈 거야. 어때, 돈을 내놓을 마음이 생겼나?"

일단 시작하자 자신도 신기할 정도로 냉정해졌다. 들뜨거나 상기되지도 않는다. 큰 소리도 술술 나온다.

"입 다물고 있으면 어쩌자는 건지 알 수가 없잖아. 이봐, 거기 아저씨. 당신이 여기 책임자지? 뭐라고 말 좀 해 봐."

"아, 알았어. 줄게."

중년이 창백한 얼굴로 그렇게 대답한다.

"드리겠습니다, 라고 해야지."

"드리겠습니다. 드리겠습니다."

중년의 지시로 남자 직원이 소형 금고를 열었다. 거북이처럼 목을 움츠린 채 지폐를 세더니 18만 엔을 카운터에 올려놓는다.

"적어도 봉투에는 넣어 줘야지. 아 참, 그리고 영수증. 돈 받았다고 써 줄게. 다시 한 번 말하는데, 난 강도가 아니라고. 보증금을 돌려받으러 왔을 뿐이야."

쥰페이는 카운터에서 내려와 의자에 앉았다. 권총을 오른손에 쥐고 왼손으로 주머니에서 담배를 꺼냈다. 한 개비를 뽑아 입에 물고 라이터로 불을 붙이려는데 손이 마구 떨려 담배를 바닥에 떨어뜨리고 말았다.

재빨리 집어 들고 다시 한 번 불을 붙이려 했지만 손에 힘이 주어지지 않는다. 혀를 차며 담배를 내동댕이쳐 버렸다.

"야! 빨리 하란 말이야!"

동요를 들키지 않으려고 고래고래 소리 질렀다.

직원이 카운터에 영수증 용지를 올려놓자 쥰페이는 거기에 서명했다. 흔들리지 않도록 잔뜩 힘을 주어 썼지만 결과는 판독이 불가능할 정도의 글씨가 되어 버렸다.

돈이 든 봉투를 집어 든 쥰페이는 그것을 바지 뒷주머니에 넣고 일어섰다. 그리고 다시 한 번 카운터를 향해 권총을 겨누고는 겁에 질린 직원들의 얼굴을 쭉 훑어봤다.

"자, 이만하면 알겠지? 나는 겁이란 걸 모르는 남자라고. 이상한 짓만 또 해 봐. 내가 계속 올 거야. 그 점 잘 기억해 둬. 그리고 어제 왔던 이소에파 놈들에게 전해. 뒤를 조심하라고. 당한 만큼 반드시 갚는다. 그것도 머지않아."

부동산 사무실을 나와 계단을 마구 뛰어 내려갔다. 슬슬 저녁이 되어 가고 있다. 유흥업소의 강렬한 네온사인이 깜빡이는 거리를 빠른 걸음으로 걷다가 오른손에 권총이 들려 있는 것을 깨닫고 황급히 허리 뒤춤에 찔러 넣었다. 주위를 살폈다. 보는 사람은 아무도 없다.

칼칼하니 목이 말랐다. 눈에 들어온 자판기에서 포카리스웨트를 뽑았다. 작은 페트 병 하나를 단숨에 들이켰다.

자, 이제 어떤 일이 벌어질까. 내 신분도 이미 알려졌것다, 이소에파가 절대로 그냥 넘어갈 리 없다. 조직 간 전쟁이 벌어질 가능성은 낮지만, 체면을 구긴 그들은 결코 가만있지 않을 것이다. 쥰페이 역시 제대로 복수하지 않으면 발 뻗고 잘 수 없다.

갈증이 완전히 가시질 않아 이번에는 콜라를 한 병 뽑았다. 탄산이 입안에서 뽀글거리며 터진다. 그제야 겨우 진정이 됐다.

쥰페이는 일단 돈부터 가져다주기로 했다. 백조의 호수에 가면 가오리도 만날 수 있다. 흥분 때문에 자신도 모르게 발걸음이 빨라졌다. 땀이 비 오듯 흐른다.

오후 5시면 가부키초는 이미 밤이다. 네온이 자연의 어스름을 지워 버렸다.

앞쪽에서 순찰 중인 경찰관 2명이 자전거를 타고 다가왔다. 얼굴을 가리면 오히려 의심받을 것 같아 가슴을 펴고 걸었다.

아무 일 없이 지나쳐 갔다. 등 한쪽에서 땀이 주르르 흘러내린다.

일단 캡슐 호텔로 돌아가 권총을 금고에 넣었다. 거울을 보고 머리를 다듬으면서 경찰의 불심 검문에 걸리지 않은 행운을 감사했다. 생각만 해도 급소가 찌르르하다. 콜라 한 병을 또 꺼내 마셨다.

잠시 마음을 진정시킨 뒤 백조의 호수로 갔다. 스테이지에서는 댄서들의 리허설이 한창이었다. 실내에 울려 퍼지는 음악에 맞춰 뛰고 날고 한다. 때로는 음악이 멈추고 연출가의 주의가 떨어진다. 늘 상냥한 댄서들이 진지한 표정으로 듣는다. 쥰페이는 박스 석에 앉아 연습 광경을 지켜봤다.

가오리는 오늘 발라드 음악에 맞춰 솔로 연기를 연습하고 있었다. 긴 팔다리를 한껏 펼치며 춤추는 그녀의 모습을 쥰페이는 넋을 잃고 볼 수밖에 없었다.

리허설이 끝나자 캐서린이 수건을 머리에 감은 채 다가왔다. 쥰페이를 보더니 눈이 휘둥그레진다.

"아니, 얼굴, 어떻게 된 거야?"

"별거 아냐. 그보다, 히로미 보증금 여기 있어."

쥰페이는 담배 연기를 내뿜으며 봉투를 테이블 위에 놓았다.

"잠깐. 쥰 짱, 치료는 제대로 받은 거야?"

캐서린이 옆에 앉더니 쥰페이에게 몸을 기대며 그의 선글라스를 벗겼다.

"괜찮다니까. 어제 다친 거야. 소독도 했고."

그는 선글라스를 도로 휙 낚아챘다. 늘 그렇듯이 향수 냄새가 지독해 무의식중에 숨을 멈추게 된다.

"부동산 뒤를 봐주는 어깨들이랑 싸운 거야?"

"신경 쓰지 말라니까 그러네. 어쨌든 나 무사하고, 돈도 찾아왔고. 그럼 된 거 아냐."

캐서린이 봉투를 집어 들고 내용물을 확인하더니 "잠깐만." 하고는 대기실로 달려간다. 쥰페이는 그 뒷모습을 바라보며 이번 무용담이 가오리에게 전해지길 바랐다.

잠시 후 히로미가 허리를 낮추며 대기실에서 나왔다.

"쥰페이 씨, 고마워요."

수줍은 표정으로 꾸벅, 고개를 숙인다.

"역시 쥰페이 씨는 젊어도 실력이 대단하다고 대기실에서 감탄들 하고 있어요."

"아니. 뭐, 그 정도는 아니고."

쥰페이는 그 한마디에 모든 걸 보상받은 느낌이었다. 분명 가오리에게도 전해졌을 것이다.

매니저도 곧 다가와 "이거 큰 폐를 끼쳤군."이라고 인사했다.

히로미는 "신세를 어떻게 갚아야 할지……."라며 쥰페이를 보았다.

"필요 없어. 신경 안 써도 돼. 이래 봬도 나, 기타지마의 제자야. 내 구역 업소에서 일이 벌어졌는데 보고만 있을 수는 없잖아."

그렇게 말하는 쥰페이는 지금 이 순간이 무척 만족스러웠다. 감사를 받는다는 건 왠지 낯간지럽기는 하지만 기분이 나쁘지 않다.

캐서린이 구급약품이 든 상자를 가지고 오더니 그 큰 엉덩이를 의자에 쿵, 내려놓았다.

"뭐야, 왜 그래?"

"가만있어 봐요. 반창고 붙여 줄게. 치료 안 하면 요 잘생긴 얼굴이 망가진다고요."

그러더니 막무가내로 쥰페이의 얼굴에 손을 댄다. 어느새 다른 댄서들도 몰려와 웃는 얼굴로 쥰페이를 둘러쌌다. 그 맨 뒤에 가오리가 있었다. 일순 빙긋 미소짓더니 무대 뒤로 사라진다.

쥰페이는 가슴속에 등불이 반짝 켜지는 행복감을 느꼈다.

가슴이 얼어붙을 정도로 차디찬 맥주를 마시고 싶다.

4

저녁에는 혼자서 불고기를 먹었다. 사실은 두툼한 최고급 스테이크를 먹고 싶었지만 아는 집도 없고 애당초 혼자 들어갈 용기도 없었다. 그래서 하는 수 없이 기타지마의 단골집으로 갔다.

"쥰페이 왔군. 기타지마 씨는 나중에 오기로 했어?"

맥주를 마시고 있는데 젊은 지배인이 와서 묻는다.

"형님은 행사가 있어서 오사카에 갔어. 오늘은 나 혼자."

"이런 일도 있네. 많이 먹어."

"그래, 고마워."

주머니도 두둑하겠다, 과감하게 육회와 특상등급 갈비를 주문했다. 물론 생맥주도.

금요일 밤답게 테이블 대부분이 손님들로 채워져 있었다. 귀갓길의 샐러리맨들, 아시아계 외국인 그룹, 출근 전에 배를 채우려는 야간 업소 종사자들. 안쪽 별실에서는 남자 접대부들이 무슨 궐기 대회 같은 것을 열고 있었다.

육회가 먼저 나왔다. 젓가락으로 달걀노른자를 휘저은 후 입으로 가져간다. 기타지마가 남긴 것을 맛본 적은 있어도 한 번에 이렇게 많이 입에 넣어 보기는 처음이다.

입안에 아직 맞은 상처가 있어 조금 아리긴 했지만 맛을 느끼기에는 별문제가 없었다. 붉은 생고기를 바라보고 있자니 문득 참치가 생각났다.

'그래, 맞아. 이번 참에 생선초밥도 먹어야지.'

쥰페이는 손바닥에 볼펜으로 '초밥'이라고 적었다.

이번에는 갈비를 구웠다. 테이블 맞은편에 기타지마가 없으니 목 줄 풀린 개처럼 마음이 편했다. 내 방식대로 고기를 굽고, 전부 나 혼자 먹을 수 있다.

슈웃, 고기 익는 소리가 나며 입맛 돋우는 냄새가 코앞을 떠다닌다. 다 구워진 갈비를 소스에 찍어 한입 가득 넣으니 온몸이 혀가 된 것처럼 뼛속까지 짜릿하다.

고기로 배를 채우기는 아깝다는 생각이 들어 밥을 청했다.

"곱빼기로 줄까?"

"응."

밥이 나와 잠시 아무 생각 없이 먹고 있는데 옆 테이블에 젊은 여자 2명이 와서 앉았다. 금발로 염색한 머리를 높이 말아 올리고 눈썹이 벌레처럼 긴, 언뜻 보기에도 카바레에 나가는 여자들 분위기다. 젊은 쥰페이가 신경 쓰이는지 불고기를 먹으면서 계속 눈길을 보낸다.

"당신들, 어느 업소 나가?"

쥰페이도 여자들이 싫지 않아 적당한 타이밍에 말을 걸었다. 맥주를 마셔 긴장도 풀린 김에.

"어머! 우리 술집 여자 아니거든요."

한 여자가 유감스럽다는 듯 대답한다. 하지만 눈은 웃고 있었다.

"그럼 몽땅 벗는 일?"

쥰페이의 말에 여자들이 손뼉을 치며 깔깔댄다.

"있잖아요, 우리 뭐 하는 사람 같아요?"

"글쎄, 간호사 같지는 않은데."

"물장수는 아니에요. 어쨌거나 회사는 다니고 있거든."

"그래? 굉장히 이해심이 많은 회사인가 봐."

"파견 업무거든요. 사기성이 다분한 통신 판매 회사. 효과도 없는 다이어트 식품을 팔아요. 그래서 어떻게 하고 다니든 간섭 안 해. 물론 낮에는 이런 화장 하지도 않지만."

"그쪽은 뭐 하는데?"

다른 여자가 묻는다. 가슴이 커서 무심결에 시선이 그곳으로 빨려 들고 말았다.

"나? 나는 야쿠자."
"뺑치시네. ……정말?"
"응. 하야다파의 조직원."
"아잉, 그런 거 싫어."
여자가 투정이라도 부리듯 말한다.
쥰페이는 말문이 막혔다. 이 여자들은 경계심이라고는 전혀 없나 보다.
"잘 좀 살지 그랬어."
"아니, 이것들이 처음 보는 야쿠자님을 갖고 노네."
"처음 여기 앉았을 때부터, '오, 러키! 저 남자 내 타입이야!' 하면서 좋아했는데."
"그래, 맞아. 금요일 밤인데 신 나는 일이 있어야지."
"까분다."
"근데요, 야쿠자라는 거, 여자한테 약 먹여서 팔아넘기고 그런 일 하는 거지?"
"그런 거 안 해. 일단 나는 똘마니여서 내 영역도 없는데, 뭐."
"몇 살인데?"
"스물하나."
"와, 우리랑 똑같네."
나이가 같다는 걸 안 여자들은 쥰페이를 한층 허물없이 대하며 자기소개를 했다. 리사, 그리고 가나. 가슴이 큰 쪽이 가나다. 지바의 니시후나바시에 살면서 주말이면 가부키초를 찾아 올나이트로 놀다 간단다.

"나는 쥰페이."

"아, 아깝다. 멋있는데……."

가나가 머리를 쓸어 올리며 말한다.

"대체 뭐가 아깝다는 거야?"

"나, 야쿠자의 여자 되기는 싫거든."

"맞아, 나도."

리사가 두꺼운 입술을 오므리며 끄덕인다.

"멍청이들, 까불면 둘 다 한꺼번에 해치워 버린다."

"꺅! 무슨 시대극 같아. 쥰페이 군 재밌다."

여자들은 이런 식의 장난에 익숙한 듯 쥰페이를 전혀 두려워하지 않았다. 남자와 세상을 참으로 우습게 본다.

"쥰페이 군, 지금부터 뭐 할 거야?"

가나가 물었다.

"볼일이 하나 있어."

"뭔데?"

"대단한 건 아냐."

"그럼 그 일 끝나면 춤추러 갈래? 이 근처에 '프라이데이'라는 클럽이 있는데, 물이 꽤 괜찮거든."

"클럽에는 가 본 적 없는데."

조직 사무실에서 먹고 자는 처지에 그런 사치는 꿈도 못 꾼다.

"말도 안 돼."

"정말이야. 춤도 춰 본 적 없고."

쥰페이 말에 여자들은 "말도 안 돼."를 연발하더니 "추러 가자."고 팔을 붙들고 흔들어 댔다.

"너희들 주말마다 이러고 다니는 거야? 이러다 위험한 일 당한 적 없어?"

"왜 없겠어."

"그럼, 있지. 외국인 왜건으로 납치당할 뻔한 적도 있어."

"맞아, 맞아. 그때 되게 무서웠어."

쥰페이는 여자들의 얘기를 들으며 조직 생활을 하는 젊은 야쿠자들이 훨씬 진지하게 산다고 생각했다. 아마추어들이 더 대책 없이 논다.

잠시 더 대화가 오간 끝에 결국 쥰페이는 클럽 약도를 받고 나중에 가겠다고 약속했다.

영 내키지 않아 하던 쥰페이가 마음을 바꾼 건 문득 이런 생각이 떠올랐기 때문이다.

'자유 시간의 카운트다운이 시작됐다. 그렇다면 클럽이라는 곳도 한번 체험해 보자.'

고기 집을 나온 그는 일단 두 여자와 헤어졌다.

이제 일을 해야 한다. 사소한 실수도 용납되지 않는다.

쥰페이는 자신의 뺨을 두드리며 취기를 몰아낸 후 야구 점퍼의 지퍼를 끝까지 올리고 걸음을 내딛기 시작했다.

카바레 호객꾼들이 손님을 부르는 소리가 사방에서 들려온다.

구청 길을 북쪽으로 걸어가다가 도중에 오른쪽으로 꺾어 러브호텔 거리로 들어섰다. 가부키초에서는 이곳만 고요한 어둠이 내려 있고, 호텔 간판 불빛만 명패처럼 머리 높이 줄지어 있다. 아직 밤 9시 전이어서 커플의 모습은 드물다.

작은형님에게 받은 지도를 보며 걸었지만 찾는 건물은 나타나지 않았다. 모르는 사람이 보면 사다리 타기로밖에 안 보일 정도로 어설픈 지도다. 10분 정도 헤매고 나서야 지도의 남북이 거꾸로 그려져 있다는 걸 알게 됐다. 겨우겨우 건물을 찾아냈다.

가늘고 긴 펜슬형 빌딩이었다. 1층에는 코인 세탁소가 있다. 고개를 쳐들고 건물에 붙은 간판을 보니 2층은 중국식 마사지 숍이고 3층은 일본어 교습소, 4층은 중국인을 상대로 하는 비디오 가게다. 이 빌딩 5층에 마쓰자카파가 운영하는 불법 카지노가 있다고 했다. 쥰페이가 저격할 대상은 그 카지노의 책임자인 야자와라는 38세 남자다. 사진은 초점이 잘 맞지 않았지만 "보면 알아."라며 형님들은 웃었다. 한눈에도 알 수 있는 가발을 쓰고 있다는 것이다.

쥰페이는 야구 점퍼를 벗어 허리에 묶었다. 선글라스도 벗고, 올백으로 넘긴 머리를 헝클어뜨려 부스스하게 만든 후 유리문을 밀치고 건물 안으로 들어가 엘리베이터를 탔다. 5층 버튼을 누르자 심장이 쿵쾅거리기 시작한다. 엘리베이터는 답답할 정도로 천천히 올라가 5층에서 멈췄다. 문이 열렸다. 좁은 층계참에서 맥주 박스를 나르고 있던 젊은 남자와 눈이 마주쳤다.

"뭐야, 너?"

쥰페이가 젊게 보여선지 처음부터 위압적으로 나온다.

쥰페이는 엉겁결에 중국인 행세를 했다.

"가게, 아직 안 열어서?"

엉터리 발음으로 그렇게 물었다.

"너희 나라 드라마 찾는 거면 4층으로 가. 여긴 5층이라고."

남자가 맥주 박스를 안은 채 얼굴을 찡그리며 위협적인 태도로 말한다.

"미안하다. 잘못 왔어."

그러면서 열린 문틈으로 안을 힐끔 들여다봤다. 어둠침침해서 잘 안 보이지만, 호화로운 카펫이 깔려 있다는 것만은 확인할 수 있었다. 여기서 매주 금, 토, 일에 밤부터 아침까지 비밀 카지노가 열린다고 한다.

"어이, 빨리 가."

남자가 턱짓을 하며 쫓는 바람에 서둘러 다시 엘리베이터에 올랐다. 4층에서 내리니 중국 해적판 비디오를 빌려 주는 가게가 있었다. 유리문으로 안을 들여다보니 의욕 없는 점원이 졸린 표정으로 카운터에서 텔레비전을 보고 있다.

비상계단으로 다시 5층을 향해 올라가다가 도중에 멈춰 서서 숨죽이고 귀를 기울였다.

"야, 청소 끝났어?"

"화장실만 남았습니다."

"좀 있으면 형님 오실 시간이야. 서둘러."

조직 선후배로 보이는 남자들의 목소리가 들렸다. 형님이라는 건 분명 야자와일 것이다. 쥰페이는 살그머니 되돌아 계단으로 1층까지 내려갔다.

건물 밖으로 나와 이번에는 1층 세탁소로 들어갔다. 전면의 유리를 통해 바깥을 살피고 있자니 어쩐지 일이 잘 풀린다는 생각이 들었다. 이런 곳이라면 죽치고 기다려도 의심받지 않을 것이다.

대형 세탁기와 건조기가 늘어서 있는 세탁소 한구석에 의자에 앉아 만화 잡지를 보고 있는 젊은 남자가 한 명 있었다.

형광등 불빛을 받아 얼굴이 창백해 보였다.

쥰페이는 입구 쪽 의자에 앉아 야자와가 나타나길 기다리기로 했다. 담배 한 대를 꺼내 불을 붙인 후 천천히 빨아들였다. 그제야 불고기 먹은 트림이 나온다. 내일은 뭘 먹을까. 갑자기 머릿속에 이것저것 먹을거리가 떠오른다. 초밥은 낮에 먹자. 그렇다면 저녁은 스테이크다. 휴대 전화로 검색해 보면 분명 가부키초에 있는 고급 음식점을 찾을 수 있을 것이다.

조금 있으니 5층에서 봤던 젊은 남자가 밖으로 나왔다. 틀림없이 형님을 마중 나왔을 것이다. 쥰페이는 천천히 일어나 세탁기 뚜껑을 열고 빨래 넣는 시늉을 했다.

곁눈질로 바깥의 상황을 살피는데 링컨 승용차 한 대가 나타났다. 샴페인 골드 색깔이 눈에 띌 수밖에 없는 미국 차다. 운전사가 잽싸게 튀어나와 문을 연다. 남자 하나가 관록이 붙은 몸짓으로 차에서 내렸다.

쥰페이는 눈에 힘을 잔뜩 주고 뚫어져라 바라봤다. 틀림없는 야자와였다. 새까만 머리카락이 굉장히 부자연스러웠다. 부하들이 가발인 걸 알면서도 모르는 척해 주느라고 힘들겠다는, 별 쓸데없는 생각이 다 들었다.

이걸로 됐다. 이 녀석이 야자와임에 틀림없다. 엉뚱한 사람을 죽일 염려는 없어졌다.

"형님, 수고 많으셨습니다!"

부하들이 외치는 소리가 들렸다.

"그래."

머리에 가발을 얹은 야자와가 어깨에 힘을 팍 주고 팔자걸음으로 빌딩에 들어갔다.

시계를 보니 밤 9시 반이다. 카지노 영업은 몇 시까지 하는 걸까.

"저……."

귓가에 숨결이 느껴져 소스라치게 놀라 돌아보니 구석에 있던 젊은 남자가 어느새 등 뒤에 다가와 있었다. 몸이 닿기 일보 직전이다.

"안녕하세요? 저는 고로라고 해요. 그쪽은?"

그가 미소를 띠는데 왠지 섬뜩하다.

"뭐야, 당신?"

쥰페이는 큰 소리 치는 동시에 한 걸음 물러섰다.

"뭐 하는지 궁금해서……."

"무슨 상관이야. 저리 꺼져!"

손을 휘휘 내저었다. 그의 중성적인 말투를 듣고 감이 왔다. 이 녀석 호모다. 쥰페이를 자신과 같은 부류라고 생각한 모양이다.

쥰페이가 노려보자 그제야 자신이 잘못 생각했다는 걸 알아챘는지 어깨를 늘어뜨리며 돌아섰다.

"아아, 잠깐. 이 세탁소 24시간 영업이냐?"

쥰페이가 물었다.

"그런데."

남자가 다시 돌아봤다. 작은 얼굴에 눈이 크고 피부는 매끌매끌하다. 캐서린이 봤다면 군침 흘릴 만하다.

"고마워. 그냥 궁금해서."

쥰페이는 다시 점퍼를 입고 선글라스를 꼈다. 일단 타깃은 확인됐다. 일이 잘 굴러간다.

고로라는 호모가 쥰페이를 물끄러미 바라본다. 그 시선이 아이같이 순진해 보였다.

"뭐 하나만 더 물어봐도 돼?"

"응."

"여기서 손님 찾고 있는 거야?"

그런데 고로는 쓸쓸히 웃을 뿐 대답을 하지 않는다.

"이상한 녀석이네."

쥰페이는 재채기를 한 번 한 뒤 다시 밤거리로 나섰다. 클럽이나 가기로 했다. 감방에 들어가기 전에 댄스를 경험해 두는 것도 나쁘지 않다. 무엇보다 여자들이 기다리고 있다.

구청 거리를 남쪽으로 내려가 풍림 회관에서 오른쪽으로 꺾은 후 세이부 신주쿠 역 쪽으로 갔다. 항상 도는 코스다. 흑인 호객꾼들이 차례차례 손을 들어 인사한다. 다 아는 얼굴들이어서 쥰페이도 손을 들어 준다.

"쥰 짱."

업소 앞에서 손님을 끌던 호스티스가 그를 부른다.

돌아보니 무슨 까닭인지 표정이 심각하다.

"잠깐 와 봐."

그녀가 쥰페이에게 손짓을 한다. 다가가자 호스티스는 쥰페이의 팔을 잡고 한쪽 구석으로 끌고 갔다.

"왜 그래? 나 바빠."

"자기, 사고 쳤어? 얼굴의 그 멍, 싸워서 그런 거지?"

"도대체 용건이 뭐야?"

"이소에파 애들이 쥰 짱을 찾아다니고 있어."

그 말에 쥰페이는 몸이 굳어졌다. 하지만 생각하니 당연한 일이다.

"아까 지나가던 어깨 둘이 나한테 물어보더라고. 하야다파의 사카모토라는 젊은 놈 못 봤냐고."

"그래서?"

"못 봤다고 했지. 근데, 큰 사고 친 거야?"

"별일 아니야."

"기타지마 씨는?"

"일 보러 오사카 갔어."

"언제 돌아오는데?"

호스티스는 진심으로 걱정이 되는 모양이었다.

"형님하곤 상관없는 일이야. 그깟 이소에파, 내 선에서 처리해야지."

"그래도 기타지마 씨 돌아올 때까지 밖에 나다니지 않는 게 좋겠어."

"웃기고 있네. 나도 그놈들한테 볼일이 있다고. 마침 잘됐네."

쥰페이는 호스티스의 팔을 뿌리치고는 일부러 길 한가운데로 걸었다. 어차피 저쪽도 똘마니들이다. 조직 간 전쟁으로 확대되진 않을 것이다. 그렇다면 일단 붙고 보는 거다.

불안하진 않았다. 아니, 오히려 이름이 팔리게 된 게 기뻤다.

'하야다파 사카모토 못 봤어?'

이 순간에도 그들은 그렇게 선전하고 다닐 것이다.

클럽 '프라이데이'는 밀라노좌 뒤편 지하에 있었다. 내려가는 계단 앞에 경비원으로 보이는 남자가 서 있다. 쥰페이의 차림새 때문인지 몸 검사를 했다.

"권총은 건드리지 마."

쥰페이의 농담에 경비는 데면데면한 표정으로 "티켓은 아래서."라며 턱으로 계단 아래를 가리켰다.

깡총거리듯 계단을 내려가 5천 엔을 주고 입장권을 샀다. 검은 복장의 남자가 무거워 보이는 문을 열어 준다. 순간 쓰나미 같은 중저음이 온몸을 덮쳐 왔다. 쥰페이는 저도 모르게 침을 삼켰다. 소리의 압력이 엄청나다. 고막이 마비되는 것 같다.

색색의 조명이 너울거리는 가운데 수백 명의 남녀가 춤을 춘다. 모두 쥰페이 또래였다. 이런 세계가 있었나. 세상의 크기에 감동한다.

쥰페이는 내내 불량함으로 일관했지만, 젊은이다운 놀이와는 인연이 없었다. 고향에 있을 때에는 싸움질만 했고, 신주쿠에 와서는 견습생과 다름없는 조직 생활을 해 왔다. 여자와 밤을 보낸 일은 있어도 정식으로 데이트를 한 적은 없다. 디즈니랜드도, 오다이바에도 가 본 적이 없다. 가부키초라면 구석구석 알고 있지만, 기타지마의 명령으로 분위기가 건전한 지역은 피해 왔다.

쥰페이는 춤추는 무리 속으로 끼어들었다. 바닥이 흔들거린다. 그 진동에 몸을 맡기자 자연스럽게 몸이 움직였다. 다른 사람들이 춤추는 모습을 흘낏거리며 따라 해 본다.

앞에서 춤추던 여자가 눈길을 보냈다. 그 눈이 '말을 걸어 봐.'라고 말하고 있다. 그 뒤의 여자도 쥰페이를 보고 있었다. 한층 노골적으로 추파를 던진다. 회사원풍.

'내가 물장수 아닌 여자들한테도 먹히는 거야?'

당황스러운 한편으로 으쓱한 마음이 생긴다.

이런 곳엔 제일 먼저 가오리와 와 보고 싶었다. 가오리라면 주위의 시선을 모조리 끌어당길 것이다. 그녀는 프로 댄서 아닌가.

갑자기 뒤에서 누가 끌어안았다. 깜짝 놀라 돌아보니 고기집에서 만났던 가나다. 큰 가슴을 등에 밀착시켜 왔다.

"야호! 쥰페이 군, 와 줬네."

귀에 대고 고함을 친다.

"약속했잖아."

"쥰페이 군, 근사해! 눈에 확 띄네. 춤도 잘 추는데, 뭐."

"그냥 흔드는 거야."

"완전 좋아. 더 안쪽으로 들어가자!"

가나는 기분이 한껏 고조된 모습으로 쥰페이를 끌고 갔다.

플로어 중앙에 선 두 사람은 마치 러시아워 같은 혼잡 속에서 서로 마주 보며 몸을 흔들었다.

딴, 딴, 딴.

반복되는 리듬에 맞춰 춤추는 게 의외로 기분 좋다. 지금까지 맛본 적 없는 쾌감이 온몸을 관통했다. 절로 미소가 지어졌다.

청춘이라는 단어가 있었다는 생각이 떠올랐다.

5

네 번째 이후의 섹스는 그저 단순한 운동일 뿐이었다. 첫 번째는 두 사람 다 극도로 흥분해 전희도 없이 동물적으로 서로를 갈구했고, 두 번째는 실지 회복이라도 하듯 정중하게 서로를 배려했고, 세 번째에야 겨우 서로의 반응을 즐기는 여유가 생겨나 만족스러운 섹스를 할 수 있었다. 그 이후는 쥰페이의 성기가 다시 발기했기 때문에 하는 것에 불과했다. 상대인 가나 역시 평일에 쌓인 스트레스를 주말에 모조리 발산하려는 것인지 좀처럼 멈출 줄을 몰랐다. 끝나면 곧장 다시 쥰페이의 몸을 팔다리로 조여 왔다.

쥰페이는 여자의 피부가 사랑스러웠다. 부드러운 살갗과 솜털의 푸근함, 그리고 몸속에서 발산되는 체온이 쥰페이의 모든 걸 받아들였다. 이대로 죽어도 좋다는 건 바로 이런 순간을 말하는 것이리라. 살아 있다는 것이 뼛속 깊이 느껴졌다.

머리맡의 콘돔 2개와 호텔 자판기에서 산 6개들이 콘돔의 절반이 없어졌을 때에야 두 사람은 비로소 숨을 크게 내쉬며 침대에 드러누워 천장을 봤다.

"너희들, 매주 말 이런 식이야?"

담뱃불을 붙이며 쥰페이가 물었다. 가나는 잠시 뜸 들인 뒤 "응." 하고 대답했다. 그리고 자기 자신을 비웃기라도 하듯 나직이 콧소리로 말했다.

"그렇잖아. 매일매일이 죽도록 따분한데. 하는 일이라곤 전표 정리와 잔심부름뿐이라고. 초등학생이라도 할 수 있는 일. 그러니까 월급도 말도 안 되게 적어서 사고 싶은 옷도 못 사고, 미래도 없고……."

그녀는 깊은 한숨을 내쉬었다.

"하지만 아무 남자하고나 자는 건 아니야. 지난주만 해도 리사는 남자가 작업을 거니까 호텔로 직행했지만 나는 첫 전철로 돌아갔어. 보조 DJ가 끈질기게 유혹했지만 말이야. 좋아하는 타입이 아니거나 변태 같으면 안 해."

클럽에서 다른 남자와 마음이 통한 리사는 어느 틈엔가 사라지고 없었다. 분명 러브호텔에서 일전을 치르고 있을 것이다. 주사위가 조금만 다른 쪽으로 굴렀어도 지금쯤 쥰페이와 자고 있을지도 모른다.

"그리고 돈 줄 테니까 하자는 아저씨들이 있는데 그것도 노야. 이래 봬도 프라이드가 있다고. 이렇게 놀 수 있는 건 젊었을 때뿐이잖아. 결혼해서 애라도 낳으면 집에 묶여 버릴 텐데. 나, 결혼 생활은 제대로 할 작정이거든. 그러니까 지금은 좀 봐 달라 이거지."

가나는 돌아누우면서 쥰페이에게 팔베개를 해 달라고 했다. 담배를 끄고 원하는 대로 해 줬다.

"쥰페이 군, 문신은 안 했네."

"우리 조직에선 문신한 사람 별로 없어. 나도 할까 생각한 적은 있는데, 형님이 하지 말라더라고. 근데 그 이유가 웃겨. 문신하면 헬스클럽 회원이 못 된다는 거야."

"아하하. 그거 재밌다."

가나가 손뼉을 치며 즐거워한다.

"우리 형님, 가라테도 하고 체력 단련하는 게 취미거든."

"그렇구나. ……근데 자기, 정말 야쿠자야?"

"그렇다니까. 왜, 뻥치는 것 같아?"

"그게 아니고, 야쿠자가 아니었으면 좋았겠다 싶어서. 보통 사람이라면 애인이 되고 싶거든. 멋지니까. 근데 애인 있어?"

"없지. 조직에서 먹고 자는 놈한테 그건 사치야."

대답하는 도중에 가오리의 얼굴이 떠올랐다.

"그럼 말이지, 야쿠자의 애인이 될 용기는 없지만, 가끔이라도 좋으니까 만나고 싶어."

"그럴 수 없어. 나, 세상에서 곧 사라져."

"그게 무슨 말이야?"

"그럴 사정이 있어."

쥰페이는 여자의 머리 밑에서 팔을 빼고 몸을 일으켰다. 시계를 봤다. 새벽 3시 반이다. 슬슬 카지노로 돌아가 망을 봐야 한다.

"무슨 사정?"

가나가 쥰페이의 등에 손톱으로 글자를 쓰며 묻는다. 고개를 돌려 그녀의 얼굴을 봤다. 미인이라고 할 정도는 아니지만 애교 있는 생김새다. 이 여자는 고향 남자와 결혼해 평범한 주부가 되겠지. 쥰페이는 인생의 아이러니에 대해 생각했다. 몇 시간 전에 만난 동갑내기 여자. 오다가다 스친 관계로 볼 것 못 볼 것 다 봤지만 또 만날 일은 없다.

갑자기 다 털어놓고 싶어졌다.

"나 말이지, 다음 주에는 유치장에 있을 거야."

"유치장? 에이, 뻥. ……왜, 무슨 사고 쳤어?"

"이제부터 할 거야. 라이벌 조직의 간부를 튕겨 버려야 해."

"튕기다니?"

"죽인다고."

말해 버렸다. 그 정도로는 별문제 없겠지.

가나의 안색이 바뀌었다. 갑작스러운 말에 놀라 할 말을 못 찾고 있다.

"영화 같은 데서 자주 나오잖아. 나는 총알이야. 권총도 벌써 구했고. 지금은 그때까지 남은 이 세상에서의 마지막 시간이야."

"쥰페이 군, 지금 나 놀리는 거지?"

가나는 반신반의하는 모습이다.

"못 믿어도 할 수 없어. 다음 주가 되면 알게 돼. 신문이나 잘 읽어 봐."

그리고 쥰페이는 침대에서 일어나 티셔츠를 입었다.

"가려고? 이런 시간에? 싫어, 나 혼자 호텔에서 나가는 거."

"볼일이 좀 있어. 여기서 기다려. 해 뜨기 전에는 돌아올게."

"어디 가는데? 나도 같이 갈래."

"안 돼. 네가 낄 일이 아니야. 실패하면 큰일 난다고."

가나가 슬픈 얼굴을 했다.

"하지 마. 쥰페이, 사람 죽이는 일 같은 거 하지 마."

'쥰페이 군'에서 '군'이 빠져나갔다. 어린애가 떼쓰는 것 같은 소리를 낸다.

"오늘은 답사만 하는 거야. 아무 일 없을 테니까 안심하고 기다려."

"나 그런 거 싫어."

"소용없어. 이미 시작된 일이야."

점퍼를 입고 빗으로 머리를 매만졌다.

가나는 곤혹스러운 표정으로 침묵을 지켰다.

부츠를 신고 방을 나섰다. 어딘가에서 들려오는 가라오케 소리가 멀리서 들려오는 마을 축제의 북소리처럼 고요한 복도에 나지막이 울린다.

목을 움츠리고 성큼성큼 걸었다.

몇 시간 전에 확인했던 펜슬 빌딩으로 가 보니 1층 코인 세탁소의 불빛이 거리의 아스팔트에 차갑고 어슴푸레하게 비치고 있었다. 오가는 사람은 거의 없다. 달아오른 남녀는 이미 따스한 방에 들어가 이불을 휘감고 있을 것이고, 이 시간에 거리를 방황하는 건 손님을 못 잡은 매춘부 아니면 들고양이 정도일 것이다.

빠른 걸음으로 코인 세탁소 정면까지 가서 안을 들여다봤다. 구석에서 젊은 남자가 만화를 보고 있다.

또 저 녀석이네. 쥰페이는 그렇게 혼잣말을 했다.

문을 밀고 안으로 들어가자 고로가 고개를 들고 말없이 쥰페이를 쳐다본다.

"오늘은 허탕 쳤나 보지?"

쥰페이가 비꼬듯 묻는다.

고로가 고개를 저었다.

"좀 전까지 손님이랑 있었어."

대답하는 목소리에 힘이 없다.

"그래? 열심이네."

파이프 의자에 걸터앉아 담배를 꺼냈다. 불을 붙인 후 깊이 빨아들인다. 그 모습을 고로가 다정한 눈길로 바라봤다.

"혹시 잘 데가 없는 거야?"

쥰페이의 물음에 고로는 잠시 뜸을 들였다가 고개를 끄덕했다.

"어디서 왔는데?"

"홋카이도."

"멀리서도 왔네. 근데 사투리는 별로 안 쓰는데."

"도쿄에 온 지 3년이나 됐거든."

"그래. 너 몇 살이야?"

"스물한 살."

'이 녀석도 나랑 동갑이네.'

쥰페이는 별 의미 없는 우연에 피식 웃었다.

"대개 어디서 자는데?"

"캡슐호텔이나 사우나 같은 데."

"손님 끄는 데는 그쪽이 낫지 않아? 가부키초에 많다고 들었는데."

"그런 데서 만나면 돈을 못 받아."

"그 세계도 복잡하구나."

"그쪽은 이름이 뭐야?"

고로가 물었다.

"이름? 뭐, 그런 걸 함부로 묻고 그래."

쥰페이는 고로가 자신을 우습게 보는 것 같아 불붙은 담배를 그에게 던져 버렸다.

"미안. 하루에 두 번이나 만나니까……."

고로가 슬픈 표정을 지었다. 마치 버림받은 개 같았다. 가부키초는 이런 인간들투성이다. 나도 제삼자가 보면 비슷해 보일 것이다.

"쥰페이야. 기억해 두라고."

내뱉듯 말했다.

"그래. 고마워. 나는 고로."

"아까 말했잖아."

폭주족들이 메이지 거리를 질주하나 보다. 지축을 울리는 배기 음이 골목 안쪽까지 흘러든다.

"아, 참! 이 빌딩 말이야, 밤에도 사람들이 들락거려?"

"응. 위층에 밤새 영업하는 비디오 가게가 있나 보더라고."

"중국인 말고도 있어?"

"글쎄……. 신경 써서 본 적이 없어서. 야쿠자처럼 생긴 사람들을 본 것 같기도 하고."

"그럼 가발 쓴 아저씨 알아?"

"가발?"

"그래, 앞머리가 이렇게 일직선으로 된 아저씨."

쥰페이가 손가락으로 자신의 이마를 그으며 말했다.

"아! 그런 사람 본 적 있어. 그 사람이 야쿠자야?"

"묻지 마. 네가 참견할 일이 아니야. 근데 그 아저씨, 몇 시쯤 빌딩에서 나가지?"

"글쎄. 내가 본 건 아마 새벽 4시에서 5시 사이쯤이었을걸. 큰 차가 길 한쪽에 서 있고, 똘마니 같은 애들 배웅 받으면서 나가던데."

쥰페이는 시계를 봤다. 좀 있으면 4시다.

"그건 왜?"

"묻지 말라고 했잖아."

"혹시 도울 일이 있으면 도우려고."

고로의 말에 쥰페이가 새삼 그를 바라봤다.

"뭣 때문에? 내가 제대로 된 사람으로 보여? 분위기를 보면 얼마나 위험한 일일지 모르겠냐고."

"하지만 달리 할 일도 없고……."

고로가 입을 오므렸다. 영락없이 여자 같은 표정이다. 그쪽 세계에서는 꽤 인기가 있을지도 모르겠다는 상상을 해 본다.

그때 황금색 링컨이 건물 옆에 멈춰 섰다. 쥰페이는 몸이 굳어졌다. 황급히 옆에 있던 주간지를 집어 들고 읽는 척했다.

곁눈으로 가만히 상황을 살핀다. 운전석 남자가 휴대 전화로 연락을 취하고 있는 것 같다. 그리고 1분쯤 지났을까, 건물 출입구 쪽에서 사람들 발소리가 나더니 남자들이 밖으로 나왔다. 그중에 마쓰자카파의 야자와가 있었다. 역시 앞머리가 눈에 확 띄었다.

"사장님, 차로 모셔다 드리겠습니다."

야자와가 말했다.

"됐어, 됐어. 또 얼마나 비싸게 받아먹으려고 그래. 택시 타고 갈 거야."

누군가 그렇게 맞받아치자 와하고 웃는 소리가 터져 나왔다. 카지노 손님들과 주고받는 농담이다. 그리고 남자들이 흩어졌다. 젊은이들의 배웅을 받으며 야자와가 링컨 뒷좌석에 오른다. 묵직한 엔진 소리를 울리며 차가 그 자리를 떠났다.

쥰페이는 볼펜으로 왼 손바닥에 'AM 03:50'이라고 급히 갈겨 적었다. 결행일에는 만약을 위해 3시부터 기다리는 게 좋겠다.

"이봐, 고로. 휴대 전화 번호 좀 가르쳐 줄 수 있어?"

늘 여기 있으니 뭔가 도움이 될지도 모르겠다는 생각이 들었다. 고로는 기쁜 듯 미소지으며 휴대 전화를 꺼냈다.

"쥰페이 군 것도 가르쳐 줘."

"좋아. 교환하자."

블루투스로 서로의 번호를 교환했다. 그러다가 고로의 손목을 본 쥰페이는 깜짝 놀랐다. 무수한 상처가 나 있었다. 물어보려다가 그만뒀다. 알아봤자 해 줄 것도 없다.

"그럼 간다."

한 손을 들어 주고 코인 세탁소를 나왔다. 훅 불어온 바람에 점퍼 자락이 휘날렸다.

놈을 무사히 해치운다면 남은 문제는 도주 경로다. 마쓰자카파에게 붙잡히면 필시 어딘가에 묻히고 말 것이다. 죽는 방식으로는 최악이다. 조직을 위해서도 일단은 그 자리에서 도망쳤다가 나중에 경찰에 자진 출두해야 한다.

근처에 오토바이를 준비해 두고 거기까지 달려가 도주하는 작전으로 갈까. 옛날에 알던 폭주족 친구에게 부탁하면 오토바이 한 대 정도는 융통해 줄 것이다.

신문 배달하는 중국인이 스쿠터를 타고 그를 지나쳤다. 이 일대 신문 배달원은 모두 중국인 유학생이다. 그들이 없으면 가부키초에는 신문도 안 올 것이다.

빨간 꼬리등이 이른 아침 러브호텔 거리로 흔들흔들 들어간다.

호텔로 돌아오니 가나가 목욕 가운 차림으로 침대에 누워 휴대 전화를 만지작거리고 있었다.

"어! 쥰페이. 돌아왔네. 저기 있잖아, 휴대 전화로 쥰페이 얘기를 인터넷에 올렸더니 댓글이 엄청 달렸어. 다들 진심으로 걱정하고 있어."

가나가 들뜬 목소리를 내며 손짓했다.

"뭐? 너 무슨 짓 한 거야!"

쥰페이는 가나 옆에 누워 휴대 전화를 들여다봤다.

"이것 봐, 댓글이 이렇게 많이 달렸어. 하나 읽어 볼까?"

쥰페이 군은 생각을 바꾸는 게 좋을 것 같아요. 요즘 세상에 총알이 웬 말? 오야붕이야 좋아할지 모르지만. 확실한 보장이라도 받고 하는 건가? 감방에서 나왔을 때 조직이 없어져 버렸으면 어떡할 건데? 다시 한 번 냉정히. by 무명씨.

"병신 새끼! 누구야, 이놈?"

머리로 피가 솟구쳐 올랐다. 가나의 손에서 휴대 전화를 빼앗아 치켜들었다.

"그러지 마. 인터넷인데 누군지 어떻게 알아. 그런 일에 무슨 화를 내고 그래."

가나가 팔에 매달려 휴대 전화를 빼앗더니 목욕 가운 속에 감춰 버린다.

"너, 도대체 뭐라고 썼어?"

"응, 그게……."

가나가 나쁜 장난을 하다가 들킨 아이처럼 입술을 쑥 내민다.

"말해!"

"그러니까…… 지금 러브호텔에 같이 있는 남자가 폭력 단

원인데 다음 주에 상대 조직 간부를 죽여야 한다. 막을 방법이 있으면 알려 달라 그랬지, 뭐."

"이런 젠장, 네가 무슨 짓을 한 줄 알아? 내 이름까지 다 밝혔잖아!"

"괜찮아. 성도 말 안 했는걸. 쥰페이라는 이름만으로는 일본 어딘지도 모른다고."

"이런 빌어먹을! 사람을 갖고 놀아!"

"걱정했단 말이야, 나. 쥰페이가 그만뒀으면 해서……."

"시끄러워. 내 일에 상관 말라고!"

"있잖아, 쥰페이. 좀 냉정해지라고. 다른 댓글들도 읽어 봐."

가나가 휴대 전화를 돌려줬다. 엄지손가락을 움직이며 빠르게 읽어 내려갔다. 불과 한 시간도 안 되는 사이에 10여 건이 넘는 댓글이 올라와 있었다.

"도대체 이 사람들 뭐야, 이런 시간에. 정상적인 인간이라면 잠잘 시간이라고."

쥰페이는 멍해졌다. 인터넷 사이트에 들어가 본 적은 있지만 왠지 오타쿠나 하는 짓 같아서 직접 뭘 써 본 적은 없다. 이건 자신이 모르는 세계다.

"우리도 안 자고 있잖아. 그리고 일본은 넓어. 홋카이도에서 오키나와까지 별의별 인간들이 다 있다고."

가나가 댓글을 또 하나 화면에 띄웠다.

#5. 쥰페이 군, 이제 스물한 살이라고? 살인은 중죄고 야쿠자 간 다툼일 경우 정상 참작의 여지도 없으니까 최소 10년은 썩어야 돼. 20대가 몽땅 날아가는 거지. 다시 생각해 보는 게 좋아요. by 퐁퐁.

"이거 어디서 뭐 하는 놈이야!"

쥰페이가 저도 모르게 고함을 질렀다. 어따 대고 감히…….

"모른다니까. 나이도, 남잔지 여잔지도."

"놀고들 있네. 인터넷에서나 주절거리고. 나한테 직접 와서 말해 보라고 해. 반쯤 죽여 놓을 테니."

"익명이니까 가리지 않고 말하는 거야. 물론 그중에는 악성 댓글도 있지만, 그런 건 오히려 올리는 쪽이 고통당할 거고, 무시하면 되는 거야."

쥰페이는 다른 댓글들도 읽었다.

#6. 야쿠자 총알하고 러브호텔에서 노는 중이라고? 뻥치시고 있네. 정말이라면 증거를 보여 줘. by 무명씨.

"뭐, 이런 바보가 다 있어."

가나가 콧잔등에 주름을 잡으며 화난 듯 중얼거렸다.

#7. 해 버려, 쥰페이 군. 의외로 감방 안이 더 마음 편할지도 모른다고. by 무명씨.

"이 자식, 무책임하게시리."

#8. 있잖아요, 쥰페이 군. 잘생겼나요? 얼굴 사진 좀 올려봐요. by 세일러문.

"흥, 아주 사람을 갖고 노는군."

읽어 보니 쓰잘머리 없는 내용이 대부분이다. 이런 시간에 휴대 전화를 붙들고 있는 인간이란 결국 가진 게 시간밖에 없는 놈들이다. 내용도 쓰레기다. 단, 모든 글이 불쾌하지는 않았다. 진지하게 관심을 보이는 사람도 꽤 있었다.

"어이, 눈 좀 붙이자."

쥰페이는 가나를 침대 한가운데서 밀어내고 누운 뒤 이불을 덮었다.

"뭐야, 자려고?"

가나가 항의한다.

"나 졸려. 하루가 너무 길었어."

쥰페이가 크게 하품을 했다.

"그럼 나도 잘까."

가나가 쥰페이 쪽을 향해 모로 누웠다. 목욕 가운에서 커다란 유방이 삐져나왔다.

어떻게 할까 망설이는 사이 저도 모르게 손이 그곳으로 뻗쳤다.

"뭐야, 잔다면서."

가나가 교태 섞인 목소리를 내며 몸을 비틀었다.

"한 번 더 하고."

쥰페이가 가나를 덮쳤다.

이게 아마 여섯 번째지? 세상 마지막 날로부터 사흘 전 밤을 보내는 방법으로 나쁘진 않다.

6

눈을 떠 보니 가나는 이미 일어나 소파 앞에 쪼그리고 앉아 화장을 하고 있었다. 파운데이션을 열심히도 바른다. 그러고 보니 어젯밤엔 분명 맨얼굴이었을 텐데 내내 껴안고만 있어선지 도무지 기억이 나지 않는다.

시계를 보니 오후 1시다. 연장 요금을 내게 생겼지만 등짝이 아플 정도로 푹 자서 불만은 없다. 요 몇 년 새 경험하지 못한 숙면이었다. 조직 사무실의 2층 침대에서 잘 때는 무의식중에도 선배들이 흔들어 깨울 때를 대비해 긴장해 있었다.

"일어났어? 커피 마실래? 캔 커피 사 왔는데."

가나가 시선을 거울로 향한 채 묻는다. 테이블에는 과자도 있다.

"그럴까."

쥰페이는 침대에서 나와 청바지를 입었다.

"나는 지금 볼링 치러 갈 거야."

"볼링?"

"응. 리사가 문자를 보냈는데, 어젯밤을 함께 보낸 남자가 자기 친구랑 볼링 하자고 했대."

"흥, 힘이 넘치네."

쥰페이는 촐랑대는 동갑내기 여자를 보며 쓴웃음을 지었다.

"쥰페이는 어떡할 거야?"

"나는 상황 봐서. 아직 정리해야 할 일도 좀 있고."

캔 커피를 따서 단숨에 마신다.

"밤에 다시 만날 수 있어?"

"모르겠어."

"그럼 문자 해. 다시 만나고 싶어."

가나가 금발을 틀어 올린 다음 핑크빛 립스틱으로 화장을 마무리했다.

번호를 교환하려고 휴대 전화를 꺼냈을 때 부재 수신 표시가 있는 걸 발견했다. 누구지, 하며 열어 본 순간 저도 모르게 등을 곧게 폈다. 기타지마 형님의 번호였다. 걸려 온 시간은 오전 9시경. 음성 메시지는 남아 있지 않다. 예정대로라면 일요일 저녁에 돌아오기로 되어 있으니 출장 간 오사카에서 걸었을 것이다.

곧바로 기타지마에게 전화를 걸었다. 다섯 번 정도 신호음이 울린 후 기타지마가 받았다.

"쥰페이입니다. 지금, 통화 괜찮으십니까?"

"잠깐 기다려. 손님과 골프장 클럽하우스에 있어."

기타지마가 낮은 목소리로 말했다. 자리에서 일어서는 소리가 들리고, 몇 초 후 다시 기타지마가 나타났다.

"어젯밤 늦게 오야붕이 전화했더라고. 너, 총알이 되겠다고 했다며."

기타지마의 말투가 무거웠다.

"네, 제가 마쓰자카파를 칠 겁니다."

쥰페이는 여전히 차렷 자세로 대답했다.

"너도 참. 적당히 둘러대면서 거절했어야지."

"저, 그게 아니라……. 오야붕께서 직접 말씀하시는 바람에……."

"그럴 땐 형님하고 상의해 보겠다든가 하면서 시간을 벌어야지."

기타지마가 전화기에 대고 한숨 쉬는 소리가 들렸다. 틀림없이 칭찬받을 것이라고 예상했던 쥰페이는 당혹스러웠다.

"이건 아무한테도 말하면 안 되는 건데……, 사실 나 좀 열받아서 말이지. 쥰페이, 넌 내 부하라고. 그렇다면 아무리 오야붕이라도 나를 통하는 게 맞는 거야. 그런데 이런 중대사에 나를 제쳐 놓으니 기분이 좀 나쁘기도 하고, 너한테 미안하기도 하고……."

"아닙니다, 형님. 전 괜찮습니다. 이건 형님을 위한 일이기도 합니다."

"쥰페이……."

기타지마는 말문이 막히는 듯했다.

"하여간 일정을 취소하고 밤까지는 도쿄로 돌아가겠다. 너, 뭘 해도 좋지만 금방 돌아올 수 있는 곳에 있어."

"신주쿠에 있겠습니다. 부르시면 바로 달려가겠습니다."

"알았어. 연락하마."

전화가 끊겼다. 가슴 깊은 곳에서 뜨거운 무언가가 밀려 올라왔다. 기타지마 형님은 무엇보다도 나를 걱정하고 있다. 쥰페이는 그게 기뻤다.

"쥰페이 짱, 누구랑 통화했어?"

"우리 형님. 기타지마 게이스케라는 분이지."

쥰페이가 콧구멍 평수를 넓히며 대답했다.

"그렇구나. 대단한 사람인가 봐. 쥰페이가 차렷 자세로 전화를 받는 걸 보면."

"그래, 일본 최고의 형님이야."

"그 사람이 쥰페이한테 총알이 되라고 명령했어?"

"말도 안 되는 소리. 명령한 건 오야붕이야. 형님은 그 일 때문에 화가 난 것 같아. 지금 오사카에 있는데 서둘러 올라오시겠대."

"나도 만나고 싶다."

"까불지 마. 형님이 너 같은 계집애랑 만날 것 같아?"

"계집애라니."

가나가 일어서며 핸드백을 휘둘렀다.

"나, 가야 돼."

"아, 그래? 즐거웠어. 고마워."

"나야말로."

함께 러브호텔을 나왔다. 하늘이 맑았다. 선글라스를 썼는데도 눈부신 햇살이 파고든다. 토요일이니까 신주쿠에는 사람이 흘러넘칠 것이다.

"그럼 잘 가."

가나가 손을 흔든다.

"잘 있게."

"잘 있게라니……."

가나가 큰 소리로 웃었다. 커다란 가슴이 흔들린다.

가부키초를 걸으며 쥰페이는 가을 햇살을 흠뻑 쬐었다. 오늘도 하루 종일 자유다. 형님들이 부르지 않으니 얼마나 마음이 가벼운지, 쥰페이는 마치 족쇄 풀린 노예마냥 해방감을 느꼈다.

하지만 해야 할 일이 없는 건 아니다. 그저께 자신을 두드려 팼던 이소에파 놈들에게 오늘내일 중으로 복수를 해야 한다.

왼 손바닥을 펼치니 '초밥'이라는 글자가 눈에 들어왔다. 그래, 초밥을 먹자. 마침 배도 고팠다. 돈은 충분하니 어디든 갈 수 있다. 성게나 붕장어처럼 평소에 비싸서 먹기 힘들었던 걸 배가 터지도록 먹고 싶다. 생각만으로도 군침이 돌았다.

평소에 점찍어 뒀던 곳이 한 군데 있었다. 기타지마가 자주 가는 가부키초의 초밥 집이다. 고급 식당이라는 건 밖에서만 봐도 상상할 수 있었지만 가게 안이 어떻게 생겼는지는 모른다. 언제나 가게 밖 차 안에서 형님이 나올 때까지 기다렸기 때문이다.

'혼자서 실컷 먹으면 대체 얼마나 나올까. 1만 엔 정도라면 고맙겠는데.'

달리 아는 집도 없고 해서 쥰페이는 일단 그 집에 가기로 했다.

길을 걷는데 포장마차 아저씨가 쥰페이를 부른다.

"저기 말이지, 이소에파가 찾던데, 무슨 일 있어?"

"글쎄, 돈이라도 빌려 주려나."

쥰페이는 아무 일 아니라는 듯 웃음으로 답했다. 조 앞 모퉁이를 돌다 마주치더라도 그때는 그때다. 찾는 데 드는 수고가 줄어들 뿐이다.

5분 정도 어슬렁어슬렁 걷다 보니 그 일식집 앞에 다다랐다. 새삼스레 현관을 바라보자니 스물한 살 자신이 들어가기에는 너무도 문턱이 높은 곳이라는 생각이 들었다. 흰 나뭇결이 곱게 다듬어진 미닫이문 앞에는 자잘한 돌이 깔려 있고, 좌우로는 손님을 부른다는 소금이 소복이 쌓여 있다. 쥰페이는 문에 드리운 노랭 사이로 가게 안을 들여다봤다. 자리가 반 조금 넘게 차 있고 잘 차려입은 남녀가 품위 있게 초밥을 먹고 있다. 자신이 들어가면 필시 제일 어린 손님일 것이다.

들어갈 용기가 안 났다. 일단 가게에서 좀 물러나 생각을 정리해 봤다.

'우선 맥주와 간단한 안주를 주문하자. 무슨 초밥을 드시겠냐고 물어 오면 뭐라고 대답할까. 오징어나 새우라고 하면 비웃을까.'

준페이는 초밥 종류를 잘 몰랐다. 스무 개 정도 먹고 싶은데 어떻게 주문해야 하나. 초밥은 주문하는 순서도 있다고 하던데. 다짜고짜 성게부터 주문하면 사람들이 비웃지 않을까.

다리를 떨며 길가에 서서 가게 유리창에 비친 자신의 모습을 바라봤다. 야구 점퍼에 선글라스와 부츠. 누가 봐도 거리의 불량배다.

'제기랄, 어떡해야 형님처럼 될 수 있는 거야.'

결국 눈앞의 초밥 집은 포기하기로 했다. 설사 안으로 들어가 카운터에 자리를 잡더라도 초밥을 즐길 여유는 갖지 못할 것 같다. 누가 비웃을까 봐 내내 두리번거리며 주위를 신경 쓸 게 뻔하다.

거리를 걸으며 다른 초밥 집을 찾았다. 신경 써서 보니 일본 제일의 환락가답게 초밥 집 간판이 여기저기 눈에 띄었다. 하지만 저녁에만 영업하는 집이거나 문을 열었어도 손님이 꽉 차 있거나 해서 적당한 집을 찾기 힘들었다.

게다가 솔직히 말해 준페이는 완전히 주눅이 들어 있었다. 대개의 초밥 집이 현관문을 유리로 하지 않은 건 뜨내기손님을 거부하기 때문으로, 그런 곳에서 나 같은 애송이를 환영할 리 만무하다. 남자 나이 스물한 살은 좋은 구석이라고는 없다.

결국 준페이는 코마 극장 근처에 있는 회전 초밥 집에 가기로 했다. 요즘 회전 초밥 집은 고급 생선도 나오고 디저트까지 있다.

"어서 오십시오."

힘찬 환영 인사를 받으면서 들어가 자리가 반 정도 찬 카운터 석에 앉았다. 옆 자리에는 트위드 신사복을 입은 노인이 앉아 잘 씹히지도 않을 것 같은 치아로 무심하게 초밥을 먹고 있었다.

쥰페이는 일단 맥주를 주문하고, 가지절임이 담긴 접시를 집었다. 매 끼니 도시락으로 때우는 일상인지라 이런 가정적인 반찬에 굶주려 있다. 사각사각 싱싱한 소리가 났다.

다음으로 새우 초밥 접시가 다가오기에 집었다. 오징어와 참치도 집었다. 우선은 이것저것 하나씩 맛보고 싶다. 불그스레한 참치 초밥을 입에 넣었다. 역시 초밥은 맛있다. 어젯밤에 클럽과 러브호텔에서 운동을 많이 한 덕분에 얼마든지 먹을 수 있을 것 같다.

"특별히 주문하실 게 있으면 말씀하십시오."

카운터 안에서 요리사가 말했다.

"참치 뱃살."

쥰페이가 그렇게 주문하자 옆 자리 노인도 재빨리 "나도 참치 뱃살 줘."라고 말한다.

서로 눈이 마주쳤다. 노인이 히죽 웃는다.

"젊은이, 잘 먹는구먼. 젊어서 좋겠어. 나는 기껏해야 열 갠

데."

노인이 친근하게 말을 걸어왔다.

쥰페이는 한 번 휙 쏘아보고는 무시했다. 노인을 상대해 줄 정도로 너그러운 인품은 아니다. 게다가 잘 보니 노인의 양복이 좀 더러웠다.

1분이 채 안 돼 참치 뱃살 초밥이 나왔다.

"호! 최고급 부위가 나왔네. 재수 좋다."

노인이 혼잣말을 하더니 갑자기 쥰페이의 접시를 들여다보며 "젊은이, 우리 하나씩 바꿔 먹을까?"라고 물었다.

"거, 시끄럽네. 닥치고 조용히 먹읍시다."

쥰페이가 거친 소리로 말했다. 식당 안의 시선이 일제히 그에게 쏠렸다.

"아니, 나는 그냥…… 내 건 최고급 뱃살인데 젊은이 건 그냥 평범한 부위라서……."

"그래서, 뭐가 문젠데?"

"잘 봐. 이쪽 건 살살 녹는다고. 아주 부드럽고 맛있어요."

"이놈의 영감탱이가 이깟 회전 초밥 집에서 뭘 그리 잘난 척해. 배 속에 들어가면 다 그게 그거지."

"호! 근래에 보기 드물게 말을 시원시원하게 하는 젊은이군. 자네 어디 소속인가?"

"시끄럽다니까. 신경 꺼!"

쥰페이는 노인을 향해 고함치며 어깨를 가볍게 찔렀다. 그 순간 노인이 균형을 잃고 의자에서 굴러 떨어졌다. 동시에 찻잔이 엎어지며 녹차가 노인의 머리 위로 쏟아졌다.

"앗, 뜨거워."

노인이 바닥을 뒹군다. 계산대에 있던 종업원이 허둥지둥 달려왔다.

"손님, 좀 조용히……."

"짜샤, 보면 몰라? 이 영감탱이가 시비를 걸었잖아."

평소의 위협적인 말투가 나왔다. 그건 본능과도 같은 것이다. 다른 종업원들도 몰려왔다. 책임자로 보이는 남자가 물수건으로 노인의 머리를 닦았다.

"구급차 좀 불러 줘."

노인이 신음하며 말했다.

"데었나 봐. 허리도 삐끗한 것 같고."

"이 영감탱이가! 데긴 뭘 데어. 내가 누군 줄 알아? 어리다고 얕보고 허튼수작하면 큰일 날 줄 알아."

피가 머리로 솟구친다. 왜 이따위 노인네랑 시비가 붙어야 하는지.

"그렇군. 그쪽 사람이군."

"그래서 뭐!"

"아이고! 구급차 불러 줘."

노인은 과장되게 얼굴을 찡그리고 허리를 잡으며 바닥에 누워 버렸다. 이제 식당 안 모든 손님이 쥰페이와 노인을 쳐다보고 있었다. 괜스레 불똥이 튈까 봐 무서워서 식당을 나가는 손님도 있다.

"경찰을 불러도 될까요?"

점장이 쥰페이에게 물었다.

"뭐? 그걸 왜 나한테 물어. 못 봤어? 이 영감탱이가 먼저 시비를 걸었잖아."

"하지만 저분을 밀친 건 손님이니까요. 사람이 다쳤으니……."

"아, 그래? 불러. 경찰이건 기동대건 부르라고!"

쥰페이는 얼굴이 벌게서 소리 질렀다. 가만있는 사람을 건드리는 데에야 참을 도리가 없다. 몸속의 '불량 아드레날린'이 날뛰기 시작한다. 점장이 눈짓을 하자 종업원이 식당 안쪽으로 달려갔다. 이대로 있다간 경찰이 오게 된다. 파출소도 여기서 지척이다. 지금 소동을 일으키면……. 3초 동안 숨죽이고 분을 삭였다.

"아아, 잠깐. 경찰을 부르는 건 좀 기다려."

쥰페이는 겨우겨우 마음을 진정시켰다.

"자, 자, 침착하세요, 여러분. 나랑 이 아저씨가 여기서 나갈게요. 그럼 되잖아요? 이봐, 아저씨. 가게에 피해를 주면 안 되잖아. 밖으로 나갑시다. 나이 드신 분한테 나쁜 짓 안 해요. 말로 할게. 점장님, 시끄럽게 해서 미안해요. 계산서 줘요."

그러면서 쥰페이는 점장의 어깨를 두드렸다.

굳은 표정의 점장은 "그렇다면……."이라며 한 걸음 물러섰다. 그리고 손님들을 향해 "소동을 일으켜서 죄송합니다."라고 큰 소리로 사과하며 머리를 깊숙이 숙였다.

"이봐, 아저씨. 일어나. 이제 다 끝났어. 많이 먹었지? 계산하고 나가자고."

쥰페이가 노인을 일으켜 세웠다. 그러자 노인이 입을 여덟 팔자로 찡그리며 말했다.

"젊은이, 미안한데 대신 좀 내 줘."

쥰페이는 자신의 귀를 의심했다.

"지금 가진 돈이 없어서 그래."

이놈의 영감탱이가……. 얼굴이 확 달아올랐다.

"이 자식이, 지금 어디서 무전취식을!"

귀에 가까이 대고 낮은 소리로 으르렁거렸다.

"거참, 말 험악하게 하네. 돈이 없어서 그러는 것뿐이야."

"그런 걸 무전취식이라고 하는 거야."

"아이고, 아파라. 역시 구급차를 불러야겠어."

"이 자식이……."

주위를 둘러봤다. 사람들은 여전히 불안한 눈길로 보고 있고, 점장은 모른 체하며 계산대에서 돈을 정리하고 있다.

"영감, 나가서 봅시다."

쥰페이는 노인의 목덜미를 잡아채 억지로 걷게 했다.

"어이, 점장. 이 사람이랑 같이 계산해 줘."

노인은 그렇게 말하고서 쥰페이에게 "미안해, 젊은이."라며 불쌍한 표정을 지었다.

쥰페이는 모처럼 먹은 초밥이 도로 넘어올 것 같았다.

식당 밖으로 나오자 노인을 빌딩과 빌딩 사이 골목으로 몰아넣고 멱살을 잡아 마구 흔들었다.

"너 이 거지 같은 영감탱이, 사람을 갖고 놀아? 나, 로쿠메이회 하야다파의 사카모토다. 야쿠자를 놀려 먹고도 무사할 줄 알아?"

"사카모토 군이군. 진정해. 밥 먹자마자 화내면 속에 안 좋아."

노인이 눈썹을 여덟팔자로 늘어뜨리고 딴소리를 한다.

"이 자식이……."

너무 화가 나서 뺨이 굳었다. 있는 힘껏 노인의 목덜미를 틀어쥐었다.

"아아, 숨 막혀. 폭력 반대."

"당신, 집이 어디야?"

"……바로 조기야. 가부키초 아파트……. 이봐, 손 좀 놔."

"시끄러워! 집에 가면 돈 있어?"

"있……"

노인이 진지한 얼굴로 고개를 끄덕였다.

"……나?"

"가서 내 돈 내놔!"

쥰페이는 자신의 불운에 화가 치밀었다. 왜 귀중한 시간을 이런 노인 때문에 허비해야 한단 말인가.

"하여간 네놈 집에 간다. 노숙자가 아니라면 돈 될 게 뭐라도 있겠지."

손을 놓자 노인은 손으로 무릎을 짚고 기침을 해 대더니 "사카모토 군은 경로사상이 부족하구먼."이라고 고개 숙인 채 중얼거렸다.

"어이, 가자고."

팔을 잡고 길 쪽으로 끌어당겼다.

"겨우 2천 엔 갖고 너무하는 거 아니야?"

"이 영감이! 무전취식한 주제에……."

노인의 등을 밀치며 걷기 시작했다. 노인이라고만 생각했는데 의외로 반듯한 걸음걸이로 쥰페이와 보조를 맞춰 걷는다. 그러고 보니 키도 제법 크다. 얼굴 아래쪽 절반을 덮은 수염이 거무스름한 피부와 잘 어울렸다.

"여어, 쥰페이 짱!"

낯익은 샌드위치맨이 그를 불렀다.

"특이한 조합이네. 그 선생, 어떻게 알게 됐어?"

그러면서 흥미로운 눈길로 두 사람을 번갈아 쳐다본다.

"선생?"

쥰페이가 걸음을 멈췄다.

"선생이라니. 이 영감, 알아?"

"알지. 와세다 대학 교수야. 가부키초에서는 유명 인사지."

"다 옛날 얘기야. 가지, 사카모토 군."

노인이 이마를 찌푸리며 앞장서 걸어간다.

"정말로 저 인간이 와세다 교수야?"

"그렇다니까. 지금은 퇴직했지만. 문학이라나, 철학이라나. 하여간 전에 하겔인가 뭔가 하는 사람이 쓴 책을 준 적도 있어."

"헤겔."

노인이 걸어가며 말했다.

"어려운 건 잘 모르겠고, 하여간 무전취식으로도 유명하다고. 옆에 앉은 손님한테 시비를 걸어서 의자에서 굴러 떨어지고는 구급차 부르라고 난리 치는 수법이야. 그러고 보니 쥰페이 짱도 걸려들었나 보군. 으하하하."

간판을 목에 건 남자가 이가 숭숭 빠진 얼굴로 유쾌하게 웃었다.

"야, 이 영감탱이!"

쥰페이가 쫓아가며 소리 질렀다.

"내가 봉으로 보여? 배짱 한번 좋네."

그러고는 다시 한 번 노인의 목덜미를 쥐고 앞뒤로 흔들었다.

"이거 너무 난폭하군. 돈 돌려준다고 했잖나."

노인은 머리를 매만지며 항의하는 눈길로 쥰페이를 쳐다봤다.

"안 주면 어떻게 되는지는 알고 있겠지?"

"좀 부드럽게 말할 수 없나. 그쪽 사람 같은데 너무 짖어 대면 나중엔 숨이 차다고. 싸움 잘하는 개는 잘 안 짖는 법이지."

"뭐, 개?"

"아, 알았어, 알았으니까 침 좀 튀기지 마."

노인은 얼굴을 찡그리더니 다시 걷기 시작했다. 쥰페이가 뒤를 쫓았다.

토요일 오후의 가부키초는 잡다한 인간들로 흘러넘쳤다. 중국인 관광객들은 길을 막고 기념사진을 찍고 있고, 예비 야쿠자 소년들은 길가에 쪼그리고 앉아 지나가는 소녀들을 희롱하고 있다. 광고 전단지를 나눠 주는 사람들은 마치 핀 볼 오락기의 핀처럼 길 여기저기에 방해물로 서 있다.

"사카모토 군, 몇 살이지?"

노인이 걸으며 묻는다.

"스물하나."

"그래? 스물하나라……. 모든 걸 흡수하는 시기군. 그 나이에 읽은 책은 평생 기억에 남지. 아, 멋진 시기야."

"나는 책 안 봐."

"책을 안 봐? 왜지?"

"만화가 있는데 뭐하러 글자만 있는 책을 읽어?"

"……하긴. 그것도 타당한 이유일 수 있지."

노인은 어깨를 으쓱했다.

길모퉁이를 돌자 이번에는 이란 인 노점상이 그를 부른다.

"헤이, 쥰페이. 이소에파 애들이 찾던데, 무슨 일 있었어?"

"그래, 있어. 다음번에 또 물으면 내가 아주 씩씩하게 잘 돌아다니고 있더라고 전해 줘."

"쥰페이, 인기 많아."

"맞아. 그러니까 내 이름 잘 기억해 두라고."

손을 주머니에 꽂고 걸음을 성큼성큼 내디뎠다. 이소에파는 조금도 두렵지 않다.

'올 테면 와 봐.'

가부키초 가두방송으로 그렇게 떠들고 싶은 심정이다.

노인이 사는 아파트는 러브호텔 거리를 빠져나와 쇼쿠안

거리로 접어들기 직전, 낡은 빌딩이 줄지어 있는 곳에 있었다. 아파트라기보다 상가와 주거지가 지저분하게 뒤섞인 건물로, 외관은 다 쓰러져 가는 폐가의 인상을 줬다. 옥상에서 까마귀가 시끄럽게 울어 댄다.

"아니, 이런 데에 사람 살아?"

쥰페이가 빌딩을 올려다보며 물었다.

"살고말고. 물론 나밖에 없지만."

노인이 아파트 입구 문을 열었다. 내부는 더욱 괴기스러웠다. 유령 회사로밖에 안 보이는 개인 사무실과, 폭력단과 관련 있어 보이는 회사들의 간판이 문마다 걸려 있다.

복도는 종이 박스와 자전거들이 자리를 차지하고 있어 똑바로 걷기조차 힘들었다. 계단도 마찬가지였다. 상자 하나를 걷어차자 숨어 있던 길고양이들이 놀라 사방으로 흩어지며 달아났다.

"5층이야. 엘리베이터는 안 움직여. 건강에는 좋아."

"이거 무슨 빌딩이야?"

"누군가 개발하다가 실패해서 권리가 복잡하게 되는 바람에 아무도 손대려고 하지 않는 건물이지. 임대료가 싸다네. 그리고 월세가 반년 치나 밀렸는데도 소유권이 애매하다 보니 독촉하는 사람도 없어. 와하하."

노인이 소리 높여 웃었다. 쥰페이는 짜증을 억누르며 계단을 올랐다. 빨리 돈을 돌려받고 다른 일을 해야 한다.

노인의 집은 5층 막다른 구석에 있었다. 문패도 없는 문을 열고 집 안을 들여다보니 현관까지 책이 높이 쌓여 있다. 발 디딜 틈조차 없었다.

"이봐, 영감. 어떻게 들어가?"

"게걸음으로 들어가면 돼. 안은 넓어."

노인 말대로 해서 들어가니 어느 정도 공간이 있긴 한데, 전체적으로는 집이라기보다 서고라고 부르는 게 옳았다. 책상도 침대도 책 속에 묻혀 있었다. 그나마 창문과 베란다가 남쪽으로 나 있어 해가 잘 드는 덕분에 삭막한 느낌이 덜했다. 이 집에도 고양이 몇 마리가 웅크린 채 기분 좋은 듯 눈을 가늘게 뜨고 있다.

"줄 돈이 얼마였지?"

"2,600엔."

"알았어. 거기 앉아서 기다려. 찾아볼게."

노인이 책상 위의 책들을 밀어내고 돈을 찾기 시작했다. 쥰페이는 어깨 힘이 쭉 빠져 1인용 소파 위에 있는 책들을 치우고 그 자리에 앉았다.

다시 한 번 주위를 살펴봤다. 외국어로 된 책이 많은 데에 놀랐다. 그것도 영어뿐 아니라 어느 나라 말인지도 모를 것이 많다.

그때 휴대 전화 문자 착신음이 들렸다. 누구지, 하며 들여다보니 좀 전에 헤어진 가나다.

쥰페이, 뭐해? 인터넷 게시판에 쥰페이에 대한 댓글이 엄청 많이 달렸어. 주소 보낼 테니까 쥰페이도 한번 봐.

'인터넷 오타쿠 언니가 또 지 맘대로 글을 올렸나.'

쥰페이는 코웃음 치고 말려고 했다. 하지만 곧 호기심이 일어 보내온 인터넷 주소로 들어가 보기로 했다.

#28. 쥰페이 군. 내일을 생각지 않는 나이라는 건 알지만, 총알이 된다는 건 인생의 선택으로서 너무 극단적이지 않을까. 지금 즉시 도망갈 것을 권하네. 숨을 곳은 얼마든지 있어. 오키나와의 사탕수수 밭에 가서 봉사를 해 보는 건 어떨까. 월급은 안 주지만 교통비와 식사와 잠자리는 제공해 줄 걸세. 실은 나도 경험자라네. 고교 시절 은둔형 외톨이로 살다가 재활을 위해 3개월 정도 그곳에 가서 머물렀는데, 친구를 많이 사귈 수 있어서 아주 유익했어. (상당히 예쁜 여자애들도 온다네.) by 무명씨.

'미쳤어? 내가 왜 돈도 안 받고 남의 밭일을 하냐고.'

쥰페이는 휴대 전화 화면에 대고 욕을 퍼부었다.

#29. 안녕, 쥰페이 님. 저도 야쿠자 출신입니다. 18살 때 조직에 몸담게 됐는데, 3년 만에 손을 씻었습니다. 지금은 트럭 운전을 하고 있습니다. 다행히 새끼손가락은 붙어 있습니다. 때마침 조직이 해산되는 바람에 말이죠. 제가 조직에 있을 때도 다른 파와 전쟁이 벌어져 누군가가 총알이 돼야 하는 상황이 벌어졌는데, 머리 좋은 형님들이 미리 상대 조직 사무실에 권총을 발사해 일부러 체포돼 버렸습니다. 살인죄보다는 총포류 단속법 위반죄가 가볍기 때문이죠. 결국 우물쭈물하던 녀석 하나가 총알로 지명됐는데, 현장에서 실패해 목숨을 잃고 말았습니다. 쥰페이 님, 상대 조직 사무실에 한 방 쏘고 자수하는 것이 어떨까요. by 트럭남, 샛별.

'이미 늦었어. 이 몸은 오야붕이 친히 지명하신 몸이라고.'

쥰페이는 한숨을 쉬었다.

그런데 이 글을 올린 녀석이 진짜 전직 야쿠자일까. 인터넷은 글 쓴 놈의 정체를 파악하기가 힘들다.

#30. 쥰페이 군은 상당히 배짱 있는 청년인 것 같군요. 마음에 들어요. 득실만 따지며 사는 인간이 수두룩한데, 자기희

생을 꺼리지 않는 근성은 솔직히 칭찬하고 싶군요. 하지만 타깃이 야쿠자라는 건 좀 그러네요. 쥰페이 군, 어차피 손을 더럽혀야 한다면 더 악질적인 인간을 제거해 영웅이 돼 보면 어떨까요. 타깃은 정확히 정치인. 고이즈미 총리를 죽이고 역사에 이름을 남깁시다. by 테러리스트.

남의 운명을 갖고 놀면 안 되지.
이렇게 남의 일을 농담 삼아 얘기하는 인간이 제일 화난다.

#31. 쥰페이 군, 혹시 우메가오카 2중학교를 다녔던 아오키 쥰페이? 나, 농구부 아이미예요. 만약 아오키 쥰페이가 맞는다면 연락 줘요. 모두들 걱정하고 있으니까. by 아이미.

번지수가 틀렸다, 이 멍청이야.

#32. 쥰페이 군, 총알이 되지 않을 수 있는 방법이 있어요. 하지만 공짜로는 가르쳐 주고 싶지 않네. 일단 이 주소로 메일을 줘 봐요. by 나비.

지금 장사해?
쥰페이는 점점 댓글을 읽기가 짜증 났다. 인터넷 게시판을 닫았다. 하지만 가나에게만은 답 글을 보냈다.

메시지 고마워. 한가한 인간이 참 많군. 난 망설이지 않아. 남자가 되는 거야. 너는 여자니까 모르겠지.

휴대 전화를 집어넣었다. 올려다보니 노인이 책의 산에 기어올라 신단까지 열어젖히고 있다.

"이봐, 뭐 하는 거야?"

"이상하네. 돈이 없어."

노인이 고개를 갸웃거리며 말한다. 그 말투가 가식적이기 이를 데 없고 진지함이라고는 털끝만큼도 없다.

"이거 참, 쥐가 물어갔나……."

"이 영감탱이야, 애초부터 돈이라고는 없었지? 그러면서 나를 이따위 집에 데려오고……."

피가 머리로 솟구쳤다. 베란다에 거꾸로 매달기라도 하지 않으면 분이 풀리지 않을 것 같다.

"이제 더는 못 참아. 각오해!"

"자, 잠깐. 아, 돈이야 금방 구할 수 있지."

노인은 여전히 침착한 자세로 산더미 같은 책 위에서 쥰페이를 내려다보며 말했다. 풍모 때문인지 영락없이 신선 같아 보인다.

"어떻게 구할 건데?"

"사카모토 군의 눈은 장식품인가 보군. 눈앞에 보물이 산더미처럼 있는데 말이지."

"무슨 잠꼬대 같은 소리야. 나 바빠. 얼른 돈이나 내놔."

애가 타서 발을 굴렀다.

"일례로, 자네 바로 오른쪽 선반 한가운데 있는 표지가 빨간 천으로 된 책, 뭐라고 생각하나?"

"내가 어떻게 알아. 책이 책이지."

"미시마의 초판본이야."

"그래서?"

"고서점에 가져가면 고급 초밥 집에서 세 번은 먹을 돈을 줄걸."

쥰페이는 입을 다물고 손을 뻗어 빨간 책을 끄집어냈다.

"소중히 다뤄. 오래돼서 책장이 떨어지기 십상이야."

책을 펼치자 곰팡내가 났다. 옛 글자가 줄줄이 있어 읽을 엄두가 나지 않는다.

"자네에게는 이걸 주겠네."

노인이 책 더미에서 내려와 다른 책을 한 권 내밀었다.

"사이토 료우(齋藤綠雨)의 『녹우경어(綠雨警語)』야. 팔아도 좋고 소장해도 좋고."

"이런 거 필요 없고, 돈을 내놓으라고, 돈을!"

"고서점에 가서 팔면 된다니까 그러네."

"이런 거지 같은. 2,600엔이 안 되기만 해 봐. 확 불 질러 버릴 테니."

하는 수 없이 쥰페이는 노인의 제안을 받아들이기로 했다. 더는 이 노인네한테 휘둘리고 싶지 않다.

"생각건대 붓은 하나요 젓가락은 둘이니, 중과부적이라는 것을 알아야 하느니라."

노인이 염불하듯 말했다.

"또 뭐래?"

"그 책에 나오는 유명한 말이야. 적은 수로 많은 수를 이길 도리가 없다는 걸 알라는 의미지."

"그걸 모르는 사람이 어디 있어. 사이토 어쩌고 하는 사람 바보 아냐?"

"음…… 그렇게 말하면 좀 곤란하지. 아! 맞다. 맛있는 홍차가 있는데 마시고 가."

노인은 쥰페이의 대답도 기다리지 않고 책 사이를 빠져나가 개수대 쪽으로 갔다.

그때 앉아 있는 쥰페이의 발치로 검은 고양이 한 마리가 다가왔다. 쥰페이는 고양이를 안아 올려 무릎 위에 놓았다.

"너 길고양이지? 나랑 똑같은 신세네."

그러자 고양이는 크게 하품을 하더니 몸을 동그랗게 말았다.

“이러면 곤란해. 나 이제 가야 한다고.”

쥰페이는 한숨을 푹 쉬고는 소파에 몸을 기댔다.

집 안을 다시 한 번 둘러봤다. 책장 위에 시간이 멈춘 낡은 회중시계가 놓여 있었다. 무심코 손을 뻗었다. 뒷면에 뭔가 글자가 새겨져 있다. 셔츠 소매로 먼지를 문지른 뒤 자세히 들여다봤다.

‘제55회 신일본문예상, 니시오 게이자부로’

무슨 뜻인지 궁금해진 쥰페이는 개수대 앞에 서 있는 노인에게 물었다.

“이봐, 영감. 당신 이름이 뭐야?”

“나? 니시오.”

“흠…….”

대학교 선생이었으니 한번쯤은 상을 받았겠지. 이 회중시계를 가져가면 어떨까 하는 생각을 잠깐 했지만 전당포는 신분 조회가 까다로워서 그만두기로 했다. 어차피 싸구려일 텐데, 뭐.

노인이 홍차를 들고 왔다. 잔이 낡긴 했지만 꽤 비싸 보인다. 향을 맡으니 나무 냄새 비슷한 것이 눈 안쪽까지 스며든다. 그런 쥰페이를 노인이 미소지으며 바라보고 있었다.

“할아버지, 왜 이런 데 살아? 와세다 교수였으면 돈도 좀 있을 텐데.”

"이젠 없어. 집도 재산도 마누라랑 애들한테 다 줘 버렸거든."

노인은 어깨를 으쓱하더니 말을 계속했다.

"나는 정년 퇴직과 동시에 타락하기로 결심했어."

"타락?"

"그래. 타락한다는 건 즐거운 일이야."

노인이 해맑은 표정으로 말한다. 쥰페이는 어서 이 집에서 나가고 싶어졌다.

7

노인은 얘기 상대가 있다는 게 기쁜 모양이었다. 포커페이스인 건 여전하지만, 입 끝이 벌어져 있다. 그리고 무엇보다 말이 많아졌다.

쥰페이는 일이 이런 식으로 흘러가는 게 어이없었지만, 무릎에 웅크리고 앉아 움직이지 않는 고양이의 털을 쓰다듬으며 노인의 말을 들어 줬다. 하지만 알맹이는 절반도 귀에 들어오지 않았다.

"난 말이지, 대학을 퇴직하는 것과 동시에 가족을 버리기로 했어. 아내나 아이들과의 관계를 싹 끊어 버렸지. 나는 지금까지 온갖 것에 속박당한 채 살아왔어. 대학이나 학회에서의 지위, 주위의 평판, 처갓집에 대한 체면, 스스로에 대한 자부심……. 그런 것들에 꽁꽁 얽매였었지. 매사를 신사적이고 이성적으로 대처하려고 노력하고 미소를 잃지 않았어. 감정을 폭발시키는 법이 없었지. 주변에서는 나를 온후한 신사라고 단정했어. 대학교수라는 잘나가는 직업 덕분에 세간의 신용도 얻었지. 관공서, 은행, 신용 판매 회사……, 그 어디서도 나를 의심하는 적이 없었어. 하지만 본래의 나 자신은 그런 것과는 거리가 멀었어. 난 신사 같은 건 되고 싶지도 않았다고. 어린 시절부터 내 마음속에는 터져 버릴 듯한 무언가가 들끓고 있었지."

노인은 마치 가두연설이라도 하듯 열린 창문을 향해 떠들어 댔다. 베란다의 고양이들은 거기에 아무런 관심을 보이지 않은 채 시큰둥하게 누워 있었다.

"젊은 시절 딱 한 번 탈출할 기회가 있었어. 독일 유학 시절이었지. 소설을 써서 일본의 어느 출판사에 보냈는데 그게 잡지에 게재됐고 이름 있는 문학상까지 수상하게 됐어. 요즘처럼 떠들썩하진 않았지만 그래도 신문에 보도될 정도의 뉴스였고, 장래를 촉망받게 됐지. 나는 이걸 천재일우의 기회로 여겼어. 작가가 되면 상식에 얽매이지 않아도 된다, 사회에서 일탈해도 용인된다……. 그런데, 그렇게 되지 못했어. 훈장에 목숨 거는 어머니가 가당찮은 착각을 한 거야. 내 아들은 엄청난 상을 받은 대단한 인간이라고. 친척들 앞에서 '내 교육 방침이 틀리지 않았다는 게 이걸로 다시 한 번 증명됐다.' 고 자랑스럽게 떠벌릴 때 나는 눈앞이 깜깜했어. 아들의 어두운 마음속 같은 건 전혀 짐작도 못하는구나……. 작가가 세상의 이단자라는 사실은 눈곱만큼도 이해하려 들지 않았어. 결국 권위를 사랑하고 일류를 지향하며 허세로 가득한 어머니의 자랑스러운 아들로 되돌아가 버리고 말았지. 애초에 나의 가장 큰 고민거리는 어머니였어. 어린 시절부터 가정교사까지 붙여 가며 우등생이 되길 요구했고, 내 자유를 박탈했고, 자아의 싹을 잘라 버렸지. 내게 나 자신이란 전혀 없었어. 끊임없이 어머니의 안색을 살피며 어머니가 바라는 방향으로 노를 저었어. 마치 거세된 애완견마냥."

"이봐, 영감."

쥰페이가 노인의 말을 끊었다.

"그 어머니, 아직 살아 있나?"

"그럴 리가. 진즉 죽었지. 내 나이가 예순여덟인데!"

"그럼 이제 그만 좀 하시지. 죽은 사람은 산 사람한테 아무 말이 없잖아."

"그렇긴 하지만…… 이건 트라우마에 관한 얘기야."

"쳇, 어렵네, 머리 좋은 인간은. 그보다 재떨이 없어?"

"재떨이가…… 아, 그래!"

노인은 물감이 굳어 있는 팔레트를 가져왔다.

"이걸로 해."

그러고 보니 집 안에서 물감 냄새가 났다. 유화도 몇 점 걸려 있다.

쥰페이는 담배에 불을 붙이고 천천히 빨아들였다. 발치로 다른 고양이가 다가왔다. 무릎 위로 퐁, 뛰어오르더니 가슴을 딛고 어깨까지 올라온다. 그리고 앞다리를 쥰페이의 머리 위에 올려놓더니 몸을 쭉 뻗었다.

"음, 무슨 얘기 하다 말았지? ……아, 맞다. 내가 타락하기로 결심한 얘기."

노인이 헛기침을 한 번 한 뒤 얘기를 계속했다.

"난 어머니가 정해 준 상대와 결혼하고 자식을 둘 낳아 가정을 꾸렸어. 그러나 그래 봐야 내게는 사상누각에 불과했어. 모든 건 나 자신을 속인 채 좋은 남편, 좋은 아버지를 연기하는 걸 전제로 성립된 것이었고, 내게 진정한 편안함을 주는 곳은 집 안 그 어디에도 없었어. 아내라는 여자도 어머니와 비슷하게 우월적 시점으로 세상을 바라보려고 하는 사람이어서 내게 늘 압력을 가하고 틈만 있으면 나서려고 했지. 아프리카 난민을 돕는 모임? 웃기고 있네. 그건 기독교가 포교 명목으로 식민 지배에 가담한 것과 마찬가지 구도가 아니냔 말이야. 나는 그런 모임에 수도 없이 참가해야 했고, 그때마다 애써 분노를 억눌러야만 했네. 쉽게 말해 어머니로부터 와이프에게로 지배권이 넘어간 데 불과했어. 나는 정말 해방되고 싶었어. 권위 따위 개한테 줘 버리고 벌거숭이가 되고 싶었네. 그래서 대학을 조기 퇴직하고는 교수직도 가족도 버린 후 백 퍼센트 자유인이 되는 길을 택했지. 그리고 가출했어. 한 달에 한 번은 연락할 테니 찾지 말라는 편지를 남긴 채."

"잠깐. 그런 걸 가출이라고 할 수 있어?"

쥰페이가 식어 버린 홍차를 마시며 말했다. 이제 그에게 달라붙은 고양이는 3마리로 늘어나 있었다.

"가출은 가출이지. 사카모토 군은 아니라고 생각해?"

"그게…… 가출이란 건 어디 있는지 가르쳐 주지 않는 거 아냐?"

"경험 있어?"

"많지. 첫 번째는 중학교 1학년 여름 방학."

"상당히 조숙했군."

"의무 교육 때 안 하면 가출을 언제 해 봐?"

"듣고 보니 그러네."

노인이 수긍이 간다는 표정으로 고개를 끄덕인다.

"어떤 가출이었는데?"

"집이고 학교고 온통 우울해서 사이타마에서 도쿄로 올라

왔어."

"중학생이 가출했으면 실종 신고를 했을 텐데?"

"아니."

"어째서?"

"그런 부모였어. 엄마밖에 없었는데, 그 엄마라는 사람이 호스티스 생활을 하고 있었어. 그런데 걸핏하면 손님하고 그렇고 그런 관계가 돼 버리니 자식이 좀 귀찮았겠어? 그러던 차에 내가 가출하니까, 이게 웬 떡이야, 하면서 냉큼 남자한테 가 버린 거지."

"좀 심하네. 그 어머니, 지금은 뭐하고 있어?"

"내가 알 게 뭐야. 기껏해야 고향에서 호스티스나 하고 있겠지. 할 줄 아는 게 그거밖에 없는 여자니까."

"그래서, 자네는 타락했나?"

"보면 몰라? 지금 야쿠자잖아."

쥰페이가 미간을 찌푸리며 대답했다. 이 노인이 하는 말은 도무지 종잡을 수가 없다.

"아, 그랬군. 자네에게 많이 배워야겠어. 그런데 어떤 방식으로 타락했지?"

"할 건 다 했어. 싸움, 공갈, 절도, 시너."

"감방에도 갔었어?"

"미성년자니까 소년원. 반년 정도 있었어."

"와우, 자네 불량의 엘리트로군."
노인이 믿음직스럽다는 표정으로 쥰페이를 바라본다.
"사실 난 말이야, 집을 나온 것까지는 좋았는데 뭘 해야 할지 모르겠더라고. 길에서 자고, 경찰에게 시비를 걸기도 하고, 무전취식하고……, 거기까지는 했는데 그 다음은 생각이 안 나는 거야. 그도 그럴 것이, 제 길을 벗어나 본 경험이 한 번도 없거든. 좋은 아이디어 있으면 하나 줘."
"참, 나 바쁜 사람이야."
"그러지 말고. 이것도 인연이라면 인연인데."
"인연 좋아하네. 내 제자가 되고 싶으면 우선 거리에서 싸움질이라도 하고 와."
"아니, 싸움은 좀……. 내 나이가 예순여덟인데?"
그러더니 노인이 팔짱을 끼고 진지한 표정으로 생각에 잠긴다.
"죽기는 싫은가 보네. 그렇게 목숨이 아까우면 당장 집으로 돌아가."
"아니, 목숨은 아깝지 않아. 손자도 봤고, 나름대로 업적도 쌓았고."
"그럼 뭐가 문젠데?"
"싸움을 해 본 적이 없어."
쥰페이는 노인과 얘기를 계속한다는 것 자체가 멍청한 짓이라고 느껴져 의자에 몸을 깊이 묻으며 양손을 들어 크게 기지개를 켰다. 고양이가 허둥지둥 옷에 착 달라붙는다.

그 순간 한 가지 생각이 떠올랐다.

"영감, 싸워 볼 생각은 있는 거야?"

"그럼. 죄 없는 사람에게 위해를 가하는 건 싫지만, 상대가 건달이라면 뒤에서 몽둥이로 내려칠 정도의 각오는 돼 있어. 별로 상쾌할 것 같지는 않지만."

"아니, 기분 좋을걸. 악당이 죽는 거잖아. 세상을 위해서도 좋은 일이야."

"아니, 그게, 살인까지 하겠다는 건……."

"만에 하나 그럴 수도 있다는 거지. 바보들은 머리가 딱딱해서 잘 죽지도 않아."

쥰페이는 노인이 이소에파 놈들을 습격하는 장면을 상상했다. 생전 처음 보는 노인이 나타나 쇠 파이프로 머리를 내리치면 녀석들은 분명 패닉에 빠질 것이다. 상상만으로도 유쾌해진다.

"그런데 영감, 뛸 수는 있어?"

"그럼. 칼 루이스 정도는 아니지만 웬만큼은."

"그게 누구야, 칼 루이스?"

"몰라? 세월이 그렇게 흘렀나."

"뭐, 됐고. 그럼 결정한 거야."

쥰페이는 일어서면서 고양이들을 쫓아냈다. 사이토 료우인지 뭔지의 책은 바지 뒷주머니에 찔러 넣었다.

"지금 당장 가는 거야?"

"그럼. 제 길을 벗어나 보고 싶다며."

"알았어. 사카모토 군의 지시를 따르기로 하지."

노인은 등을 곧게 뻗으며 기를 모으려는 듯 두 주먹을 불끈 쥐었다. 주름이 자글자글한 목덜미에 힘줄이 튀어나왔다. 눈은 허공을 향한 채. 가부키초는 정말 이상한 인간투성이다.

둘이서 거리를 걸었다. 우선 첫 단계로 눈에 띄는 공사장에 들어갔다. 토요일이라 아무도 없는 것을 확인하고 자재를 쌓아 둔 곳으로 가서 쇠 파이프 하나를 집었다. 끝 쪽에 볼트가 박혀 있어 더할 나위 없는 흉기가 될 것 같았다.

"영감, 이걸 지팡이처럼 짚고 걸어."

"무슨 실례되는 말씀. 지팡이는 아직 필요 없어."

노인이 퉁명스럽게 대답한다.

"그게 아니라, 어깨에 걸치고 걸으면 의심받잖아."

"아, 그런 뜻이야? 지팡이처럼 보여라 이거지."

노인은 쇠 파이프로 쿵쿵 바닥을 두드리며 거리를 활보했다. 흥얼흥얼 콧노래까지 부른다.

"그런데 말이지, 대학교수가 되려면 어떻게 해야 하는 거야?"

"아첨만 잘하면 되지."

마치 노래하듯 대답한다.

"하하하. 그럼 영감도 아첨해서 된 거야?"

"그럼. 호모 학부장한테 엉덩이도 내밀었다고."

"정말?"

"아니, 농담."

"이런 사기꾼. 야쿠자를 놀리다니."

"사카모토 군, 자네는 왜 야쿠자가 됐나?"

"왜라니. 태평한 소리 하고 있네. 우리한테는 이 길밖에 없다고. 공부는 못하지, 집은 가난하지, 이렇다 할 연줄도 없지. 건실하게 살아 봐야 짓밟히기나 하고. 그런데 야쿠자는 소질만 있으면 얼마든지 위로 올라갈 수 있거든."

"피지배층의 정당방위로군. '얌전히 지배당할 거라고 생각한다면 엄청난 착각이야'라고 지배층을 향해 이빨을 들이대고 싶은 거야."

"말을 꼭 그렇게 어렵게 해야 돼?"

"그런데 누굴 공격하지? 저기 오는 새파란 똘마니 정도면 적당할 것 같은데."

"저놈은 술집 스카우트 담당이야."

안면이 있는 녀석이다.

"쥰페이 님, 충성!"

그가 걸음을 멈추고 경례를 한다.

"너 마침 잘 만났다. 이소에파 녀석들 못 봤어?"

"보고 못 보고의 차원이 아닙니다. 어제부터 쥰페이 씨를 찾아 이 근처를 이 잡듯이 뒤지고 있어요. 몰랐어요?"

"알아, 나도."

"여유 만만이시네. 잡히면 장난 아니겠던데."

"멍청이야, 그 전에 내가 먼저 작살낼 거야!"

"여전히 기세등등하시네요. 그 녀석들 아마 '로터스' 부근에서 진 치고 있을걸요."

그리고 제 갈 길로 가려던 그가 다시 걸음을 멈췄다.

"맞다! 기타지마 형님이 마침내 독립하신다면서요?"

"뭐, 그게 무슨 소리야?"

"저도 지나가다 우연히 들어서 자세히는 몰라요. 근데 저, 기타지마 씨 똘마니로 들어갈 수 없을까요? 맨 밑바닥에서 시작해도 괜찮은데."

"몰라. 독립한다는 것도 처음 듣는 소리야."

쥰페이는 당황스러웠다. 그런 얘기가 있었다면 직계인 자신이 맨 먼저 알아야 마땅하다.

"그럼 헛소문이었나. '유코' 마담이 그랬다기에 확실한 줄 알았는데."

'유코'의 마담이라면 기타지마의 애인 중 하나다. 그렇다면 신빙성이 있는 얘기다.

"너, 기타지마파에 들어올 생각 있어?"

쥰페이가 물었다.

"물론이죠. 들어가면 형님으로 모시겠습니다."

그리고 스카우터는 가던 길로 돌아섰다.

"형님이 독립한다고……?"

쥰페이가 중얼거렸다. 기타지마가 여태 독립하지 못한 건 수완이 탁월한 그를 오야붕이 놔주지 않아서다. 기타지마는 술을 마실 때마다 그 점에 대해 푸념하곤 했다.

기타지마파가 발족하면 자신은 하바리들의 대장 노릇을 할 수 있다. 상상만 해도 가슴이 뛴다. 물론 그 전에 해야 할 일이 있지만.

"이봐, 사카모토 군. 내가 상대할 놈은 아직 못 찾았나?"

노인이 재촉하듯 묻는다.

"기다려 봐. 조 앞 찻집에 있으니까."

쥰페이는 주머니에서 선글라스를 꺼내 쓴 후 올백 머리를 손으로 헝클어뜨려 이마를 덮었다. 만약의 사태에 대비한 변장이다.

풍림 회관 부근에 있는 찻집 '로터스' 앞에 도착했다. 길 건너 보도에 심겨 있는 나무 뒤에 몸을 숨기고 찻집 창문 안을 들여다봤다. 가부키초의 찻집들은 암묵적인 합의를 통해 조직별 구역이 정해져 있다. 그래서 이쪽 찻집에는 들어가 본 적이 없다.

쥰페이를 폭행했던 두 놈은 없었지만 그때 함께 있던 위의 놈이 보였다. '데쓰'라는 이름의 염소수염이다. 경마 신문을 펼쳐 놓고 모닝 세트 토스트를 먹고 있었다. 일행은 안 보였다. 불을 보면 날아들고야 마는 벌레처럼 쥰페이의 심장이 고동치기 시작했다.

"좋아. 영감, 저 염소수염의 얼굴을 잘 기억해 둬. 저놈이 타깃이야."

노인의 귀에 대고 속삭였다.

"알았어. 그런데 뭐하는 녀석인가?"

"질이 아주 나쁜 야쿠자야. 거리끼지 말고 마구 패."

"예순여덟에 첫 폭력 체험인가. 전쟁을 앞둔 사무라이가 이런 기분이겠군."

노인이 꿀떡, 침을 삼켰다. 쇠 파이프를 아래로 늘어뜨린 채 시계추처럼 흔들고 있다.

"침착해. 영감이 접근해 봤자 놈은 신경도 안 쓸 테니까, '이봐요.'라고 말을 건 다음 뒤돌아볼 때 쇠 파이프로 사정없이 내리치는 거야. 세 방 정도 먹여 줘. 그러고서 쇠 파이프를 그 자리에 버리고 집으로 도망가."

"알았어. 타이밍만 알려 줘."

염소수염은 토스트를 다 먹은 후 담배를 피웠다. 테이블 위에 휴대용 라디오를 놓아둔 걸 보니 야바위 경마를 하는 모양이다. 토, 일요일의 가부키초는 야바위꾼들 천지다.

시계를 봤다. 슬슬 마지막 레이스가 시작될 시간이다. 레이스가 끝나면 염소수염의 오늘 할 일도 끝나는 것이다.

"그런데 보면 볼수록 나쁜 놈같이 생겼어."

"야쿠자가 인상이 좋으면 어떡해. 협박으로 먹고사는 세곈데."

"그런데 자네는 왜 그렇게 애기같이 생겼나?"

"시끄러워. 당신이 무슨 상관이야!"

쥰페이가 눈을 부라리며 영감을 본다.

그때 염소수염이 자리에서 일어났다. 그리고 계산대로 가더니 윗주머니에서 지갑을 꺼낸다.

두 사람은 전신주 그늘에 몸을 숨긴 뒤 머리만 내밀고 집어삼킬 듯 바라봤다.

"영감, 아까 얘기 말인데…… 작가가 되긴 된 거야?"

"그럼, 됐지. 책도 10권 정도 썼고. 하지만 하나도 안 팔렸어. 대중이란 참으로 보는 눈이 없는 존재야."

"흥, 그 반대겠지. 솔직한 게 대중이야."

"하긴, 그럴지도 모르지."

"어, 나온다. 시침 뚝 떼고 다가가서 골통을 박살 내 버려."

"알았어. 지켜봐 줘, 사카모토 군."

노인이 어색한 걸음걸이로 길을 건너려는 순간 자동차가 달려오며 경적을 울렸다.

"이런 멍청한! 잘 좀 보고 다녀!"

쥰페이가 눈을 부라렸다.

간신히 사고를 모면한 노인이 길을 건넜다. 그와 보조를 맞추듯 이소에파 염소수염도 찻집을 나온다. 그런데 그 순간, 찻집 앞에 주차 중이던 벤츠의 문이 열리더니 부하로 보이는 젊은이가 내려 "수고하셨습니다."라며 90도로 허리를 꺾었다.

'앗! 부하가 있었어?'

쥰페이는 온몸이 굳어 왔다.

'어이! 철수해, 철수.'

노인을 향해 마음속으로 외쳤지만 첫 폭력 체험에 극도로 긴장한 전 대학교수는 주변 상황이 전혀 눈에 들어오지 않는 듯 염소수염을 향해 성큼성큼 돌진해 갔다. 그리고 쇠 파이프를 한껏 들어 올리더니 "이얏!" 하는 기합과 함께 내리쳤다.

염소수염이 돌아보는 순간 쇠 파이프가 염소수염의 정수리에 명중했다. 그것도 볼트가 달린 부분이.

염소수염이 길에 쿵, 엉덩방아를 찧는 것과 동시에 부하가 노인에게 달려들었다.

"이 새끼! 무슨 짓이야!"

고함 소리가 거리에 울려 퍼졌다. 지나가던 사람들이 무슨 일인가 하고 걸음을 멈춘다.

염소수염 머리에서 피가 흘러내렸다. 염소수염은 상대 조직원이 싸움을 걸어오는 것이라 생각했는지 죽어라고 기어서 자동차 뒷좌석으로 도망갔다.

"데쓰 형님! 괜찮으십니까?"

부하가 노인을 붙든 채 소리 질렀다.

"빠, 빠, 빨리 출발해!"

염소수염은 패닉 상태였다. 2차 습격이 있을 거라고 생각했는지, 뒷좌석에서 몸을 둥그렇게 만 채 소리쳤다.

"이 영감은 어떻게 할까요?"

"여, 영감?"

목소리가 뒤집혔다.

"네, 보기에 영감 같습니다."

"에잇! 끌고 가."

노인도 벤츠 뒷좌석에 처박혔다.

쥰페이는 입을 반쯤 벌린 채 그 광경을 바라봤다. 달려들어 구해야 하나, 노인의 불운을 애도하며 포기해야 하나. 망설이는 사이 벤츠가 굉음을 울리며 출발해 버렸다. 차 뒤창으로 노인이 발버둥질 치는 모습이 보였다. 분명 아무도 경찰에 신고하지 않을 것이다. 이 동네에서는 다들 익숙해져 있는 광경이니까.

'이거 난리 났네. 설마 죽이지는 않겠지.'

쥰페이는 그 자리에 망연자실하여 서 있었다.

노인은 심문을 당할 것이고, 사정을 설명하게 될 것이다. 내 이름이 나오는 건 상관없다. 아니, 오히려 그편이 더 재미있어진다. 하지만 노인이 죽도록 얻어맞을 걸 생각하니 마음이 안 좋다.

그때 뒤쪽에서 사람 그림자가 비치더니 누군가 쥰페이의 엉덩이를 걷어찼다. 깜짝 놀라 돌아보니 화려한 양복을 입은 중년 남자가 서 있다.

"여어, 기타지마네 젊은이. 오랜만이야. 여기서 뭐 하나?"

목소리의 주인공은 신주쿠 경찰서의 야마다였다. 야쿠자한테 돈을 뜯어 가부키초에서 놀고 다니는 악질 형사다. 대낮인데도 벌게진 얼굴로 술 냄새를 풍기고 있다. 콧구멍이 어찌나 큰지 얼굴이 마치 축제 때 쓰는 귀신 탈 같았다.

"……안녕하십니까."

쥰페이가 굳은 얼굴로 인사했다. 형사에게 아첨을 떠는 야쿠자도 있지만, 쥰페이는 돈을 밝히는 이 형사가 싫었다.

"기타지마는 뭐 하나? 같이 다니는 거 아니었어?"

"행사가 있어서 오사카 쪽에……."

그렇게 대답하다가 문득 생각나는 것이 있었다. 기타지마가 '야마다가 용돈을 요구하니 넥타이를 준비하라'고 말했었다. 여기서 '넥타이'란 상자 밑바닥에 금일봉을 깔아 놓는 뇌물을 의미한다.

"저, 넥타이는 기타지마 형님이 돌아오는 대로 보내 드릴 겁니다."

"그래? 기타지마도 이제 뭘 좀 아는군. 크하하."

야마다가 천박하게 웃으며 주먹으로 쥰페이의 가슴을 쿡 찔렀다. 용무늬 자수가 새겨진 넥타이가 눈앞에서 흔들거린다. 겉모습만 보면 완전 야쿠자다.

그 순간 한 가지 생각이 스쳤다.

'맞아!'

"그런데 형사님, 방금 여기서 납치 사건이 발생했습니다."

"뭐, 납치? 무슨 말이야?"

"이소에파 애들 중 염소수염을 기른 놈이 노인을 벤츠에 밀어 넣더니 그대로 사라졌습니다."

"정말이야?"

"네, 진짭니다."

"흠……."

야마다가 담배를 꼬나물고 턱을 추켜올리자 쥰페이가 착, 불을 붙여 줬다.

"……아마, 야쿠자끼리 티격태격하는 걸 거야."

형사는 연기를 내뿜으며 의욕 없이 말한다.

"아닙니다. 그 노인은 일반인 같아 보였습니다."

"잘못 본 거겠지."

"하지만……."

"이 녀석이, 안 그래도 바빠 죽겠는데."

인상을 쓰며 쥰페이에게 얼굴을 들이댄다. 쥰페이는 입을 다물고 노인이 끌려간 쪽을 쳐다봤다.

"그보다 말이지, 너 마침 잘 만났어. 부탁할 게 있는데."

"아니, 제가 지금 좀 바빠서……."

쥰페이가 한발 물러섰다.

"간단한 거야. 근데 뭐야, 내 부탁을 못 들어주겠다는 건가?"

"그게 아니라……."

"들어 봐. 너 기타지마 부하잖아. 가족 같은 사이잖아."

"형사님, 취하셨어요?"

"안 취했어. 저기 돈가스 집에서 생맥주 한잔 한 것뿐이라고. 여기 서서 얘기하긴 좀 그러니까 저기 찻집으로 가자."

그러면서 팔을 잡아끈다.

"내가 낼게. 코코아건 비엔나커피건 로열밀크티건, 먹고 싶은 거 뭐든지 시키라고."

형사에게 강제로 끌려 길을 건넜다. 달려오던 택시가 급정거했지만 야마다의 인상착의를 보더니 경적도 울리지 않고 그냥 간다.

쥰페이의 가슴속에 회색빛 무언가가 스멀스멀 피어올랐다.

'정말이지, 오늘 되는 일 없네.'

8

'로터스'에 야마다와 마주 앉았다. 야쿠자보다 더 야쿠자 같은 풍모 탓에 주위의 손님들이 힐끔힐끔 쳐다본다. 목소리도 커서 사이렌이 울리는 듯하다.

"어이, 언니! 여기 커피하고 다시마 차. 사카모토, 넌 뭐 마실래? 좋아하는 거 시켜. 배고프면 샌드위치나 카레라이스 시켜도 되고. 그거 알아? 여기 카레는 건강에 아주 좋다고. 레토르트 제품을 물로 희석시켜서 사용한다는 소문이야. 칼로리를 조금이라도 줄여 주겠다는 배려지. 이봐, 언니, 내 말이 맞지? 크하하하."

종업원의 얼굴이 굳어진다. 쥰페이는 커피를 주문했다.

"요즘 경기가 어때?"

"안 좋습니다."

"그렇겠지. 가게는 매일 하나씩 문을 닫지, 빌딩은 빈방투성이지. 남미에서 온 창녀들도 손님이 없어서 꽃 장식 만드는 부업 쪽으로 돌리고 있다더군. 가부키초라는 곳이 불경기의 여파를 제일 먼저 맞는 데여서 말이야. 내 주머니도 요즘 쓸쓸해."

야마다가 짧은 다리를 꼬고 거드름을 피우며 소파에 몸을 기댔다. 소매 아래로 롤렉스 금딱지가 보인다. 30대 중반이라고 들은 것 같은데 야쿠자처럼 피비린내 나는 세계를 살아온 탓인지 실제 나이를 뛰어넘어 보인다.

"그런데 말이야, 기타지마는 오야붕이 아직 독립을 허락하지 않았나?"

야마다의 말에 쥰페이는 가슴이 철렁했다. 조금 전 술집 스카우터한테도 그런 말을 들었다.

"글쎄요, 저는 모르겠습니다."

"안됐어, 그 녀석. 솜씨는 좋은데 오야붕이 저래서 말이야. 하야다의 오야붕이 독립하고 싶으면 3천만 엔을 만들어 오라고 했다면서? 그 멍청한 인간, 자기 기량을 생각해야지. 그러다가 밑에서 치고 올라오는 수가 있다고."

야마다가 어깨를 흔들며 웃는다.

하야다파 오야붕에 대해 쥰페이는 좋은 평판을 들은 적이 없었다. 모두들 '좀팽이' 또는 '소심한 놈'이라고 했다. 하지만 쥰페이로서는 신분이 하늘과 땅 차이라 깊이 생각해 본 적도 없다. 좋다 싫다는 감정조차 없었다. 오야붕은 오야붕일 뿐이다.

"아 참, 그렇지. 용건."

야마다가 몸을 일으켜 가까이 들이밀었다.

"부탁이 있는데 말이지, 골든 스트리트에 화이트라는 술집이 있어. 거기 치하루라는 마담한테 이걸 좀 전해 줘."

그리고 야마다는 주머니에서 봉투를 꺼내 테이블 위에 놓았다. 언뜻 보기에 돈 같았다.

"내용물은 보지 말고."

위협적인 태도는 아니고 그저 넌지시 말한다.

"네……."

"지금 문 열 준비를 하고 있을 시간이니까, 가서 신주쿠 경찰서의 야마다가 보냈다고 하면 돼. 간단하지?"

쥰페이는 속으로 한숨을 쉬었다. 분명 야마다의 애인일 것이고, 내용물은 '수당'일 것이다. 공무원 신분으로 이런 짓을 하다니.

"직접 주지 그러십니까."

"내 부탁 못 들어주겠다는 거야?"

야마다가 발끈하며 쥰페이를 노려본다.

"그게 아니고, 사정도 모른 채 갔다가 무슨 일이라도 생기면 곤란하니까…….”

“아무 일 없을 거야.”

야마다가 다시 소파에 몸을 기댔다. 그리고 머리 뒤로 손깍지를 끼더니 햇볕을 받으며 크게 하품을 한다.

“별거 아냐. 너는 어리니까 사실대로 말해 주지. 난 경찰서 내부에 적이 꽤 많아. 특히 생활 안전과와 형사과는 복잡한 인연이 있어서 말이지. 야마다를 잘라 버리겠다고 공언하는 녀석들이 있을 정도야. 요 전주에 가부키초의 카지노 바를 급습했다가 허탕 친 일이 있었는데, 정보가 미리 샜다고 난리들이었지. 그런데 그 범인으로 나를 지목하는 거야. 아무리 내가 유능해도 그렇지, 다른 과의 압수 수색 정보까지 알 리 없잖아. 그 멍청한 것들하고 말이 통해야 말이지. 그것들이 감찰반에 내 행적을 미주알고주알 일러바치는 바람에 요 며칠 아주 등이 시려워요. 그래서 그러는 거야. 내가 가는 데마다 냄새를 맡고 다니는 놈들이 있단 말이야. 알겠어?”

“네……. 알겠습니다.”

쥰페이는 커피를 마시며 말없이 고개를 끄덕였다. 하지만 이런 저질 형사보다 신경 쓰이는 건 이소에파에게 납치된 노인네다. 구출하러 갈 것인가, 모르는 체 놔둬야 하나.

“그럼 부탁해. 대신 한 건 정도 눈감아 줄 테니까.”

그리고 야마다는 냅킨에 골든 스트리트의 지도를 그렸다. 우물 정 자처럼 생긴 극히 간단한 지도다. 어처구니가 없었다.

"마담이 없으면 우편함에 넣어 놓고 와도 돼."

"네."

쥰페이는 봉투를 집어 점퍼 안주머니에 넣은 후 가볍게 인사하고 카페를 나왔다.

걸으면서 빗을 꺼내 머리를 올백으로 빗어 넘겼다. 이소에파가 눈에 불을 켜고 찾고 있다니 평소보다는 긴장감이 일었지만, 동시에 덤빌 테면 덤벼 보라는 기분도 있었다. 이틀 후에 일어날 일과 비교하면 모든 게 소꿉장난이다.

하늘은 어느덧 저녁노을을 준비하고 있다. 빌딩 창에 비치는 태양이 도로마저 오렌지 빛으로 물들였다.

신주쿠 중에서도 골든 스트리트는 쥰페이에게 별로 익숙하지 않은 구역이다. 자기 구역도 아니고, 대졸 출신들이 돼먹지 못한 논쟁이나 벌이는 곳이라는 인상이 있어 말하자면 문턱이 높다. 궁상맞은 점도 싫었다.

야마다가 그려 준 지도는 전혀 도움이 되지 않았다. 길을 몇 번이나 왔다 갔다 하다가 겨우 '화이트'라는 간판을 발견했다. 문이 열려 있어 들어가 보니 안에 사람이 있다. 뭔가를 끓이는 따스한 냄새가 바깥까지 흘러나온다.

눈에 힘을 주고 들여다보니 카운터 안쪽에서 나이 든 여자가 부엌일을 하고 있었다. 50대쯤 됐을까. 잘 모르겠다. 알고 싶지도 않다. 21세의 쥰페이에게 서른 이상의 여자는 모두 할머니다.

인기척에 여자가 돌아봤다. 머리에 헤어롤러를 말았고, 민얼굴이어서 눈썹이 없다.

"이봐, 여기 치하루라는 사람 있나?"

"난데. 누구시죠?"

맥이 빠졌다. 애인에게 전하는 '수당'은 아닌 것 같다. 아무리 야마다라 해도 설마 이런 아줌마한테까지 손을 뻗치지는 않았겠지.

"신주쿠 경찰서 야마다 나리께서 전하라는 물건이 있어서."

봉투를 손에 들고 팔랑팔랑 흔들었다.

"야마다?"

여자가 얼굴을 찡그린다.

"왜 본인이 안 오고?"

"글쎄다. 사정이 있겠지. 내 알 바 아니야."

"당신, 어디 소속이야?"

"하야다파의 기타지마 밑에 있는 사카모토요."

"흥, 야마다는 야쿠자한테까지 심부름을 시키는군. 진짜 골 때리는 형사야."

"어쨌든 난 심부름 왔을 뿐이니까. 분명히 전했어요. 응?"

쥰페이가 카운터에 봉투를 놓았다. 여자는 봉투를 집어 내용물도 보지 않고 신단에 넣더니 무표정한 얼굴로 손을 모아 합장했다.

대체 야마다와 이 여자는 무슨 관계일까.

"사카모토 군이라고 했지? 토란을 삶았는데, 맛 좀 봐 주지 않겠어? 나이가 드니까 도무지 맛이 안 느껴져서 말이야. 젊은 사람들 입맛도 잘 모르겠고."

여자가 조그만 접시에 토란과 오징어 삶은 것을 담아 왔다. 귀찮았지만 하는 수 없이 이쑤시개로 찍어 먹었다. 집에서 먹는 맛이다.

"괜찮은데. 맛있어요."

"그래? 고마워."

그리고 물어보지도 않고 찻잔에 녹차를 담는다.

"아아, 갈 거야. 신경 쓰지 말아요."

"그래도 차는 한잔 하고 가야지."

하는 수 없이 도로 자리에 앉았다.

"당신도 야마다 정보원이야?"

여자가 그렇게 묻는다.

"정보원? 무슨. 나는 그냥 얼굴만 아는 사이예요. 우연히 풍림 회관 부근에서 만났는데 부탁을 하더라고."

"아, 그래?"

여자가 쥰페이의 얼굴을 빤히 쳐다본다.

"젊은 사람이네. 몇 살이지?"

"스물하나."

"어머, 내 아들놈이랑 비슷하네. 걔는 스물셋. 지난달에 생일이었어. 야마다 덕분에 감방에서 생일을 맞았지만."

"뭐요, 아들이 감방에 있어?"

"아니, 아무것도 모르고 온 거야?"

"말했잖아요. 그냥 심부름 온 거라고."

쥰페이는 담뱃불을 붙이고 어둑어둑한 가게 안을 둘러봤다. 일곱 명 정도면 꽉 찰 것 같은 협소한 술집이다. 벽에는 낡은 영화 포스터가 붙어 있었다. '어른들은 알아주지 않는다.'라는 포스터 글귀에 쥰페이는 "어디서 응석이야."라고 한마디 해 주고 싶었다.

그때 휴대 전화 메시지 알림 음이 울렸다. 열어 보니 가나가 보낸 문자다.

'또야?'

쥰페이는 살짝 얼굴을 찡그리며 내용을 열어 봤다.

하이~. 쥰페이 군, 뭐 해? 나하고 리사는 코마 극장 앞에서 저녁 사 줄 것 같은 아저씨를 물색 중. 오늘 밤 목표는 이탈리안. 뜨거운 피자가 먹고 싶어. 그런데 아까 쥰페이가 보낸 메시지를 올렸더니 댓글이 더 늘었어. 한번 봐.

'바보 같은 게 쓸데없는 짓만 하네.'

입속에서 욕이 맴돈다. 아까 보낸 메시지란 '난 망설이지 않아. 남자가 되는 거야. 너는 여자니까 모르겠지.'라는 내용이었다. 그녀가 하는 짓에 찬물을 끼얹기 위해 보낸 것인데 역효과를 낳았나 보다.

쥰페이는 다시 인터넷 게시판에 들어가 봤다.

#78. 야! 진정한 야쿠자가 돼 가는군요. 그런 식으로 감방까지 가 주세요. 확실하게 죽여서요. 어차피 양쪽 다 벌레니까. by 무명씨.

대체 어떤 놈들이 이따위 댓글을 다는 거야. 찾아내서 박살을 내 버릴까 보다. 보나 마나 소심한 남자일 테니 울면서 빌게 뻔하다.

#79. 안녕! 저는 아까 댓글을 썼던 전직 야쿠자입니다. 쥰페이 님은 권총을 사용할 건가요? 만약 권총을 처음 사용하신다면 시험 사격은 필수입니다. 모조 권총이라면 총알이 안 나오는 경우마저 있습니다. 제 선배가 상대 조직 간부를 처치

하러 갔다가 총알이 안 나오는 바람에 오히려 당한 일도 있습니다. by 트럭남, 샛별.

'그렇군.'

유익한 정보도 있었다. 아닌 게 아니라 그 권총은 모조 권총이다. 시험 사격을 해 보는 게 좋을 것 같다.

쥰페이는 볼펜으로 손바닥에 '시험 사격'이라고 적었다.

#80. 쥰페이 군. 잠시 냉정을. 저격수 따위 관두는 게 좋지 않을까? 그 대가가 너무 커. 앞으로 10년 이상 연애도 할 수 없다고. 좋아하는 여자 있어? 그렇다면 틀림없이 다른 남자에게 갈 거야. by 장밋빛 소녀.

가오리의 얼굴이 떠올랐다. 미련은 있다. 하지만 현재로서는 손에 넣을 수 있는 여자가 아니다. 나는 아직 똘마니에 불과하니까.

"사카모토 군, 이거 먹어요."

고개를 드니 김이 모락모락 나는 볶음국수가 눈앞에 놓여 있다.

"젊으니까 주전부리보다 이런 게 좋겠지."

여자가 미소를 짓는다. 남 돌봐 주기를 좋아하는 아줌마인가 보다. 고소한 냄새가 코를 찌른다.

"이거 미안한데. 잘 먹을게요."

쥰페이는 젓가락을 들고 볶음국수를 한입 가득 넣었다.

"근데 아줌마, 아까 나한테 야마다의 정보원이냐고 물었잖아. 그거 무슨 뜻이지?"

아무래도 신경이 쓰여 물었다.

"내 아들놈도 그랬거든. 매달 얼마씩 돈을 받고, 또 할시온인가 뭔가 하는 수면제 불법 판매를 눈감아 주는 대가로 가부키초에서 일어나는 사건들의 뒷정보를 야마다에게 넘겨줬어. 그런데 결국 약 때문에 신주쿠 경찰서에 체포된 거야. 야마다도 미안해하면서 '담당 과가 달라서 어쩔 수 없다', 그렇게 변명하더군. 물론 우리로서는 납득할 수 없었지만."

'아하, 아까 야마다가 말한 게 이거로구나.'

불법 약물 단속권은 생활 안전과에 있어서 형사과가 끼어들 수 없다.

"면회를 갔더니 아들놈이 그러는데, 그 야마다라는 형사, 신주쿠 경찰서 내에서도 원한을 많이 사서 다들 벼르던 중이었대. 그래서 본때를 보여 주겠다며 우리 아들을 잡아들였다는 거야. 내 참 열 받아서 말이지."

여자는 아들과 같은 또래인 쥰페이를 상대로 얘기 나누는 게 즐거운지 혼자서 계속 떠들어 댔다.

"경찰 놈들은 정말 믿을 게 못 돼. 말 안 들으면 체포한다고 협박하고, 고분고분 말 잘 들으면 다른 놈들이 와서 체포하니 말이야. 해도 너무해. 야마다도 조금은 미안했던지, 아들이 감방에 들어간 후에도 매달 주던 돈은 계속 주겠다며 이런 식으로 보내고 있어."

"아니, 그럼 아까 내가 준 게 그 돈이야?"

의외다. 야마다에게도 조금은 인간의 피가 흐르고 있다는 건가.

"그래. 매달 5만 엔. 받고 싶지 않았는데, 아들놈이 출소하면 아무래도 돈이 좀 있는 게 좋을 거라고 야마다가 그러는 바람에. 어차피 야쿠자나 업소에서 땡긴 돈이라면 사양하지 않고 받기로 했지."

야마다를 눈곱만큼 다시 보게 됐다.

"우리 아들도 나쁜 짓을 했으니 할 말이 없지, 뭐. 내가 젊었을 때 이혼하는 바람에 제대로 돌봐 주지 못했더니 중학교 때 탈선하더라고. 신주쿠에서 컸으니 놀 데는 넘쳐 나지, 내가 밤일을 하니 감시하는 사람도 없지. 정신 차려 보니 건달이 다 됐더라고. 경찰서까지 들락거리고."

쥰페이가 볶음국수를 다 먹자 여자가 "다른 거 좀 더 줄까?"라고 물었다.

"아니, 배불러. 잘 먹었어요."

"아이가 탈선하는 건 부모 책임이야. 잘 보살펴 줬으면 이렇게까지는 안 됐을 텐데, 쉰이 돼서야 후회하네. 사카모토 군은 부모님 계셔?"

"철이 들었을 때는 아버지가 없었어요. 남자가 밥 먹듯이 바뀌던 엄마는 나를 보육 시설에 넣어 버리고. 부모라고 할 수도 없어."

"세상에, 고생 많이 했겠다."

여자가 안쓰러운 표정을 지었다.

"그럼 엄마랑은 만나?"

"아니. 서로 연락 안 한 지 2년 됐어요."

"고향이 어딘데?"

"사이타마 현 히가시마쓰야마."

"그럼 일요일에라도 보러 갈 수 있잖아."

"그럴 시간이 어딨어요? 게다가 어디 사는지도 몰라."

"모르다니, 고향에 산다면 사람들한테 물어보면 되잖아. 마음만 먹으면 찾을 수 있을 텐데."

"그래, 언젠간 찾아야지."

"엄마도 사카모토 군을 보고 싶어 할 거야."

"저기 말이지, 우리 엄마는 약간 인종이 다르다고요."

"다르지 않아. 엄마는 다 마찬가지야. 자기 배 아파서 낳은 아들을 왜 안 만나고 싶겠어."

쥰페이는 대답하지 않았다. 어차피 이해도 못할 텐데, 뭐. 세상에는 모성애가 없는 여자도 있다.

쥰페이는 그쯤 해서 일어서기로 했다.

"이만 가요. 볶음국수 맛있었어."

"또 놀러 와. 문 열기 전에 오면 맛있는 거 해 줄게."

"예에."

대답하고 보니 우스웠다. 곧 감방에 갈 인간이 왜 이렇게 사람들을 만나고 다니는지.

가게를 나왔다. 야마다의 심부름도 끝냈으니 이제는 니시오 영감 문제를 처리해야 한다. 설마 죽이지야 않았겠지만 그냥 돌려보냈을 리도 없다.

이 생각 저 생각 하며 걷고 있는데 눈앞에 그림자가 불쑥 나타났다. 고개를 들어 보니 눈매가 험상궂은 남자 둘이다. 한 명은 블루종 재킷을, 또 한 명은 색이 옅은 선글라스를 끼었다. 마침내 이소에파가 나타난 건가. 쥰페이는 자세를 가다듬었다. 돌격할 것인가, 뒤돌아 도망칠 것인가. 잡히면 몰매다.

"어이, 오빠, 아까 그 가게 무슨 일로 갔어?"

블루종이 입을 열었다.

"뭐? 그게 니들하고 무슨 상관인데?"

"어디 똘마니인지는 모르지만, 건방진 소리 했다가 혼나는 수가 있어."

이번에는 선글라스가 낮은 목소리로 위협한다.

이건, 경찰이다!

야마다가 했던 말이 기억났다. 경찰 내부에서 자신을 주시하고 있다고 했다.

"너, 어디 소속이야? 말해 봐."

"말하고 싶지 않은데. 그리고 뭘 물으려면 그쪽에서 먼저 신분을 밝혀야 하는 거 아닌가."

이소에파가 아니라는 안도감에 쥰페이는 저도 모르게 그렇게 맞받아치고 말았다.

"까불고 있네. 너, 이 자식, 아까 가부키초 찻집에서 형사한테 봉투 받았지? 그거 뭐야. 바른대로 불어."

블루종이 한발 앞으로 다가섰다.

"그래, 말하면 봐준다."

선글라스는 쥰페이의 뒤로 돌아가 퇴로를 차단했다.

야마다에게는 빚진 것도 없지만 왠지 말하기 싫었다. 말하면 화이트의 마담에게도 피해가 간다.

"어이, 일을 복잡하게 만들지 말자고."

블루종이 얼굴을 들이밀며 말한다.

"난 무슨 얘기인지 통 모르겠는데."

"다시 한 번 묻는다. 너, 어디 소속이야?"

멱살을 잡혔다.

"빨리 말해."

급기야 따귀를 맞았다.

"이소에파다."

쥰페이는 얼떨결에 거짓말을 했다. 이 거짓말이 어떤 결과를 낳을지는 모르겠지만, 신분을 밝히는 건 멍청한 짓이다.

"그래? 이소에파라. 근데 아까 형사한테 받은 건 뭐지?"

"용돈. 나, 야마다 씨의 정보원이라고. 형사라면 다들 있잖아. 아닌가?"

"아까 그 가게엔 왜 갔어?"

"외상값 갚으러. 있을 때 갚아 둬야지. 이제 됐지? 간다."

"그 자식 참 마음에 안 드네. 너 이 자식, 야마다가 뒤를 봐준다고 우쭐하는 모양인데, 공손한 말투 좀 가르쳐 줄까."

"아니, 참으시지."

"바로 그런 말투가 맘에 안 든다는 거야."

블루종이 선글라스에게 눈짓을 하더니 한 걸음 다가섰다. 동시에 선글라스가 뒤에서 쥰페이의 등을 확 밀었다. 쥰페이가 앞으로 휘청하면서 선글라스의 코에 얼굴이 닿았다.

"너 이 새끼, 뭐하는 짓이야!"

블루종이 코를 쥐며 웅크린다.

"공무 집행 방해, 폭행 상해 현행범으로 체포한다!"

선글라스가 고함을 쳤다.

"아니, 잠깐. 그건……."

쥰페이는 어안이 벙벙했다. 경찰 놈들 수법이 다양하다고는 들었지만 이런 건 처음이다.

"어이, 아가야. 유치장에 좀 들어가 볼래?"

"아, 도대체 왜 이래. 나, 잘못한 거 없다고."

"내 말은, 그놈의 말투를 고치라는 거야."

블루종이 몸을 일으켜 주먹을 날렸다. 얼굴을 정통으로 맞은 쥰페이가 뒤로 넘어지자 선글라스가 다시 일으켜 세우며 양팔을 뒤로 꺾어 잡았다.

"자, 얼굴은 말고. 보디야, 보디."

어디선가 들었던 대사라고 생각한 순간 보디 블로가 들어왔다. 아까 먹은 토란과 볶음국수가 입에서 뿜어져 나왔다.

"아, 더러워. 나중에 청소 다 해 놔라, 엉!"

또 한 방. 이번엔 명치다. 숨이 막히는 것을 느끼며 길바닥에 무너져 내렸다.

"너, 야마다 같은 놈하고 가까이 지내 봤자 좋은 일 없거든. 그 녀석, 머지않아 잘릴 거라고."

블루종의 목소리가 머리 위에서 쏟아져 내린다.

"억울하면 가서 야마다한테 일러. 신주쿠 경찰서의 생활 안전과에게 당했다고."

선글라스는 그렇게 말하며 쥰페이를 발로 걷어찼다.

"아아, 운동 한번 자알했다. 너, 이소에파라고? 그럼 이소에의 시마가 관할하는 업소에 가서 이소에 이름으로 긋고 맥주라도 마실까. 으하하하!"

두 사람이 큰 소리로 웃는다.

쥰페이는 위액을 토해 내면서 이를 악물었다. 자신이 어둠의 인간임을 절감하는 건 경찰에게 벌레만도 못한 취급을 받을 때다. 분해도 어쩔 도리가 없다.

두 남자가 멀어져 간 후에도 쥰페이는 한동안 그대로 웅크리고 있었다. 잠시 후 골목에 면한 가게 문이 열리더니 안에서 중년의 호모가 "얘, 괜찮아?"라고 물었다.

"얘라니?"

"내 참, 걱정돼서 물었더니."

그리고 문을 꽝 닫는다.

그때 휴대 전화가 울렸다. 화면을 보니 기타지마다. 서둘러 일어나 차렷 자세를 취했다.

"네, 쥰페이입니다."

힘찬 목소리로 대답했다.

"그래, 나다. 기다렸지? 지금 돌아왔다. 너, 어디냐?"

"골든 스트리트입니다."

"그런 덴 왜 갔어? 알았어. 이세탄 백화점 남성관 8층에 카페가 있다. 그리 와라."

"알겠습니다. 3분 내로 가겠습니다."

전화를 끊고 호흡을 가다듬었다. 형님 앞에서 꼴사나운 모습을 보일 수는 없다.

야스쿠니 거리를 향해 달렸다. 겨우 이틀 못 봤을 뿐인데 그리움이 샘솟는다. 험한 일을 당했지만, 지금 기타지마의 얼굴을 본다면 용기가 샘솟을 것 같다.

9

이세탄 백화점에 발을 들이기는 처음이었다. 가부키초에서는 길 하나만 건너면 갈 수 있는 거리지만, 쥰페이로서는 가볼 엄두조차 나지 않는 문턱이 높은 곳이었다. 들어서면서 점원들의 인사를 받자 이내 긴장되고 말았다.

기타지마가 말한 카페는 고급 호텔의 라운지를 연상시키는 실내 장식에, 가부키초라면 테이블 스무 개는 놓았을 만한 면적에 열 개 정도만 들여놓은 여유로운 공간이었다. 기타지마는 중앙의 4인용 테이블에 느긋한 자세로 앉아 있었다.

"여어! 수고 많았지?"

가볍게 손을 들며 미소짓는다. 그런 동작이 어찌나 폼 나는지.

"토요일이라 가부키초 찻집들은 너무 시끄러울 것 같아서. 여긴 사람들이 잘 모르더라고. 다른 형님들한텐 알려 주지 마."

기타지마는 오늘 야쿠자 분위기를 말끔히 지우고 있었다. 약간 화려한 차림의 사업가 같다고나 할까. 공포감을 주는 것만이 야쿠자의 최선이 아니라는 사실은 쥰페이도 알고 있지만, 그에게는 앞으로 10년은 더 흘러야 터득할 수 있는 재주다.

"얼굴이 왜 그래, 싸웠어?"

기타지마가 쥰페이의 얼굴을 들여다보며 눈썹을 찌푸렸다.

"아, 아니요, 그냥 좀……."

쥰페이는 말꼬리를 흐렸다. 그저께와 오늘 매를 뒤집어썼으니 멍을 감출 수는 없는 노릇이다.

"하기 껄끄러운 얘기야?"

"아니요. 길에서 어떤 놈이랑 한판 붙었습니다. 두드려 패서 쫓아 버렸습니다."

"그래? 그럼 됐어. 아직 젊으니까 그 정도야 할 수 있지."

흰 이를 드러내며 매력적으로 웃는다. 이 얼굴에 다들 넘어가는 것이다. 아무리 야쿠자라도 무서운 얼굴만으로는 한계가 있다는 것을 기타지마를 볼 때마다 느낀다.

쥰페이도 기타지마를 따라 에스프레소를 주문했다. 사실은 아무것도 마시고 싶지 않았지만 호기심에 시켜 봤다.

"그래, 숙소는 어디로 정했나?"

"캡슐 호텔입니다."

"뭐? 오야붕한테 얼마 받았는데?"

"30만 엔입니다."

"이 돈도 포함해서?"

기타지마는 손가락으로 권총 모양을 만들어 보였다.

"그렇습니다."

"나, 원."

기타지마가 인상을 썼다.

"오야붕도 참……."

의자에 푹 파묻혀 천장을 올려다본다. 그러더니 안주머니에서 지갑을 꺼내 "봉투가 없어서 미안해."라며 10만 엔 다발 2개를 집어 테이블에 놓았다.

"아닙니다. 이런 거금을 받아도 쓸 곳이……."

"써, 오늘내일 중으로. 게이오 플라자에 방을 잡고, 요시하라의 제일 비싼 아가씨 집에 가고, 또 긴자 초밥 집에 가서……."

"초밥은 오늘 낮에 먹었습니다."

"어디서?"

"가부키초 회전 초밥 집입니다."

"이 바보야. 너, 속세에서의 식사가 몇 번 남았는지 알아?

앞으로 싸구려는 입에 대지도 마."

"네."

"빨리 넣어 둬."

기타지마가 턱으로 가리키자 쥰페이는 20만 엔을 주머니에 구겨 넣었다.

"전화로도 얘기했지만, 이번 건, 나는 납득 못해."

기타지마가 한숨을 쉬더니 담배를 문다. 서둘러 라이터를 꺼내려는 쥰페이를 제지하고 스스로 불을 붙였다.

"한마디로 큰집 오야붕한테 점수 따자 이거라고."

쥰페이는 잠자코 듣고만 있었다. 위에는 위 나름의 사정이 있다. 아랫놈에게 발언권이란 없다.

"5월에 본가에서 습명피로(襲名披露. 선배 오야붕의 이름을 부하가 계승했음을 알리는 행사-옮긴이)가 열렸는데, 직속 오야붕들 중에서 우리 형님이 제일 말석이었어. 그 양반, 그게 되게 분했는지 어떻게든 서열을 올리려고 전전긍긍이더라고. 하지만 우린 원체 작은 조직이라서 상납금도 뻔한 데다 큰 공을 세우자니 인재가 부족하고. 그럴 때 제일 손쉬운 게 조직원을 제물로 희생시키는 거야. 그게 바로 너라고. 정말 단세포적이라고 할까, 생각이 없다고 할까. 이대로 가다간 하야다파도 앞날이 깜깜해. 나는 어제부터 이 문제를 곰곰이 생각해 봤어."

기타지마가 우울한 표정으로 말을 이어 갔다. 쥰페이는 형님이 독립할 거라는 소문에 대해 묻고 싶었다. 형님, 진짜 독립하실 겁니까, 그렇게. 하지만 그건 부하가 물을 성질의 질문이 아니다.

"저……, 오야붕이 어쨌건 저는 형님의 부하로서 형님이 가라고 하시면 기꺼이 가겠습니다."

"허, 넌 참 귀여운 놈이야."

기타지마의 입 꼬리가 올라갔다.

"아무리 초범이라도 10년은 썩을 거야. 가석방도 빨라야 6~7년은 걸릴 거고. 너, 그래도 괜찮아?"

"괜찮고 뭐고, 저는 형님 명령이라면 목숨이라도 버릴 겁니다."

기타지마가 입을 꽉 다물었다. 얼굴이 붉어지고 눈꼬리가 떨린다. 침을 삼키고는 감정을 억누르려는 듯 거칠게 숨을 토해 냈다.

내가 잘못 말한 거라도 있나? 쥰페이는 당혹스러웠다.

"나는 말이지,"

기타지마가 다시 입을 열었다.

"무슨 일이 있어도 너를 버리지 않는다. 일생을 네 형님으로 살겠다. 물론 때로는 말도 안 되는 명령도 하겠지. 주먹도 날리고. 하지만 말이야, 나는 네가 좋단 말이다. 피를 나눈 형제보다 훨씬 끈끈하게 맺어진 형제란 말이다. 알겠나."

몸을 앞으로 쑥 내밀고 콧구멍을 넓히며 말하는데, 갈수록 목소리가 커진다. 주위 손님들이 무슨 일인가 해서 쳐다본다.

"오야붕을 용서해 드려라. 이 세계에선 아무리 터무니없더라도 오야붕은 오야붕이다. 야쿠자가 되기로 결심했을 때부터 우리들은 그런 불합리함을 각오해야만 하는 운명인 거지. 약속한다. 네가 감방에 있는 동안 나는 기필코 일가를 꾸리고 조직을 키울 것이다. 그래서 네가 출소했을 때는 젊은 조직원들의 대장으로 맞을 것이다. 네게는 결코 섭섭하게 하지 않으마."

옆 테이블에 앉아 있던 커플의 얼굴이 굳어지더니 허둥지둥 자리에서 일어났다. 벽 쪽에서도 몇 커플이 나갈 채비를 한다. 이제 카페 안 모든 손님이 쥰페이와 기타지마가 야쿠자라는 사실을 알게 됐다.

웨이터가 긴장한 표정으로 달려와 "손님, 목소리 좀……."이라고 속삭였지만 기타지마는 무시하고 얘기를 계속했다. 급기야 그의 목소리는 카페를 넘어 백화점 매장에까지 울려 퍼지고 있었다.

"나는 정말 훌륭한 부하를 가졌어. 사카모토 쥰페이는 이제 나에게 가족 이상의 존재다. 너의 아픔은 나의 아픔이야. 네가 기쁘면 나도 기쁘다. 우린 이걸로 진정한 형제가 된 거야."

"죄송합니다만 조금만 조용히……."

"야! 너, 뭔가에 감동받은 적 있어!"

기타지마가 웨이터에게 대고 고함을 쳤다.

"아니, 저……."

"소리 높여 외칠 수밖에 없을 정도로 감동받은 적이 있냐고 묻잖아!"

"다른 손님들이 계셔서 말이죠……."

"멍청한 자식. 그런 식으로 체면이나 차리고, 양 떼처럼 몰려다니고, 고개나 끄덕대고, 말하고 싶은 것도 하지 못하고, 어떤 때는 죽는시늉까지 해 대고. 그러고도 산다는 느낌이 드나? 나는 느낄 수 있다. 바로 지금이 그래. 여기 있는 내 동생이 나를 위해서라면 목숨을 버려도 좋다고 말했어. 삶의 가치라는 거, 이런 거 아니야? 우린 야쿠자지만 죽는시늉은 안 해. 대신 피를 흘리지. 근성이 있단 말이다, 근성이. 네놈도 남자라면 근성을 보여 보라고."

카페는 이제 기타지마의 독무대였다. 손님들은 겁에 질린 표정으로 혹시나 자신들에게 불똥이 튈까 봐 몸을 움츠리고 있었다.

그 순간 제복 차림의 경비원 2명이 나타났다. 카페 측에서 출동을 요청한 모양이었다. 체격 좋은 젊은 남자가 테이블 앞에 섰다.

"뭐야, 이것들은!"

기타지마가 소리쳤다.

준페이도 가만 보고 있을 수 없어서 자리에서 일어섰다. 경비원들 앞으로 바짝 다가서 싸울 태세를 취하며 눈을 부라리자 상대는 겁에 질린 표정으로 바짝 긴장했다. 그도 그럴 것이, 그들은 고용된 경비원에 불과한 것이다.

이번에는 나비넥타이를 맨, 매니저로 보이는 남자가 나타났다.

"죄송합니다만, 나가 주셨으면 합니다."

말하는 목소리가 떨렸다.

"간다. 가는데, 이 녀석들은 뭐야. 손님을 무시하고 말이지. 야, 니들 어디 놈들이야? 신주쿠에서 까불면 경비 회사라도 가만두지 않겠어!"

기타지마가 일어나 목에 시퍼렇게 핏줄을 세우고 고함쳤다. 카페 안에 긴장감이 높아 간다.

매니저가 경비원의 옷소매를 잡아끌더니 일단 나가라고 지시했다. 그리고 기타지마를 향해 고개를 숙였다.

"계산은 안 하셔도 되니까……."

그러자 기타지마가 일순 호흡을 고르더니 어깨에서 힘을 빼고 주위를 둘러봤다.

"말도 안 되는 소리. 돈은 내야지. 소리 질러서 미안해. 눈물 나는 일이 있어서 말이지. 감정을 억제하지 못했어."

부드러운 목소리로 싹 바뀌어 있었다. 이런 기술이 가능하다는 것이 기타지마의 진면목이다. 소리 지르며 난동을 피우면서도 상대의 반응을 정확하게 관찰하며 물러날 때를 생각하고 있는 것이다.

"자, 쥰페이, 돌아가자. 너는 손님들한테 사과하고 와. 형님이 폐를 끼쳤으면 동생이 사과하는 게 당연하다."

기타지마의 명령에 쥰페이는 카페 안을 한 바퀴 돌며 테이블마다 고개를 숙였다.

"폐를 끼쳐 죄송합니다."

깍듯하게 사과하자 손님들은 겁을 내면서도 덩달아 고개를 숙였다.

기타지마가 계산대 앞에 가서 섰다. 1만 엔짜리 지폐를 올려놓고 "잔돈은 필요 없어."라고 말하자 점원이 또 곤란한 표정을 지었다.

"다시 올 거야. 나 이 카페가 마음에 들거든. 다음엔 조용히 마시지."

그리고 지배인의 어깨를 두드린다. 배우가 따로 없다.

이세탄을 나와 야스쿠니 거리를 걸었다.

"난 이제 사우나로 가서 마사지 받을 거야. 쥰페이, 넌 어떡할 거냐?"

"제가 모시겠습니다."

“쓸데없는 소리. 남은 시간을 나한테 쓰면 어떡해. 게이오 플라자에 방 하나 잡고, 좋아하는 여자를 불러서 느긋하게 보내라.”

기타지마는 쥰페이의 가슴을 가볍게 두드리고는 발길을 돌려 횡단보도를 건넜다. 그 뒷모습이 너무 멋져 쥰페이는 사람들에 가려 보이지 않게 될 때까지 바라보고 있었다.

마음이 따스해졌다. 형님과 만나서 참 좋았다. 만나지 못한 채 결전의 시간을 맞았다면 공포심에 사로잡혔을지도 모른다.

쥰페이는 숨을 깊이 들이마셨다. 태양이 서쪽 하늘 저편으로 가라앉고 있다.

‘아, 맞다. 니시오 영감!’

생각은 났는데, 어찌해야 좋을지 모르겠다.

10

기타지마에게 20만 엔을 받은 쥰페이는 호텔부터 바꾸기로 했다. 캡슐 호텔에 이틀을 더 묵는다는 건 속세에서의 최후를 보내는 방식으로는 너무 초라하다. 커다란 침대에서 손발 쭉 뻗고 자고 싶다. 높은 층에서 신주쿠의 야경도 보고 싶다.

쥰페이는 캡슐 호텔을 나온 후 눈에 들어온 첫 양품점에서 작은 배낭을 사 짐을 쑤셔 넣었다. 권총은 제일 밑에 숨겼다.

그길로 가부키초의 신주쿠 프린스 호텔로 향했다. 기타지마는 게이오 플라자에 묵으라고 했지만 게이오 플라자가 있는 신주쿠 역 서쪽 출구 부근 고층 빌딩가는 엘리트 비즈니스맨과 여사무원들의 거리라는 인상이 있어 내키지 않는다. 양복 차림의 회사원들이 자신을 힐끗 쳐다보기만 해도 열등감으로 인해 시비를 걸고 말 것 같았다.

프린스 호텔 로비는 중국인 관광객들로 북적댔다. 바닷새 우는 소리 같은 중국어가 소용돌이치는 가운데 카운터를 찾아가 빈방이 있는지 물었다.

"죄송합니다. 토요일이어서 방이 모두 찼습니다."

카운터 여직원은 은근한 미소를 띠고 대답했지만 그 눈에 경계의 빛이 있었다. 눈앞에 있는 남자의 인상착의를 보고 완곡하게 거절한 것이다.

"방이 전부 찼을 리 있겠어. 빈방이면 아무래도 좋아."

쥰페이는 최선을 다해 부드럽게 말했다. 선글라스도 벗었다. 그러자 여직원이 "잠시만 기다려 주십시오."라며 다시 키보드를 두드렸다.

"스위트룸이라면 가능한데, 괜찮으시겠습니까?"

"얼만데?"

"1박에 8만 엔입니다."

여직원의 얼굴에 '어때, 너한테는 무리지?'라고 쓰여 있었다.

"좋아. 그걸로 하지."

쥰페이는 표정을 바꾸지 않은 채 대답했다.

"지불은 카드입니까?"

"아니, 현금."

"그러면 예치금이 1박에 10만 엔입니다."

"알았어. 이틀 치 미리 내지."

쥰페이가 지갑을 꺼냈다. 남자의 프라이드가 드높아지는 듯한 쾌감을 느꼈다. 그만의 착각일 수도 있지만 여직원의 태도도 달라졌다. 쥰페이는 자신만만해졌다. 돈의 위력에 감탄했다. 동시에 '역시 배포 큰 형님을 모셔야 한다'고 생각했다. 이 경험은 감방에서도 자랑거리가 될 것 같다.

푹신푹신한 양탄자를 밟으며 24층으로 안내됐다. 태어나서 처음으로 스위트룸에 들어간다. 응접실과 침실이 분리되어 있는 것에 놀랐다. 분명 이 호텔에서 제일 좋은 방일 것이다. 최신인 초박형 텔레비전이 있다. 침대는 4명이라도 누울 수 있을 정도의 특대 사이즈다. 객실 담당 직원이 커튼을 열어줬다. 다 안다는 표정으로 직원의 설명을 들으며 쥰페이는 흥분을 필사적으로 억눌렀다.

창문으로 보는 경치는 굉장했다. 눈앞에 신주쿠 부도심의 야경이 펼쳐져 있다.

"그럼 편히 쉬십시오."

직원이 방에서 완전히 나간 것을 보고서야 쥰페이는 침대로 다이빙했다.

"이얏~호오!"

저도 모르게 함성이 터져 나온다.

'마침내 내 인생에도 이런 날이 온 거야.'

엄마와 살던 아파트에서, 보육 시설에서, 조직 사무실에서, 쥰페이는 줄곧 몸을 웅츠리고 자야 했다. 코는 땀과 곰팡이 냄새에 익숙해 있었다. 그런 그가 오늘 밤은 스위트룸에서 잔다. 이 광활한 공간을 혼자 누리는 것이다.

침대에서 일어나 창가에 섰다. 신주쿠 고층 빌딩이라면야 매일 봐 왔던 것들이지만, 24층에서 바라보는 광경은 압도적이었다. 더구나 야경이다. 이 야경을 보석 상자라고 부르는 게 이해된다.

의자를 가져와 창문 앞에 앉은 다음 20분 정도 바라봤지만 조금도 싫증나지 않았다. 밤새 앉아 있으래도 앉아 있을 것 같다.

이런 행운을 누군가에게 자랑하고 싶어졌다. 가오리에게 맨 먼저 보여 주고 싶지만 전화번호도 모르는 데다 지금은 제일 바쁠 시간이다. 어젯밤 만난 가나를 부를까도 생각했지만 이

방을 보면 눌러앉을 것 같아 관뒀다. 이틀 밤 연속 안을 정도의 여자도 아니고, 말 많은 그녀를 상대하는 것도 귀찮다.

호모 고로의 얼굴도 떠올랐다. 휴대 전화 번호는 알고 있다. 하지만 부르면 오해를 살 것이다. 자고 있는데 그가 내 물건을 주물럭거리기라도 하면 가당치도 않은 속세의 선물이 될 것이다.

니시오 영감 건은 부담으로 남아 있긴 하지만 될 대로 되라는 심정이었다. 설마 노인을 죽이기야 할까 싶기도 하고, 팔 하나쯤 부러진다 해도 그 노인에겐 좋은 경험이 될 것 같고. 도대체 탈선하고 싶다는 동기라는 게 어린애 장난 같다.

휴대 전화가 울렸다. 발신자가 '신야'로 되어 있다. 모르는 이름이다. 누구지?

전화를 받자 "사카모토 쥰페이 군?" 하며 조심스러운 말투로 묻는다.

"그런데?"

"나, 기지마파의 신야여. 기억나? 며칠 전에 건설업체 채권 문제로 형님들이 한판 붙을 뻔했잖여. 그때 만났던 세이와회 기지마파의 막내."

"아! 기억난다."

그제야 생각이 떠올라 목소리를 한 톤 높였다. 머리를 5부로 짧게 자른 동년배 사내랑 휴대 전화 번호와 이메일 주소를 교환했었다.

"너, 오늘 밤 바쁘냐?"

신야가 그렇게 묻는다.

"아니, 딱히 할 일은 없는데."

"그럼 같이 밥이라도 먹을까? 나, 가부키초에서 한번 놀아 보고 싶어서 말이여. 안내 좀 해 줄래?"

"뭐야. 너, 촌놈이잖아."

"그건 아니지. 열여덟 때 선배 말만 믿고 고향을 떠난 뒤로 쭉 긴시초에서 노점 일을 했거든. 신주쿠나 시부야하고는 인연이 없어서 말이지. 내일 도치기에서 열릴 예정이던 축제가 신형 인플루엔자 때문에 취소되는 바람에 휴가를 받았지 뭐여. 할 일이 뭐 없을까 생각하다가 네 생각이 났어."

신야가 간사이 사투리로 조근조근 말한다. 정감이 가는 그 말투에 쥰페이도 그를 만나고 싶어졌다.

"좋아. 그럼 밥이라도 먹자. 내가 산다."

"정말이여? 아이고, 형님."

그 말에 소리 내어 웃고 말았다.

프린스 호텔의 위치와 방 번호를 알려 주고 그리 오라고 했다.

"촌스럽게 하고 오면 안 돼."

"알았어."

명랑하게 대답한다.

노점 관리나 하는 녀석이 스위트룸에 와서 눈이 뒤집어지는 걸 보고 싶다.

신야가 오는 동안 목욕이나 하기로 했다. 욕실은 사람 하나 살아도 될 만큼 넓었다. 목욕용 젤이 비치되어 있기에 욕조에 거품을 풀기로 했다. 한번 해 보고 싶었던 거다. 솜사탕같이 하얀 거품이 부풀어 오른 욕조에 편안히 누우니 온몸에서 스르르 힘이 빠져나간다.

누구의 눈치도 보지 않고 노래를 몇 곡 불렀다. 조직 사무실에서는 콧노래도 부를 수 없고 가라오케에 갈 틈도 없다. 그 생각을 하며 목청껏 노래했다.

속세의 밤은 앞으로 이틀뿐. 후회 없이 보내고 싶다. 형무소 생활의 괴로움을 잊을 만한 추억을 만들고 싶다.

쥰페이는 오래오래 몸을 담갔다. 생각해 보니 이것도 태어나서 첫 경험이다.

신야는 한 시간 뒤에 왔다. 재킷을 입고 셔츠 단추를 두세 개 풀어헤친 차림새다. 엄청 신경 써서 멋 내고 온 것이다. 방에 한 걸음 들여놓는 순간 그는 할 말을 잃은 듯 그 자리에 얼어붙었다.

"괜찮나…… 들어가도?"

눈썹을 찡그리며 묻는다.

"물론이지. 나, 이 호텔 손님이라고."

"너 혹시 방 당번이여? 오야붕한테 혼날 거인디."

그러니까 호텔 방은 오야붕이 빌린 거고 쥰페이는 방을 지키고 있는 거라고 생각하는 모양이다.

"내가 빌린 거야. 오늘하고 내일, 두 밤."

"뻥 아니여?"

그러면서 눈이 휘둥그레져 가지고 종종걸음으로 창문에 다가서더니 눈앞에 펼쳐진 야경에 "히이!" 하고 괴성을 지른다.

"여기 얼마여?"

"1박에 8만 엔."

"히이!"

"2박 예치금이 20만 엔."

"히이!"

"너, 다른 말은 할 줄 몰라?"

"너, 혹시 경마라도 당첨됐냐?"

"아니야. 사정이 있어서 형님이 용돈 줬어. 그래서 사치 한번 부려 보려고."

"아아. 그래도 1박에 8만 엔은…… 나 같으면 저금헐 거인디."

"도쿄 놈들은 그날 번 돈은 그날 다 써 버린다고."

"도쿄 출신이여?"

"아니, 사이타마."

나이가 같아 두 사람은 서로 이름을 부르기로 했다. 부모가 이혼했다는 점, 고등학교를 중퇴하고 소년원에 다녀왔다는 점 등 두 사람은 모든 면에서 닮아 있었다.

신야는 창 앞에서 움직이려 하지 않았다. 그럴 만도 하다. 쥰페이 역시 좀 전까지 정신없이 야경을 바라보고 있지 않았던가.

"그래, 뭘 먹을까? 배고프네."

"불고기 어때?"

"어젯밤에 먹었어."

"그럼 초밥은?"

"낮에 먹었어."

"너, 엄청 사치스럽게 살고 있구먼. 하야다파는 그렇게 형편이 좋냐?"

신야가 기막히다는 듯 말한다.

"좋네, 좋아, 가부키초 야쿠자들은. 나는 실패한 놈이여. 장사라고 해 봐야 결국 노점 아니여. 큰 기회도 없고, 멋진 활약을 보여 줄 일도 없어. 그런 주제에 격식만 따지고 의리만 찾으니 여자들이 좋아할 리도 없고."

"이거 없어?"

쥰페이가 새끼손가락을 세우며 물었다.

"있긴 헌데, 못생겼어. 그나저나 뭘 먹는다냐? 나는 외식하면 불고기나 초밥밖에 생각나는 게 없는디."

"그럼 불고기로 하지, 뭐. 고기는 매일 먹어도 안 질리니까."

"그려. 가서 갈비 한번 배 터지게 먹어 보자고."

지글지글 고기 익는 소리를 상상하자 침이 고였다. 앞으로 두 번 남은 저녁 식사다. 불고기라면 실패하지 않을 것 같다. 매일이라도 맛있게 먹을 수 있다.

쥰페이는 저녁을 혼자 먹지 않아도 된다는 사실이 기뻤다. 게다가 이 동갑내기 장사꾼은 아무래도 유쾌한 인간인 것 같다.

호텔을 나와 가부키초를 걷다가 맨 처음 눈에 뜨인 고기 집에 들어갔다. 식당 외관으로 보건대 상당히 비쌀 것 같았지만, 쥰페이는 허세를 부려 보고 싶었다. 단골인 양 폼 잡으며 자동문으로 들어갔다.

"이봐, 여기. 4인용 테이블 있을까?"

기타지마의 말투를 흉내 내며 종업원을 불렀다. 손님으로 북적거리는 식당의 맨 구석 테이블로 안내됐다. 우선 맥주를 시켜 건배했다.

"너, 나랑 동갑인데 대단하다, 야. 가부키초를 거들먹거리면서 걷질 않나, 호텔 스위트룸에 묵고 최고급 고기 집에 드나들질 않나. 나는 기껏해야 눅눅한 닭꼬치 집에서 맥주나 마시는 게 고작인데."

신야가 선망의 눈길을 보내며 말한다.

"오늘 밤은 특별 케이스야. 나도 조직 사무실에서 자는 신센데, 뭘. 형님들 심부름하느라고 밥도 여유롭게 먹을 시간이 없어. 만날 배달 음식 아니면 편의점 도시락이라고."

"하지만 이런 날도 있으니 괜찮지, 뭐. 우리 형님은 구두쇠여서 월급이래야 애들 용돈 수준이여. 너네 형님이라는 사람, 일전에 너랑 같이 왔던 사람이지? 멋지더라. 나 홀딱 반해서 보고 있었어."

"응, 자랑스러운 형님이지. 기타지마 게이스케라고 하는데, 가부키초에서 우리 형님 모르면 간첩이야. 나도 형님 부하여서 득을 많이 보고 있지. 귀여워해 주고, 잘못해도 봐주고. 역시 형님을 잘 만나야 해."

"어떻게 알게 된 거여?"

"열아홉 때 가부키초에서 싸움이 벌어졌는데, 형님이 그걸 해결해 주셨어."

쥰페이는 기타지마의 부하가 된 경위를 자신의 무용담과 섞어 늘어놓았다. 그중 절반은 지어낸 얘기다.

"부럽네. 너는 네 길을 잘 걷고 있구먼. 나는 진정한 사나이를 갈고닦고 싶어서 상경했지만, 지금 닦고 있는 건 포장마차 철판이여. 주말에는 지방에 내려가서 볶음국수를 만들고, 평일에는 파친코에서 시간이나 때우고. 이게 뭔 짓인지 모르겄네."

신야가 푸념을 늘어놓았다. 그러는 사이 고기가 차례로 나왔고 두 사람은 고기를 구워 쉴 새 없이 입으로 가져갔다.

"신야, 너는 뭐가 되고 싶은데?"

"나는 큰 장사를 하고 싶어. 부동산이라든가 주식 같은 거."

"그럼 다른 조직으로 옮겨야 하는 거 아니야?"

"그건 안 돼. 노점상 조직은 일단 들어가면 일생을 계속하는 걸로 돼 있어. 잘하면 독립하는 거고. 다른 일은 부업으로 해야지."

"그것참……."

"얼마나 후회되는지 몰러. 고리타분해서 숨 막혀 죽을 지경이여."

신야가 과장되게 한숨을 쉬었다. 하지만 이 남자는 천성적으로 밝아 푸념마저 즐겁게 들린다.

갈비, 안창살, 곱창이 담긴 접시를 차례차례 비웠다. 쥰페이가 기타지마 흉내를 내 막걸리에 맥주를 섞어 마시자 신야는 "그렇게 마시는 법도 있네."라며 감탄했다.

"너, 여자 많지?"

"뭐…… 좀 있는 편이지."

마침 어젯밤에 사랑의 모험을 치른 터라, 그 얘길 섞어 가며 자신이 얼마나 여자 문제를 자유자재로 해결하고 있는지 자랑을 늘어놓았다.

"정말로 부럽구먼."

"절반은 일이지, 뭐. 교태 부리는 여자랑 노는 건 이제 재미도 없어."

"배가 불렀네. 나는 애인 하나 만들려고 얼마나 고생하는데. 내 여자는 뻐드렁니여. 친구들이 '마챠미(뻐드렁니로 유명한 여자 연예인-옮긴이)는 잘 있냐?'고 놀려 대는 통에 참말로 스타일이 안 산다고."

그러면서 신야가 뻐드렁니를 뽑는 시늉을 하는 바람에 쥰페이는 그만 푹, 웃음을 터뜨렸다. 간사이 사람들은 이런 걸로도 웃길 줄 아는구나 싶어 감탄했다.

"토요일 저녁인데 여자 안 만나도 돼?"

"내 여자는 댄서거든. 지금이 제일 바쁠 시간이야."

쥰페이는 가오리를 떠올리며 말했다. 오늘 밤 계속해서 허세다.

"폼 나네. 댄서라! 우리 뻐드렁니는 변두리 술집 호스티스여. 그것도 자기 엄마가 하는 집에서."

"좋잖아. 서민적이고."

"그 엄마는 야쿠자 처였다더라고. 등에 문신도 있어. 살이 찌고 늘어져서 비사문(毘沙門. 사천왕의 하나-옮긴이)이 이제는 인자하게 미소짓고 있지만. 그런 건 자기 딸 애인에게는 좀 안 보여줬음 좋겠구먼."

쥰페이는 웃다가 하마터면 젓가락을 놓칠 뻔했다.

막걸리를 추가로 주문하고, 마지막에는 냉면도 시켰다.

술이 들어가자 몸도 마음도 편안해졌다. 형님들이 언제 부를지 몰라 늘 자제해 왔는데 오늘 밤은 완전한 자유다.

"너, 내 여자 한번 볼래? 이 근처 쇼 바에서 춤추거든."

쥰페이가 시계를 보며 말했다. 슬슬 '백조의 호수'가 2회째 쇼 타임을 시작할 시간이다. 무대 옆에서 구경만 하면 가오리가 눈치채지 못할 것이다.

"가도 괜찮아?"

"그럼. 방해하면 안 되니까 대기실 출입구 쪽으로 들어가서 무대 옆에서 살짝 봐야 하겠지만."

"가고 싶어. 그런 거 한 번만이라도 보고 싶어."

의기투합한 두 사람은 서둘러 냉면을 먹었다.

"맛있네. 엄청 맛있어."

신야가 하도 좋아해서 돈 쓰는 게 조금도 아깝지 않았다.

고기 집을 나와 길을 걷자니 바야흐로 피크 타임으로 접어들고 있는 가부키초 여기저기서 '쥰 짱'을 부르는 여자들 목소리가 날아들었다. 그때마다 신야가 선망의 눈길로 바라봐 쥰페이는 한껏 으쓱해졌다.

"있잖아, 이소에파가 말이지……."

그렇게 뭔가 알려 주려는 여자도 있었지만, 들뜬 마음에 "알고 있어." 한마디로 잘라 버렸다.

5분 정도 걸어 백조의 호수에 도착했다. 옆문으로 들어가 보니 예상대로 쇼가 한창 진행 중이다. 대형 스피커를 통해 울리는 댄스 음악이 고막을 흔들었다.

쥰페이는 일단 사무실로 가 매니저에게 인사했다.

"잠깐 쇼 좀 보고 갈게. 자리는 필요 없어. 금방 갈 거니까."

"맥주 한잔은 하고 가야지."

"아냐, 아냐. 마시고 왔어."

손을 내저으며 커튼 밖으로 나가니 스테이지에서 트랜스젠더 캐서린이 거구를 흔들며 솔로 퍼포먼스를 펼치고 있다.

"재야, 네 애인이?"

신야가 눈썹을 세우며 묻는다.

"무슨……."

토요일 밤답게 객석은 만원이었다. 무대 한쪽 구석에 서서 쇼에 방해되지 않도록 얌전히 구경했다. 댄서들이 차례차례

등장해 화려한 쇼를 펼친다.

"이런 세계가 다 있었어?"

스테이지의 불빛을 받으며 신야가 한숨짓는다.

마침내 가오리가 등장했다. 그 순간 우레와 같은 박수가 터져 나왔다. 쥰페이 역시 그녀에게서 강렬한 아우라를 느꼈다. 연미복과 타이츠 차림으로 탭 댄스를 추는 그녀를 향해 여자 손님들이 "가오리 짱!"이라며 성원을 보낸다. 가오리는 이곳 제일의 스타다.

쥰페이가 팔꿈치로 신야를 찌르며 "저 여자야."라고 턱으로 그녀를 가리켰다.

"에에, 말도 안 돼."

신야가 눈을 둥그렇게 뜬다.

'정말로 가오리가 내 애인이었으면…….'

쥰페이는 이루어질 수 없는 상상을 하며 그녀의 춤을 넋을 잃고 바라봤다.

단 하룻밤이라도 그녀가 내 애인이 되어 준다면 아무런 아쉬움 없이 총알이 될 수 있을 것 같다. 하지만 현실은…… 상대도 해 주지 않는다. 아마 감방에 들어가 있는 동안 가오리는 유명 뮤지컬 배우가 되어 손에 닿지 않는 머나먼 곳으로 가 버릴 것이다. 그리고 누군가의 여자가 되어 결혼하고 아이를 낳을 것이다.

"하나부터 열까지 잘나가는구먼."

신야는 완전히 얼이 빠져 있었다.

'아니, 그렇지 않아. 꿈을 키우고 노력하며 인생을 사는 여자가 나 같은 불량배한테 빠질 리 있겠어?'

쥰페이는 마음속으로 그렇게 중얼거렸다. 지금은 다만 가오리의 모습을 눈에 새겨 놓고 싶을 뿐이야.

벽에 기댄 채 가오리의 무대를 끝까지 지켜봤다. 이것이 마지막일 것이다.

"자, 슬슬 가 볼까?"

"안 만나고?"

"괜찮아. 여기선 만나기가 좀 그래."

"아, 맞다. 우리도 그래. 업소로 찾아가면 싫어하지."

커튼을 들치고 뒷문으로 나가니, 공연을 마치고 온몸에 비 오듯 땀을 흘리는 캐서린이 기다리고 서 있었다.

"쥰 짱, 이소에 애들이 왔었어."

"아, 그래?"

"이걸 전해 달라던데."

캐서린이 내민 봉투 속에 종이쪽지가 들어 있었다.

'손님을 사무실에 보관하고 있다. 다 들었다. 빨리 데리러 와. 타협하자. 이소에파 중간 보스 미즈타니 데쓰시.'

초등학생처럼 삐뚤빼뚤한 글씨로 쓴 편지 아래쪽에, 십자가에 털이 난 것으로밖에 보이지 않는 지도가 그려져 있었다. 쥰페이 주위에는 지도 하나 제대로 그리지 못하는 인간들뿐이다.

"저희 때문에 무슨 문제가 생긴 거죠?"

캐서린이 걱정스러운 얼굴로 묻는다.

"이쪽이랑은 관계없어. 우리 문제야."

"기타지마 씨랑 의논해야 하지 않을까요?"

"바보 같은 소리. 이까짓 사소한 문제로 형님을 성가시게 하면 남자 체면이 말이 아니지."

"저쪽에서 오라고 하는데도요?"

"그 말에 넘어갈 내가 아니야."

쥰페이는 그렇게 대답하고서 콧방귀를 뀌었다. 니시오 영감에게는 미안하지만, 목숨 걸고 도와줄 정도의 사이는 아니다. 이소에파에게도 그 영감은 짐일 뿐이다. 오란다고 찾아가는 놈이 바보다.

"무슨 일 있어?"

신야가 묻는다.

"다른 조직하고 약간 갈등이 있었어. 괜찮아. 별거 아니야."

"그러고 보니 너, 얼굴에 멍이 있네. 싸웠냐?"

"별일 아니라니까."

쥰페이가 편지를 접어 바지 뒷주머니에 넣고 있는데 가오리가 나타났다. 눈이 마주치자 쥰페이는 가볍게 손을 들어 인사했다. 가오리가 어색한 미소를 보내더니 대기실로 사라졌다.

허무한 만남이었지만 만났다는 사실만으로 쥰페이는 만족했다. 신야도 둘 사이를 의심하는 눈치는 아니다.

백조의 호수를 나와 한잔 더 하기로 했다. 사실은 호텔에서 야경을 보면서 느긋하게 보내고 싶었지만, 신야가 밤의 가부키초를 너무나 흥미진진해하기에 기타지마 형님의 단골 술집으로 데려갔다.

"호스티스도 예쁘다, 야."

신야가 헤프게도 싱글거린다.

"긴시초는 양키 아니면 필리피노거든. 그렇지 않으면 내 애인 같은 여자거나. 같은 도쿄라고 생각할 수가 없어."

신야는 입을 다물 줄 몰랐다. 으르대기나 했지 말주변이 별로 없는 쥰페이에게는 좋은 술 상대라고 할 수 있다. 근심을 모조리 잊게 해 준다.

손님들로 붐비는 술집의 카운터 구석에 자리를 잡았다. 호스티스는 부르지 않았다.

"우리는 괜찮으니까 장사나 신경 쓰게."

기타지마의 말투를 흉내 내자 마담이 풋, 웃는다.

보관해 둔 기타지마의 술을 내오라고 했다. '히비키'라는 비싼 양주다. 보통 때 이런 짓을 했다간 작살나겠지만 오늘만은 용서해 줄 것이다.

"좋네, 좋아. 하나부터 열까지 다 부럽다."

신야가 오징어를 우물거리며 말한다.

"나, 정말로 옮길까? 일단 지금 조직에서 나와 반년 정도 놀다가 너네 조직에 들어가면 말이여. 우리는 고리타분한 조직이어서 탈퇴하려면 손가락을 잘라야 할지도 모르지만, 남은 인생을 생각하면 그 정도는 각오해야지."

"신야, 너 우리 조직을 너무 과대평가하고 있어. 우리도 사실 그저 그래. 너니까 얘긴데, 오야붕이 별로 능력이 없어서 조직이 클 것 같지 않아. 그리고 조직보다 중요한 건 윗사람이야. 우리 같은 똘마니들이 크려면 우선 형님을 잘 만나야 한다고."

"그래, 맞는 말이여. 같은 조직에 있더라도 모시는 분이 다르면 하루하루가 완전히 다르지. 우리 형님은 멧돼지여서 일직선으로 돌진하다가 사고 치기 일쑤라고. 한마디로 머리가 안 돌아가, 머리가. 그러니 내가 얼마나 불안하겠냐. 이 사람한테 계속 붙어 있어도 괜찮나, 그런 생각이 든다니까."

"너희 형님이라면 저번에 채권 회수할 때 같이 있던 사람?"

"응, 너네 형님이 구워삶았던, 그 사람 좋은."

신야가 팔자 눈썹을 해 가지고 소다수 탄 위스키를 쭉 들이켰다.

"거기에 비하면 너네 형님은 참 멋지더라고. 나 한번 만나게 해 주라. 이것저것 좀 배우게."

"그러지, 뭐."

쥰페이는 건성으로 대답하면서, 인생은 참 아이러니하다고 재삼 생각했다. 이제 곧 감옥에 들어갈 인간에게 왜 이렇게 사람들이 연달아 나타나는 건지.

"그러지 말고 아예 날을 잡자고. 다음 주는 어때? 난 평일 밤이면 언제든지 시간 낼 수 있는디."

"너, 진심이야? 조직에서 가만있겠어?"

"괜찮다니까. 만에 하나 문제가 되면 손가락을 자르면 되지, 뭐."

신야는 벌써 취한 것 같았다. 관자놀이가 붉어져 있다.

"그런데 어쩌냐. 소개해 줄 시간이 없다."

"야, 너 그렇게 팍팍하게 굴기냐! 우리 이제 친구잖어."

"나 말이지, 월요일 아침이면 총알 신세야."

쥰페이는 마치 '나 심부름 가.'라고 하는 듯한 투로 말했다.

"뭐, 무슨 말이여?"

"신야, 나, 월요일 새벽에 반대파 놈 죽이러 가야 돼. 오야붕 명령이야. 그래서 너랑 기껏 만났는데 더는 못 볼 것 같아."

고백할 생각은 아니었는데 자연스럽게 튀어나와 버렸다.

신야의 얼굴색이 확 바뀌었다. 의자를 빙그르 돌려 쥰페이를 정면으로 바라봤다.

"그거, 참말이여?"

"그래. 호텔 스위트룸에 묵게 된 것도 당분간 세상과 이별이라고 형님이 준 돈으로 사치 한번 부려 본 거야."

"그래……."

"나도 아쉬워. 사람들 말로는 모범수라도 최소 7년은 썩어야 한다더라. 만약 7년 후에도 내가 기억난다면, 그때 찾아와 줘."

"그거, 안타깝네."

"안타까워도 이제는 돌이킬 수 없어. 답사도 다 해 뒀어. 권총도 구했고. 이제 실행할 일만 남았어."

"너 참 냉정하다, 야. 무섭지 않냐?"

"솔직히, 잘 모르겠어. 별 느낌이 없어. 다만, 내 인생, 여기서 도망쳐 버리면 죽도 밥도 안 될 것 같다는 생각은 들어. 나중을 위해서라도 이번 일은 꼭 해야 한다고 결정했어."

쥰페이는 담담하게 말했다. 끓어오르는 투지 따위는 없다. 그저 절에 뿌리내린 고목 같은 심정일 뿐이다.

"대단해. 너, 나랑은 차원이 다르다."

신야가 고개를 절레절레 흔들었다.

"너는 장차 오야붕으로 이름을 날릴 그릇이여. 나, 절대 너랑 인연 안 끊을 거다. 어느 형무소로 가든 면회 갈 거여."

"정말? 그 말 들으니 기운이 나네."

"근데 괜찮겠냐? 그렇게 소중한 밤을 나 같은 놈하고 보내서."

"난 좋아. 사실 느닷없이 결정된 일이라 놀 만한 상대도 못 찾았거든."

"우리 의형제 맺을까? 네가 6, 내가 4. 그러니까 네가 형님이란 말이지."

신야가 흥분된 표정으로 말했다. 진심으로 쥰페이를 존경하는 것 같다.

"좋아. 그럼 여기서 잔을 나누자. 단, 5 대 5, 대등한 형제로."

"알았어. 위스키라 좀 그렇지만, 뭐, 형식이 중요한가. 이대로 해도 괜찮겠지?"

"물론. 남은 시간도 별로 없고."

쥰페이는 마담에게 새 잔을 부탁했다. 작은 잔에 위스키를 따라 눈높이까지 들어 올린 뒤 단숨에 마셨다.

"나, 대등한 형제는 처음이야."

"나도야."

쥰페이는 위스키가 목구멍을 타고 흐르는 걸 느끼며 가슴이 뜨거워졌다. 털어놓길 잘했다. 총알의 미학은 같은 야쿠자가 아니면 이해하지 못한다.

"어때, 밤새워 마셔 볼까?"

"좋지!"

쥰페이는 행복했다. 표정이 느슨해지고 어깨에서 힘이 빠져나갔다. 이 녀석이라면 무슨 얘기든 할 수 있을 것 같다.

가게 한쪽에서는 샐러리맨들이 가라오케 반주에 맞춰 나가부치 다케시의 '건배'를 부르고 있었다.

11

쥰페이와 신야는 새벽 4시가 다 되도록 마셨다. 술을 꽤 하는 편인 신야는 물 탄 위스키를 이온 음료처럼 마셔 댔다. 중간에 칸막이 자리로 옮겨 저질스러운 농담으로 호스티스들을 웃기기도 했다. 같이 있어 즐거운 사람이란 얼마나 마음을 따뜻하게 해 주는 존재인가. 이런 줄 알았더라면 좀 더 일찍 만났으면 좋았을 텐데. 고향을 떠나온 뒤 쥰페이는 단짝이라고 할 만한 친구가 없었다.

테이블에는 웃음이 끊이지 않았고, 호스티스들은 "쥰 짱, 이 오빠 다음에도 꼭 데려와."라고 졸라 댔다. 쥰페이도 "그래, 그렇게 하지."라며 쓰윽 웃어 줬다. 그런데 신야가 그 말을 듣더니 정색을 하고는 "쥰페이는 바쁜 남자여. 나 혼자라도 오지."라며 자기 돈으로 양주 한 병을 주문했다. 그리고 매직펜을 가져오라고 하더니 병 라벨에 큼직한 글씨로 '쥰페이', '신야'라고 두 사람 이름을 적어 넣은 뒤 술집에 보관시켰다. 그 뜨거운 마음이 전해져 쥰페이의 가슴마저 훈훈해졌다.

한창 그러고 있는데 가나가 문자를 보냈다. 부동산업자 하나를 꼬여 잘 놀고 있는 모양이다. 작업에는 완전 프로다.

술집을 나온 후 또다시 예의 비밀 카지노 빌딩으로 갔다. 만취한 신야는 영문도 모른 채 따라왔다. 1층 코인 세탁소 안을 들여다보니 푸르스름한 형광등 불빛 아래서 호모 고로가 만화 주간지를 읽고 있다. 다른 쪽 구석에서는 동남아계로 보이는 남녀가 얘기를 나누고 있었다.

유리문을 열고 안으로 들어갔다.

"이거 자주 보네. 장사는 좀 돼?"

쥰페이가 말을 걸자 고로는 얼굴이 환해지며 마치 연인이라도 만난 듯 얼굴을 붉혔다.

"자꾸 물어봐서 미안한데, 전의 그 가발 아저씨, 오늘도 봤어?"

"응, 봤어. 12시 좀 전에 빌딩으로 들어갔는데."

"그래? 그거 물어보러 온 거야."

사실 굳이 확인할 필요는 없었다. 발길이 그냥 이곳으로 향했을 뿐이다.

"한잔했어?"

"응. 좋은 일이 있어서 말이지. 이쪽은 신야라고, 내 형제야. 좀 전에 잔을 나눴지."

신야를 소개하자 고로는 부끄러운 듯 "안녕하세요."라고 조그만 소리로 인사했다.

"이쪽은 고로. 봐서 알겠지만 호모야."

"잘 부탁합다. 긴시초에서 노점상 하고 있는 신야란 놈임다."

신야는 휘청거리면서 야쿠자 스타일로 허리를 꺾었다.

"고로, 오늘도 여기서 밤새울 거야?"

"응, 그러려고."

"우리가 있는 호텔로 가지 않을래? 신주쿠 프린스 호텔 스위트룸인데, 넓어. 바닥에서 자더라도 손발 뻗고 잘 수 있으니 여기보다 낫잖아."

쥰페이는 지금 누구에게나 친절을 베풀고 싶은 마음이다.

"가도 돼?"

"그럼. 이것도 인연이라면 인연인데."

"갈래!"

고로는 진심으로 기쁜 듯 대답했다.

쥰페이는 한껏 취해 있었다. 머리가 기분 좋게 멍하고, 몸 속 깊은 곳에서 따스함이 퍼져 온다.

친구들을 다 데리고 가부키초를 활보하고 싶은 기분이다.

#110. 쥰페이, 바보 아니야? 왜 총알 따위가 되려고 하지? 그렇게 사람을 죽이고 싶어? 조직에서 도망가 버리면 될 거 아니야. 조직이 대체 뭔데. 세상을 그렇게 좁게 살면 안 된다고. 가부키초가 세상의 전부야? 오키나와에라도 가서 즐겁게 살면 되잖아. 어차피 친형제 따위도 없을 텐데. 오키나와야, 오키나와. 얼른 도망가 버려. by 남국 boy.

#111. 나는 총알을 찬성합니다. 야쿠자가 하나라도 더 세상에서 사라진다는 건 보통 시민에게는 매우 좋은 일입니다. 게다가 쥰페인가 뭔가 하는 똘마니도 감옥에 가게 될 테니 일석이조 아니겠어요. 야쿠자 전쟁에 찬성. 단, 유탄에는 주의. by 무명씨.

#112. 기본적으로 아무 쓸모 없는 게시물입니다. 젊은 야쿠자가 영웅심에 빠져 있을 뿐이에요. 언급할 가치조차 없는 거죠. 결국 범죄자가 될 수밖에 없는 놈들입니다. 제멋대로 하게 놔두면 됩니다. by 무명씨.

#113. #110의 남국 boy 님. 왜 하필 오키나와죠? 오키나와가 범죄자의 은신첩니까? 이런 사고방식 때문에 골치가 아프다고요. 오키나와는 야쿠자나 숨겨 주는 섬이 아닙니다. 바

다와 하늘을 사랑하는 사람들의 섬이죠. 거기서 사는 사람들도 있습니다. 함부로 오키나와를 들먹이지 마세요. by 바다의 소녀.

#114. 어이, 쥰페이 님. 전직 야쿠자입니다. 모조 권총 시험 사격은 해 보셨나요? 인근에서 하려면 사람 없는 심야의 지하도를 권합니다. 지나가는 사람만 없으면 총소리가 밖으로 새어 나가지 않아 아무도 눈치 못 챕니다. 총알 자국도 눈에 잘 띄지 않고요. 건투를 빕니다. by 트럭남, 샛별.

#115. 야쿠자? 총알? 이거 다들 믿나? 순진한 사람들이로구먼(쓴웃음). by 무명씨.

#116. #113의 바다의 소녀인가 뭔가. 바다와 하늘을 사랑하는 사람들의 섬이래 ㅋㅋ. 그런 글을 쓰고도 부끄럽지 않나? 미군 기지에 의존해서 사는 주제에. 공공사업과 정부 보조금에 목매는 주제에. 너같이 오키나와를 신성시하는 바보가 있는 한 오키나와 주민들은 영원히 응석받이 어린애에 지나지 않아. 성인식 때 난동 부리는 폭주족들을 봐. 그건 너희가 만들어 낸 철부지들이라고. by 남국 boy.

#117. 쥰페이 군, 그만두는 게 좋지 않을까. 피곤할걸. 피로엔 리포비탄 D(일본판 박카스-옮긴이). by 무명씨.

#118. 오키나와 숭배자들은 정말 대책이 없어요. 그들의 어디가 순수하다는 걸까요. 우리들의 혈세를 다 빨아 가지 않나, 반일의 깃발을 흔들지 않나. 국가(國歌)도 가르치지 않고. 제발 좀 참아 주세요. by 일장기 만세.

#119. 혹시 당신들 인터넷 극우파 아니야? 지금 그런 얘기를 하자는 게 아니라고. 그리고 오키나와를 멋대로 갖고 흔드는데, 오키나와 주민에 대한 실례예요. 즉시 퇴장하세요. by 무명씨.

#120. 뭐야, 리포비탄 D라니. 지금 장난해? by 무명씨.

#121. 오키나와를 공격하는 사람은 역사를 모르는 불쌍한 사람이라고 생각해. 전쟁의 짐을 모두 그들에게 떠안겨 놓고 어떻게 이러쿵저러쿵 떠들 수 있지? 도쿄 오다이바에 미군기지를 한번 유치해 보시지. 그러면 당신들 얘기에도 조금은 귀 기울여 줄 테니까. by 무명씨.

#122. 난 우익은 아니지만 오키나와를 떠받드는 좌익에겐 화가 난다. 일본인들에게 반일 사상을 심어서 어쩌겠다는 거야. by 시민.

#123. 얘기들이 딴 길로 새는군. 쥰페이 군이 총알이 되는 것에 대해 토론하는 거 아니었나? 인터넷 우익, 좌익 분들, 안녕히 가세요. 잠이나 주무세요~. by 무명씨.

#124. 오키나와 사람은 일본 민족이 아닙니다. 류큐(琉球. 오키나와의 옛 이름-옮긴이)인이죠. 그러니 반일은 당연해요. by 푸른 바다.

#125. #123님에 찬성. 이제 그만 합시다, 쓸모없는 논쟁은. by 무명씨.

#126. 잘난 사람 또 하나 나왔네. 오키나와 사람이 류큐인이라고? 그럼 야에야마쇼토(八重山諸島. 오키나와 남서부의 섬들-옮긴이) 사람들은 어떻게 되는 건데? 똑같이 취급하면 화낼 텐데. by 이름 없는 류큐인.

#127. 제 발언이 이런 파문을 불러올 줄은 꿈에도 몰랐습

니다. 저는 요코하마 출신의 회사원으로 그저 오키나와의 바다와 하늘을 사랑할 뿐입니다. 골드 코스트나 에게 해에도 가봤지만 오키나와의 바다가 가장 아름다웠습니다. 저는 그걸 자랑스럽게 생각하며, 오키나와가 일본 땅이어서 행복하다고 오키나와 사람들에게 감사하고 있습니다. 앞으로도 그곳을 방문할 것이고, 손님이라는 신분을 명심할 것입니다. by 바다의 소녀.

#128. 좌익 뒈져라. 일본을 떠나라! by 무명씨.

#129. 바다의 소녀 님은 대인배군요. 그에 비해 인터넷 우익의 유치함이란. by 무명씨.

#130. 반일 좌익은 정말 짜증나. 세상을 몰라도 너무 몰라. 야에야마에 한시라도 빨리 자위대 기지를 만들지 않으면 중국이 공격해 올 거라고. 센카쿠 열도가 문제가 아니야. 왜 그것도 모르나. by 메밀국수.

#131. 줘 버리면 어떨까? 중국한테. 센카쿠 열도건, 야에야마건. by 톈진(天津) 국수.

#132. #131 패 죽인다. by 어느 시민.

#133. 쥰페이 군, 감기 조심하세요. 잘 때 홑이불 한 장으로는 이제 추워요. by 미나코.

#134. 쥰페이 군, 월요일 아침에 결행하려는 거죠? 아직 시간 있으니 잘 생각해 봐요. by 무명씨.

#135. 죽여 버릴 거야. 다 죽여 버리겠어. by 어느 시민.

다음 날 아침, 쥰페이는 10시에 일어났다. 좀 더 자도 되지만, 신야가 여자와 데이트가 있다고 해서 아침으로 룸서비스를 시켜 먹고 같이 나가기로 했다. 쥰페이는 고향인 히가시마쓰야마에 가 볼 생각이다. 2년 만의 일이다. 강변에서 시험 사격도 해 보고 싶고, 도주용 오토바이도 구하려고 한다. 옛 동무들과 만나 수다도 떨고 싶다.

"밤에 연락할게. 줄 게 있어. 방해는 안 할 거여. 잠깐이면 돼. 너, 마지막 밤은 여자하고 보낼 거지?"

신야는 그렇게 말하고는 바싹 깎은 머리를 긁적이며 돌아갔다.

여자하고 보낸다…….

어젯밤 신야에게 가오리를 연인이라고 했다. 끝까지 말도 안 되는 허세를 부렸다고 쥰페이는 자신을 비웃었다.

고로는 모포를 돌돌 감은 채 바닥에서 자고 있다. 몇 번이나 깨우려 했지만 잠이 상당히 깊이 든 듯, 걷어차도 전혀 반응이 없었다. 하는 수 없이 그대로 놔두기로 했다.

'나간다. 늦게 돌아올 거야. 쥰페이.'

메모를 남긴 후 권총이 든 배낭을 메고 방을 나섰다.

'아무리 발버둥 쳐 봐야 하루밖에 안 남았다.'

속으로 그렇게 중얼거렸더니 모든 걸 새로 시작하는 기분이 들면서 어깨에서 쓸데없는 힘이 빠져나갔다. 어차피 쥰페이의 인생에 세상이 장밋빛이었던 적은 없다. 울어 줄 여자가 있는 것도 아니다.

가을 하늘이 푸르렀다. 그늘에 들어서면 차가운 공기가 기분 좋게 뺨을 어루만지고, 햇볕 드는 곳으로 나서면 아직 여름의 기운이 남은 태양이 머리를 뜨겁게 달군다.

신주쿠 역에서 야마노테선 전철을 타고 이케부쿠로까지 가서 도부도죠선으로 갈아탔다. 이 노선의 플랫폼에 서는 건 오랜만이다. 스물한 살에 불과하지만 노인네처럼 감개무량해졌다. 급행 타고 한 시간이면 고향으로 돌아간다. 오늘도 자유다. 형님들도 부르지 않는다. 그걸 생각하니 세포 하나하나까지 느슨해지고, 처음으로 진정한 평온을 맛보는 느낌이 든다.

전철 안은 한가했다. 자리에 앉아 눈을 감자 바로 잠에 빠졌다. 정신을 차려 보니 히가시마쓰야마 역 직전. 안고 있던 배낭에 침이 흥건하다. 창밖으로 눈을 돌렸다. 햇빛에 반짝이는 논과 밭을 보니 기분이 좋아졌다.

'땅은 좋겠어, 고민 따위도 없고.'

그렇게 멍청한 생각도 해 본다.

히가시마쓰야마 역에 도착한 것은 정오가 좀 지나서였다. 역 건물이 새로 지어졌는지 낯설어 쥰페이는 내려서 역 이름을 다시 한 번 확인했다. 역에서 바라다보이는 경치도 사뭇 달라져 있었다. 무엇보다 도로가 시원스레 뻗어 있다. 다만, 개찰구를 빠져나가자 정면 벽에 '에키반(○番)'들이 기대어 서 있어 이곳이 히가시마쓰야마라는 걸 확인시켜 줬다. '에키반'이란 지방 폭주족 멤버가 교대로 역을 지키다가 '눈에 띄는' 고교생을 끌고 가서 손봐 주는 놈들이다. 요컨대 자신들 외에 폼 잡는 녀석을 용납하지 않겠다는 시위 행동이다. 쥰페이도 폭주족 신입 시절 질리도록 에키반을 했었다.

16~17세쯤 돼 보이는 불량소년 3명이 쥰페이를 발견하더니 못마땅한 듯 꼬나봤다. 조금 전까지 평온했던 마음이 단번에 산산조각 나며 피가 거꾸로 솟았다.

"어이, 어디 사람이쇼?"

한 녀석이 건들거리며 다가온다. 나머지 두 명도 따라와 쥰페이를 둘러쌌다.

쥰페이는 사람들이 쳐다보는 것도 아랑곳하지 않고, 마주 선 녀석의 사타구니를 있는 힘껏 걷어찼다. 상대는 "윽!" 하고 신음 소리를 내더니 그 자리에 고꾸라져 몸을 둥글게 말았다. 다른 두 명도 순식간에 얼굴이 새파랗게 질리며 말을 잃었다. 까불어 봤자 어린애일 뿐이다.

"너희들, 누구한테 예절을 그따위로 배웠어, 요코야마야, 오카다야?"

쥰페이가 폭주족 리더였던 후배들의 이름을 들먹였다.

"혹시 만다라 OB 형님들 말씀이십니까?"

"그래. 나는 제5대 친위대장을 했던 사카모토 쥰페이다. 너희들, 이 찌그러져 있는 자식 데리고 빨리 꺼져. 선량한 시민들한테 피해 주지 말고."

그러면서 턱짓을 하자 떨고 있던 소년들은 마치 비디오의 빠른 화면처럼 후다닥 움직여 쓰러진 녀석을 업고 계단을 내려갔다. 쥰페이는 천천히 그들을 뒤쫓아 가다가 주차장으로 들어오라고 손짓한 뒤 바지 주머니에서 지갑을 꺼냈다.

"미안하다. 갑자기 열 받아서 말이지. 이걸로 밥이라도 사 먹고 기분 풀어라."

그러고는 만 엔짜리 지폐를 꺼내 발로 차인 녀석의 주머니에 찔러 넣었다. 언젠가는 한번쯤 이런 식으로 기타지마 흉내를 내고 싶었다.

"아, 아닙니다. 이러시면……."

소년들은 예상 밖의 상황 전개에 당황한 듯, 고맙다는 인사도 하지 못한다. 하지만 두려워하는 표정은 사라지고 동경의 눈길을 보내고 있었다.

"나는 신주쿠에서 로쿠메이회 하야다파 소속으로 있다. 너희들도 언젠가 고향을 떠나게 되면 나를 찾아오도록."

"예, 감사합니다!"

세 사람은 차렷 자세를 하고 소리 높이 외쳤다.

"지금 만다라 리더가 누구지?"

"요코야마 형님입니다."

"역시 그렇군. 내가 옛날에 귀여워했었지. 이봐, 그 녀석 전화번호 아나?"

"저희들은 모릅니다만 선배에게 물으면 알 수 있을 것 같습니다."

"요코야마한테 연락해서 사카모토 쥰페이가 왔으니까 얼굴 좀 보이라고 해. 저기 찻집에 있을 테니까."

"알겠습니다."

셋은 고개를 숙였다. 선배 티를 내는 게 기분 좋았다. 솔직히 1만 엔은 좀 아까웠지만, 위신을 세우려면 어쩔 수 없다.

예전 아지트였던 역 앞 찻집으로 들어갔다. 문을 열 때 '딸랑' 하고 나는 종소리가 그때 그대로다. 일요일 낮 시간인데도 가게 안이 텅 비어 있어 불과 2년 만에 많이 쇠퇴한 인상을 줬다. 카운터 안에 있는 콧수염 사장도 옛날 그대로지만, 쥰페이를 기억하지는 못할 것이다.

아니나 다를까, 사장은 "어서 오십시오."라며 무심하게 응대했다. 쥰페이가 많이 변한 탓도 있을 것이다. 당시 그는 머리를 금발로 염색하고 눈썹도 가늘게 밀었었다.

전에 자주 먹던 '나폴리탄 스파게티와 아이스커피' 세트를 주문했다. 배가 고프지는 않았지만 그 시절이 그리워졌기 때문이다. 만화 주간지를 읽으며 기다리고 있자니 아까 그 불량소년들이 보고하러 왔다.

"선배한테 연락을 취해 달라고 했더니, 요코야마 형님은 집에서 주무시는 중인데 사카모토 선배님이 방문하셨다고 했더니 바로 오겠다고 하시더랍니다."

"그래? 수고했어. 가서 일 봐."

"저……."

한 녀석이 머뭇거리며 입을 열었다.

"죄송하지만 같이 사진 좀 찍어 주실 수 있으십니까?"

"뭐? 사진은 왜?"

"선배한테 물었더니 사카모토 선배님은 만다라의 전설적인

OB라고 했습니다. 그래서 기념사진이라도 찍어 애들한테 보낼까 합니다."

"그래? 하하하. 좋을 대로 해."

쥰페이는 시원스레 허락했다. 아직 솜털이 보송보송한 불량소년들이 차례차례 옆으로 와서 사진을 찍는다. 기분이 좋았다. 시골 폭주족은 순박해서 좋다.

요코야마가 나타난 건 나폴리탄 스파게티를 거의 다 먹었을 무렵이었다. 베개 자국이 선명한 얼굴에 샌들을 신고 찻집으로 달려 들어왔다.

"쥰페이 형님!"

얼굴이 붉어진 채 절규하듯 이름을 부른다. 왠지 쑥스러웠다. 이렇게까지 환영받을 줄은 몰랐다.

"이게 도대체 몇 년 만이십니까?"

"2년 만이지. 잠깐 떠나 있었더니 많이 변했네."

"그렇습니까? 이런 시골이 변해 봤자죠."

요코야마는 테이블 맞은편에 앉아 쥰페이와 똑같이 나폴리탄 세트를 주문했다.

"어제저녁에도 달렸어?"

"정례 행사니까요. 하지만 저도 내년 3월이면 은퇴합니다. 스무 살이 되거든요."

"그렇군. 그래, 요즘 뭐하고 지내?"

"미장일 견습입니다. 왜, OB 중에 미장일하는 겐지 선배 있잖습니까. 그 선배 조수로 있어요. 저, 아이도 생겼습니다. 딸입니다. 그래서 기술 배우는 게 좋을 것 같아서."

"그렇군. 축하해. 결혼한 것도 몰랐어."

"파친코 가게에서 일하던 여잡니다. 이왕 생긴 거 책임지려고……."

"훌륭해. 너는 폭주족을 은퇴해도 제대로 된 인생을 살 수 있을 거야."

"쥰페이 선배님은 지금도 신주쿠입니까?"

"그래, 가부키초 야쿠자."

"뭐랄까, 사나이를 완성시키고 계시다는 느낌입니다. 멋지십니다. 저는 그런 능력이 없어서……."

"바보 같은 소리. 너야말로 능력 있는 거야. 한 집안의 대들보잖아. 가족이나 잘 보살펴."

쥰페이는 후배를 상대로 어른 흉내를 냈다.

"그런데, 오늘은 어쩐 일로?"

"아, 오토바이 한 대 빌릴 수 있을까 해서."

"무슨 일로요? 이제 와서 오토바이는 왜……."

"사정이 좀 있다. 날쌘 중형이면 좋겠는데……. 아, 그리고 눈에 잘 안 띄는 걸로. 죽창 머플러 따윈 안 돼. 대신 낡아도 괜찮아."

"알았습니다. 야스다 흥업에 가면 공장 뒤편에 검사 기간이 지난 바이크가 몇 대 있습니다. 장물도 좀 있고요. 쥰페이 선배님이라면 무조건 빌려 줄 겁니다. 적당히 번호판도 만들어 붙여서요. 바로 타고 갈 수 있어요."

"안내해 줄 수 있어?"

"물론입니다."

후배가 화끈하게 나와 마음이 놓였다. 조금이라도 곤란한 표정을 지었다면 자신은 분명 화를 냈을 것이고 하루를 망치고 말았을 것이다.

찻집을 나와 요코야마의 글로리아 승용차에 탔다.

"형님은 지금 뭘 타십니까?"

"나는 지금 형님 벤츠를 몰아. 똘마니가 자가용은 가질 수 없지."

"근사하십니다! 저도 가부키초에서 벤츠 한번 몰아 보고 싶습니다."

"미장일로 성공해서 사면 되잖아."

조수석에서 담배에 불을 붙이고 창문을 열었다.

"쥰페이 선배님, 왠지 달라지신 것 같습니다. 여유가 있다고 할까, 때를 벗었다고 할까."

"그래? 난 옛날 그대론 거 같은데."

변했다는 말이 싫지는 않았다.

"듣기 좋으시라고 하는 말이 아니라 정말로 엄청 멋져지셨어요. 가부키초 여자들이 줄줄 따르죠?"

"너, 그래 봐야 나한테서 나올 것도 없어, 으하하하."

자지러지게 웃었다. 과거로 돌아온 느낌이다.

자동차로 15분 정도 달려 폭주족 OB가 운영하는 산업 폐기물 처리 공장에 도착했다. 공장이라고는 하지만 실상은 자택 겸 폐자재 하치장이다. 그리고 선배라고는 해도 마흔이 낼모레인 배 나온 아저씨다.

"야스다 사장님 계세요?"

요코야마가 안채를 향해 크게 소리 질렀다.

"어, 여기야."

철골 더미 뒤에서 작업복 차림의 중년 남자가 얼굴을 내민다.

"쥰페이 형님 모시고 왔습니다."

"사장님, 오랜만!"

쥰페이가 손을 들어 인사했다.

"너, 쥰페이?"

사장의 눈이 휘둥그레진다.

"멋진 사나이가 돼서 돌아왔네. 나는 무슨 연예인이 왔나

했지."

"아, 왜들 이렇게 비행기를 태우시나."

"그래, 웬일이야? 아주 돌아온 거야?"

"아니, 볼일이 좀 있어서요."

"사장님, 바이크 한 대 빌릴 수 있을까요? 쥰페이 선배가 좀 필요하다는데."

요코야마가 용건을 꺼냈다.

"그래? 알았어. 저 뒤에 있으니까 마음에 드는 걸로 골라 봐."

"역시! 사장님은 얘기가 금방 통한다니까."

쥰페이는 두 사람의 대화를 들으며 가슴이 뜨거워졌다. 고향이란 얼마나 좋은 것인가.

"그 대신 후배 시켜서 건설 현장에서 철사 좀 훔쳐다 줘."

"또요? 그러다 수갑 차요."

"그게 말이지, 잡히는 한이 있어도 훔쳐서 동남아에 파는 쪽이 이득이야. 절도품인 줄 몰랐다고 우기면 잘하면 불기소 처분될 수도 있다고. 최악의 경우 집행 유예고. 너희들, 사회 공부 좀 더 해."

사장이 니코틴으로 누렇게 된 이를 드러내며 태평하게 웃는다. 가부키초에는 없는 느긋함이 히가시마쓰야마에는 있었다. 나쁜 일을 저질러도 애교가 있고 살벌하지 않다.

가만 생각해 보니 만약 고향에 남아 있었다면 아마도 요코야마 같은 육체노동 아니면 물장사를 했을 것이다. 전 같으면 생각할 수도 없는 선택이지만 지금은 그것도 나쁘지 않아 보인다. 무엇보다 눈앞의 두 사람이 행복해 보였다.

"쥰페이, 오늘 밤은 어떻게 할 거야? 우리 집에서 묵을래?"

"아니, 신주쿠로 돌아가야 해요. 빌려 준다는 바이크, 바로 쓸 수 있어요?"

"30분만 주면 적당히 번호판 붙여서 달릴 수 있게 해 줄게. 헬멧도 필요하지?"

"네. 고마워요, 사장님."

쥰페이는 얌전히 고개를 숙였다. 옛 동료들의 호의 앞에서 허세를 부리고 싶은 마음은 조금도 들지 않았다.

"뭘 그래, 새삼스럽게."

"아니, 그냥 고마워서……."

코끝이 찡했다.

"언제든지 돌아와. 다들 쥰페이를 기억하고 있으니까."

"네, 고맙습니다."

정말로 눈물이 나려고 해서 선글라스를 썼다. 태양을 올려다보며 눈을 가늘게 뜬다. 가을 하늘에 잠자리가 떼지어 날고 있다.

바이크를 기다리는 동안 요코야마의 차를 타고 마을을 돌았다. 역 앞을 제외하고는 거의 변한 게 없었다. 어디라도 있을 법한 시골 풍경이다.

"오카다는 어떻게 됐어?"

"그 자식도 결혼해서 애도 있어요. 직업은 홈센터 창고 담당이죠."

"킹은 뭐해?"

"그 녀석은 야쿠자요. 우라와에서 땅투기 사업 앞잡이 노릇을 하고 있어요."

옛 동료들의 근황을 들어 보니 절반은 이미 가정을 꾸렸고 아이도 있다. 고향을 떠난 놈들은 대부분 야쿠자가 된 모양이다. 나도 그중 하나고.

"형님, 어머니는 안 만나요?"

요코야마가 엄마 얘기를 꺼낸다.

"안 만나. 어디 있는지도 모르고."

"에, 그래요? 쵸칭요코쵸에 있는 술집 마담으로 계세요. 몰랐어요?"

"몰라. 전화번호도 모르는데, 뭐."

"재혼하셨다던데."

"그래."

별로 놀랍지 않았다. 정식으로 결혼을 하든 안 하든 엄마는 해마다 남자가 바뀐다. 어린 시절부터 지겹도록 봐 왔다.

"이거 제가 괜히 쓸데없는 얘기를……."

"괜찮아. 근데 술집 이름이 뭐야?"

"아야노라나……."

"흥, 아야노? 그건 또 무슨 이름이야."

쥰페이는 코웃음을 쳤다. 엄마는 줄곧 술집 이름으로 자신의 이름을 써 왔다.

교통 신호가 바뀌길 기다리는데 오른쪽에 나란히 선 하얀색 렉서스에서 남자 네 명이 험악한 표정으로 꼬나봤다. 요코야마의 안색이 바뀌더니 역시 그들을 노려본다.

"누구야, 저놈들?"

"기타간토 연합 놈들이에요."

"근데 왜 히가시마쓰야마까지 왔어?"

"작년에 이곳에 지부가 생겼거든요. 최근에는 주말마다 꼭 우리랑 한판 붙어요."

"좋아. 바이크 구해 준 보답으로 내가 손 좀 봐 주지."

그리고 쥰페이는 배낭에서 총을 꺼냈다. 요코야마가 깜짝 놀라는 표정이다.

"선배, 설마 그거 진짜 총 아니죠?"

"글쎄다, 권총한테 물어봐."

쥰페이는 총을 품에 넣고는 요코야마더러 운전석 창문을

내리라고 했다.

"야, 너희들! 사람 없는 데다 차 좀 세워."

있는 대로 소리를 질렀다. 무서울 게 없었다. 상대는 고작 해야 폭주족일 뿐이다.

"엉? 너 뭐야!"

저쪽 차에서도 고함을 지른다.

"상대해 줄 테니 차 좀 세우시라고요오."

"병신들, 너희 둘이서? 이쪽은 네 명이라고. 너, 산수 할 줄 알아?"

그러더니 실실 웃는다.

"왜, 무섭나?"

"놀고 있네. 만다라 따위 조무래기가."

"그러니까 어디 조용한 데로 가자고요오."

신호가 녹색으로 바뀌자 상대의 렉서스가 먼저 달려 나가고 뒤를 이어 요코야마의 글로리아가 달리기 시작했다. 앞선 렉서스가 도발하듯 지그재그로 운전한다. 그러는 동안 쥰페이는 권총의 탄환을 확인하고 안전장치를 풀었다. 여차하면 놈들을 상대로 시험 사격을 해 볼 작정이다.

한동안 달리자 왼편으로 문을 닫은 볼링장이 나타났다. 렉서스가 그 주차장으로 들어간다. 담이 무너져 있어 맘대로 드나들 수 있는 곳이었다.

"저 녀석들이 집회 장소로 자주 사용하는 곳이에요. 위험할 것 같은데, 어떻게 할까요?"

요코야마가 묻는다.

"괜찮아. 따라가."

렉서스가 주차장 맨 구석으로 가서 멈춰 섰다. 문 네 개가 동시에 열리고 남자들이 내리더니 자신만만한 얼굴로 버티고 선다.

글로리아도 그 앞에 섰다.

"넌 여기 있어."

그리고 쥰페이는 조수석 문을 열고 내려 곧장 한 녀석에게 빠른 걸음으로 다가갔다. 키는 작지만 풍채가 좋은, 콧수염을 기른 놈이다. 넷 중에서 누가 리더인지 정도는 몇 년 싸움질을 하다 보면 한눈에 알 수 있다.

쥰페이는 점퍼 안주머니에서 권총을 뽑았다.

"움직이지 마!"

오른손으로 총을 겨누고 소리쳤다. 네 사람의 눈이 휘둥그레지더니 그 자리에 얼어붙어 버렸다. 쥰페이는 콧수염의 멱살을 잡고 목에 총을 들이댔다.

"야, 이 머리에 피도 안 마른 놈아, 만다라 OB가 우습냐?"

얼굴이 시뻘게진 채 소리쳤다. 그리고 권총으로 렉서스 앞바퀴를 겨눈 다음 방아쇠를 당겼다. '탕!' 하는 건조한 파열

음과 함께 총알이 아스팔트에 흰 연기를 내며 튕겨 나갔다. 상당히 오른쪽으로 비껴가긴 했지만 어쨌든 총알은 나갔다.

한 번 더, 이번에는 목표보다 훨씬 왼쪽을 겨눠 발사했다. 타이어에 명중했다.

흥분과 냉정함이 공존하는 신비한 감각을 맛봤다. 머릿속에 '시험 사격의 수고는 이걸로 덜게 됐다.'는 생각이 스쳤다.

"야, 너희들, 이름이 뭐야?"

쥰페이가 다시 총을 들이대자 콧수염은 하얗게 질린 얼굴로 그 자리에 주저앉아 버렸다.

"이름 뭐냐고 묻잖아!"

콧수염이 뭐라고 중얼거렸지만 목소리가 떨려서 알아들을 수 없었다.

"너희들, 앞으로 이 동네에 얼씬도 하지 마. 나는 로쿠메이회 하야다파다. 만다라는 내가 뒤를 봐주고 있어. 야쿠자에게 들이대고도 무사할 거라고는 생각하지 마라. 알았나?"

그리고 권총 손잡이로 콧수염의 머리를 내리쳤다. '딱' 하는 둔탁한 소리가 났다.

"알았냐니까!"

콧수염이 딱따구리처럼 고개를 까딱거린다.

"자, 네 놈 다 여기 서 봐."

얼이 빠진 네 사람이 허둥지둥 정렬했다.

"무릎 꿇어."

이번에도 시키는 대로 했다. 허세를 부려 봐야 결국은 한낱 시골 불량배일 뿐이다. 어느 선을 넘어서자 배짱 같은 건 사라져 버렸다.

쥰페이는 한 명씩 걷어찼다. 아무도 저항하지 않는다. 마음껏 걷어찼다.

한쪽에서 요코야마가 망연자실한 표정으로 서 있었다. '도대체 저 형님은 어떤 분이란 말인가'라는 표현을 온몸으로 쏟아내고 있다. 권총 쏘는 걸 처음 봤을 테니 무리도 아니다.

라이벌 폭주족과의 일전을 마친 쥰페이는 바이크를 찾으러 갔다. 달리는 차 속에서 요코야마는 쥰페이의 담력을 거듭 칭송했지만, 그건 대화가 끊어지는 것이 두려워 같은 말을 하고 또 하는 것에 불과할 뿐으로, 그 말투엔 공포심마저 배어 있었다.

"놀라게 해서 미안해. 실은 우리 형님이 처분해 달라고 부탁한 권총이거든. 이 근처 강에 던져 버리려고 가져온 거야. 돌아가는 길에 버려야지."

"깜짝 놀랐어요. 무슨 영화 보는 것 같기도 하고요. 그런데 소리가 꽤 가볍던데요. 꼭 무슨 딱총 소리 같았어요."

"한번 쏴 볼래?"

"아, 아뇨. 됐습니다."

요코야마가 당황해서 고개를 젓는다. 좀 전의 쾌활함은 사라지고 없었다. 야쿠자로 변신한 과거 선배와 더는 엮이고 싶지 않은 건지도 몰랐다.

야스다 흥업에 가서 가와사키 Z400을 건네받았다. 연식은 오래됐지만, 개조한 흔적이 없고 타이어도 많이 닳지 않아 홈이 남아 있다. 몸체가 검은색인 것도 사람들 눈에 잘 띄지 않을 것 같아 좋았다.

"그럼 다음 주에 돌려주러 올게요."

쥰페이는 그렇게 거짓말을 했다. 미안하지만 사실대로 말할 수는 없다.

"다음에는 자고 가. 다른 OB들도 오라고 해서 옛날 얘기나 하자고."

사장이 쾌활하게 말했다.

"네, 그렇게 할게요."

"그래, 그럼 잘 가."

"네, 안녕히 계세요."

요코야마와도 거기서 헤어졌다. 분명 쥰페이가 간 뒤에 야스다 사장에게 좀 전에 목격했던 장면을 숨도 안 쉬고 얘기할 것이다.

헬멧을 쓰고 엔진에 시동을 건 후 가볍게 손을 들어 주고 나서 발진했다. 백미러에 배웅하는 두 사람 모습이 비쳤다.

이대로 고속도로에 올라 곧장 가부키초로 돌아갈까도 생각했다. 하지만 왠지 가슴 한구석이 찜찜했다. 엄마가 하고 있다는 술집을 밖에서라도 한번 보고 가기로 했다. 유일한 육친이지만 별로 만나고 싶지도 않고 살면서 생각해 본 적도 거의 없었다. 하지만 앞으로 몇 년을 감방에서 지낸다고 생각하니 잘 지내고 있는지 두 눈으로 확인하고 싶어졌다.

그 술집은 좁은 골목 안 오래된 술집 거리에 있었다. 정면의 폭이 3미터 정도밖에 안 되는 2층 건물로, 빨간 간판에 '아야노'라고 쓰여 있다. 이 근처 건물들은 대부분 주거 겸용인 듯, 올려다보니 집집마다 창문에 빨래가 널려 있다. 엄마도 이 건물 2층에 사는 걸까.

그런 생각을 하고 있는데 드르륵, 2층 창문이 열리더니 입에 담배를 문 남자가 얼굴을 내밀고 세탁물을 걷기 시작했다. 이 남자가 엄마와 결혼했다는 사람인가. 선 채로 바라보다가 남자와 눈이 마주쳤다.

"뭐야, 너. 왜 쳐다보고 있어?"

남자가 야쿠자처럼 위협적인 태도로 묻는다. 쥰페이를 그렇고 그런 애송이로 보고 무시하려는 것이다.

별로 상대하고 싶지 않아 돌아서 가는데 "여보, 누구한테 소리 지르는 거야?"라고 묻는 여자 목소리가 들렸다. 엄마다. 돌아보고 말았다. 머리에 헤어 롤을 잔뜩 만 엄마가 창문으로 얼굴을 내밀고 이쪽을 바라보고 있었다.

"쥰페이?"

얼빠진 목소리로 묻는다. 역시 자식은 한눈에 알아보는 모양이다. 몇 년 만에 본 엄마는 완전히 여자가 돼 있었다.

12

"너, 여긴 어떻게 알았니?"

엄마가 갑자기 의심스럽다는 투로 물었다. 예상치 못한 일이라 다른 할 말이 떠오르지 않았을 수도 있지만, 2년 만의 만남치고는 너무 냉랭했다.

"아니, 뭐, 후배한테 들었어."

쥰페이도 무뚝뚝한 말투로 대답했다. 개들이라도 떨어져 있던 어미와 새끼가 만나면 이보다는 다정한 몸짓을 보일 텐데. 쥰페이와 엄마 사이에는 거리가 좁아질 기미가 보이지 않는다.

"언제 왔는데?"

"얼마 안 됐어. ……나 도쿄 살아. 잠깐 볼일이 있어서 왔는데 이제 돌아갈 거야."

"그래……. 모처럼 왔는데 차라도 마시고 가."

"……그럼 그럴까?"

"그래, 잠깐 기다려. 문 열어 줄게."

엄마가 창문 안쪽으로 사라지자 좀 전의 남자가 교대하듯 고개를 내밀었다.

"자네가 아야노 아들이야? 아까는 소리 질러서 미안했네."

상냥하게 말하며 웃어 보인다. 아무리 봐도 제비풍의 중년이다.

'기둥서방 놈이.'

쥰페이는 그렇게 마음속으로 내뱉으며 남자를 무시했다. 엄마의 남자는 항상 이런 놈들뿐이다. '아야노'는 엄마가 술집에서 사용하던 몇 개의 이름 중 하나다. 엄마가 본명으로 불리는 건 주민 센터 창구에서뿐이다.

좀 있으니 1층 술집 문이 열렸다.

"들어와."

내부에는 낡은 카운터에 의자가 열 개 남짓 있고 천장에는 조악한 샹들리에가 매달려 있었다.

엄마는 쥰페이에게 의자에 앉으라고 권하고는 카운터 안으로 들어가 물을 끓이려고 했다.

"아, 차는 됐어."

"맞아, 아직 밖은 덥지. 콜라가 낫겠다."

그리고 엄마는 콜라 병과 얼음 담긴 컵을 쥰페이 앞에 내놓았다. 쥰페이는 잔에 콜라를 따르고, 뽀글뽀글 피어오르는 거품을 바라봤다.

"너, 요즘 무슨 일 하니?"

"여러 가지."

"여러 가지라니?"

"여러 가지가 여러 가지지, 뭐."

"그래, 알았다. 잘살고는 있는 것 같네."

엄마가 새삼스레 쥰페이를 바라봤다.

"키 컸니?"

"클 리가 있겠어. 벌써 스물하난데."

"그렇지? 그런데 왠지 큰 것 같아서."

그렇게 말해 놓고는 쓴웃음을 짓는다.

"그럼 말랐나?"

"마르지도 않았어."

"근데 왜 빰이 홀쭉해 보이지? ……맞다. 어릴 때 빰이 통통했던 게 기억에 남아 있어서 그런가 보다. 쥰페이도 이제 완전히 어른이구나. 여자한테 인기 많지?"

엄마는 전보다 목소리가 한결 탁해져 있었다. 담배 피우고 술 마시고 가끔 각성제도 하니 당연하다. 앞으로도 달라지지 않을 것이다.

"배 안 고파?"

"안 고파."

"떡 있는데, 먹을래?"

"싫어."

그런 식의 간단한 질문과 대답만 오갈 뿐 대화는 이어지지 않았다. 생각해 보면 어린 시절부터 엄마와 제대로 대화한 적이 없다. 집에 남자가 있을 때는 남자에게 착 달라붙어 쥰페이에겐 곁을 주지 않았다. 또 혼자일 때는 늘 화가 나 있어서 괜한 불똥이 튀지 않도록 몸을 사려야 했다.

서서히 어린 시절 기억이 떠올랐다. 초등학교에 들어갈 무렵이었다. 호스티스 일을 하던 엄마에게 남자가 생겨 영업이 끝나면 집으로 데려왔다. 만취한 엄마는 "나가 있어."라며 쥰페이를 베란다로 쫓아냈다. 아직 초봄이어서 몸이 얼어붙을 정도로 추웠다. 참다못한 쥰페이는 창문을 두드렸다.

"엄마, 추워. 들어갈래. 응? 들어갈래."

아무리 두드려도 반응이 없었다. 앞뒷집에도 들렸을 텐데 아무도 도와주러 오지 않았다.

"엄마, 들어가게 해 줘."

점점 목소리가 작아졌다. 더는 추위를 견딜 수 없게 되자 2층 베란다 난간을 넘어 바닥으로 뛰어내렸다. 위험하다는 건 알았지만 어쩔 수 없었다. 다행히 체중이 가벼운 데다 바닥이 습한 진흙이어서 다치진 않았다. 하지만 아무것도 신지 않은 발이 몹시 아팠다. 이를 악물고 울음을 참았다. 간신히 눈물이 들어가자 쥰페이는 어쩐지 자신을 칭찬하고 싶어졌다.

'나는 강한 남자야.'

제방 둑에 버려진 승용차가 몇 대 있다는 걸 알고 있던 어린 쥰페이는 거기까지 걸어가 차 속에서 밤을 지새웠다. 그때 쥰페이는 뭔가 좋은 걸 알게 됐다는 느낌이 들었다.

'앞으로 성장할 때마다 하나씩 하나씩 자유를 얻을 수 있다.'

그날 이후 그의 영혼은 떠돌이였다. 정해진 보금자리 따위, 없는 편이 마음 편했다. 초등학교에 들어간 이후로는 슬펐던 기억이 없다. 그 밑바탕에는 '철저한 포기'가 있었다. 절대로 사랑을 믿지 않게 되었다.

2층에서 남자가 내려왔다.

"파친코 좀 하고 올게."

슬리퍼를 끌며 집을 나갔다.

벽시계의 초침 소리가 들려왔다. 침묵이 길어지는 게 견디기 힘들었는지 엄마는 초조한 모습으로 담배를 피웠다.

"이 가게, 임대한 거야. 놀랄 정도로 싸."

엄마가 불쑥 그렇게 말했다.

"그래."

"경기가 안 좋아서 말이지. 우리 가게는 산토리 각 병이 4천 엔이야. 마시다 남으면 보관도 해 주고. 도쿄에선 생각도 못할 가격이지. 그렇게 안 하면 손님이 안 오니까. 어제저녁도 토요일인데 매상이 3만 엔밖에 안 되더라고. 문을 닫아야 하는 거 아닌가 싶을 정도야."

"아, 그래."

"그래서…… 돈이 없어, 엄마가."

엄마가 담배를 비벼 끄며 말했다.

"돈 달라고 안 그랬어."

"……그러네."

엄마가 시선을 떨어뜨리며 안도하는 표정을 짓는다.

2년 만에 찾아온 아들이 돈 달랠까 봐 경계했던 모양이다. '엄마답다.'며 속으로 쓴웃음을 지었다.

"갈게."

쥰페이가 일어났다. 숨 막히는 시간을 더는 참을 수 없었다.

"아, 그래."

엄마는 잡지 않았다.

배낭을 메고 밖으로 나왔다. 바이크를 세워 둔 곳으로 걸어가고 있는데 뒤에서 아스팔트를 두드리는 구두 굽 소리가 들렸다. 돌아보니 엄마가 달려오고 있었다.

"쥰페이, 미안해. 엄마가 아무것도 못 해 줘서."

숨을 몰아쉬며 느닷없이 그렇게 말한다. 그리고 꼬깃꼬깃 접은 만 엔짜리 지폐를 쥰페이의 손에 쥐여 줬다.

"이걸로 뭐라도 사."

"필요 없어."

돈을 돌려줬다.

"그러지 말고. 겨우 만 엔이야. 친구들하고 저녁이라도 먹어, 응? 받아 줘. 받아 줘."

엄마는 잠꼬대하듯 중얼거리며 쥰페이 손을 잡고 억지로 쥐여 줬다.

"그리고, 생각나면 또 들러."

"그래, 알았어."

마지막 말은 형식적인 인사일 뿐이다. 다시 오라니, 진심일 리 없다.

쥰페이는 엄마의 발을 내려다보며 대답했다. 발톱에 바른 빨간색 매니큐어가 독살스러워 보였다. 정강이에는 검버섯이 잔뜩 피어 있다. 이제 엄마도 젊지 않다.

발길을 돌려 걷기 시작했다. 다시는 만나지 말아야지, 다짐했다. 소년원에 들어가 있을 때조차 면회 한번 오지 않았던 엄마다.

별다른 미련은 없다. 내 인생은 늘 그랬다.

오토바이에 올라 헬멧을 썼다. 백미러를 본다. 엄마의 모습은 사라지고 없었다.

그때 휴대 전화 메시지 착신 음이 들렸다. 열어 보니 가나다.

하이~! 지금 뭐해? 나는 여성 전용 사우나에 늘어져 있어. 리사랑. 역시 이틀 밤 계속 노니까 피곤하네. 나도 이제 늙었나 봐. 그런데, 쥰페이의 게시판에 댓글이 잔뜩 올라왔어. 한번 봐. 밤에 다시 만나고 싶어. 답신 기다릴게.

'멍청한 년.'

쥰페이는 그렇게 욕했지만, 한편으로는 조금씩 애착을 느끼기 시작하고 있었다. 다양한 여자와 만나 봤지만 결국은 이런 멍청한 여자에게 정착할 것 같다는 생각이 든다. 가오리는 마음속의 여자에 불과하다. 물론 당분간 결혼은 생각도 못한다. 해야 할 일이 있고, 그 뒤에 어떻게 될지는 예상도 할 수 없다.

시동을 걸고 기어를 넣은 후 스로틀을 돌렸다. 손목시계를 본다. 오후 3시 조금 지났다. 쥰페이는 도쿄로 곧장 달렸다. 운명의 시간까지 이제 한나절밖에 안 남았다.

13

#154. 쥰페이 군, 보고 있겠지. 그렇다면 한마디 하겠네. 그만두게. 젊은 사람은 지금 이 순간이 세상의 전부라고 생각하겠지만, 남은 인생이 정말로 길다네. 형기를 마치고 사회로 복귀해 결혼하고 아이가 생겼을 때, 그 아이에게 뭐라고 할 건가? 아빠는 사람을 죽인 적이 있다고? 반드시 후회할 테니 그만두게. by 너보다는 어른.

#155. 하고 싶은 대로 하지그래. 아무도 당신 따위에게 흥미 없거든. 다들 시간 때우려고 댓글 올리는 거라고. by 무명씨.

#156. 쥰페이 군, 나이 좀 더 먹은 인간으로서 반대합니다. 댁의 오야붕은 분명 〈인의 없는 싸움〉이라는 영화에 나오는 가네코 노부오 같은 교활한 인간일 겁니다. 그런 인간은 젊은 똘마니 따위 장기판의 졸 정도로밖에 여기지 않습니다. 충의라는 건 오야붕이 내세우는 계략일 뿐입니다. 이용당하는 거예요. 도망치세요. 말단 조직원을 죽자고 찾지는 않을 겁니다. by 무명씨.

#157. 21세의 쥰페이 군이 앞으로 10년 동안 할 수 있는 것. 히치하이크로 세계 일주. 자전거로 세계 일주. 도보로 일본 일주. 선박 면허 따서 태평양 횡단. 등산가가 돼서 세계 3대 봉우리 등정. 권투 도장에 다녀서 프로가 되어 세계 챔피언 타이틀 따기. 좌익 활동가가 되어 혁명을 일으킨다. 책을 많이 읽어 작가가 된다. 극단에 들어가서 연기자가 된다. 예능 프로덕션 요시모토에 들어가 연예인이 된다. 포르노 배우가 돼서 1,000명의 여자와 섹스를 한다. 일식집에 들어가 초밥 장인이 된다. 중국집에 들어가 볶음밥의 명인이 된다. 목수가 되어 자신의 집을 짓는다. 연애를 하고 결혼해서 아이 둘 낳고 행복한 가정을 일군다……. 지금 생각을 바꾸면 여러 가지 일을 할 수 있을 것입니다. by 세계반점.

#158. 안녕, 쥰페이 님. 전직 야쿠자입니다. 또 글을 올립니다. 시험 사격은 해 봤나요? 아직이라면 서두르세요. 제가 시험 사격을 권하는 데에는 또 다른 이유가 있습니다. 심장을 쏜다고 해 놓고 어깨 같은 데를 쏴서 부상만 입히고 도망가도 되기 때문입니다. 그 경우 죄목은 상해죄나 살인 미수죄입니다. 형기는 2년 정도겠지요. 오야붕이 실패했다고 난리 칠지 모르지만, 당신은 어디까지나 심장을 노렸다고 우기면 되는 겁니다. 권총 탓으로 돌리는 거죠. 단, 현장에서 상대편에게

잡혀서는 안 됩니다. 3발 정도 쏜 후 얼른 튀세요. by 트럭남, 샛별.

#159. 쥰페이 군, 저는 당신과 같은 나이의 대학생입니다. 청춘을 당신처럼 보내고 있는 사람이 있다는 걸 알고 충격받았습니다. 저는 고민이라고 해 봤자 취업 활동과 동아리 내 인간관계 정도여서 뭐라 말할 입장은 아니지만, 제가 대학에서 전공하고 있는 비교문화론에 비춰 볼 때 섣부른 행동은 하지 않는 게 좋겠다고 생각합니다. 작은 사회 내의 가치관은 그곳을 벗어나면 무가치해지는 경우가 다반사이며, 그 사회의 가치관이라는 것도 일시적인 것에 불과할 가능성이 큽니다. 출소한 후 쥰페이 군의 뒤를 돌봐 줄 사람이 그 사회에서 이탈했다면 쥰페이 군이 한 일은 모조리 쓸데없어지는 겁니다. 보장이 없는 일은 해서는 안 됩니다. by 요쓰야 잔다르크.

#160. 쥰페이. 죽이고, 죽이고, 죽여 버려! 3명만 죽이면 사형 확정. 그걸로 이 세상과는 작별이지. 지옥의 종이 울리고 있네! by 지옥의 종.

#161. 쥰페이 군, 살인에 성공하면 시체 사진을 올려 주게.

피투성이 얼굴 사진 요망. 부탁드려요. by 네크로필리아 (Necrophilia. 시체 성애자-옮긴이).

#162. 쥰페이, 조직에서 손 씻고 나와. 자위대가 자네를 기다리고 있다. by 우국(憂國) 브러더.

#163. #160의 지옥의 종 님에게. 네! 살인 방조죄로 결정. 당신도 사이좋게 감방에 들어가 주세요. 바보들이 줄어들어 살기 편해지겠군. by 지옥의 변호사.

#164. 다들 한가하군. 쥰페이니 뭐니 어차피 가공의 인터넷 캐릭터일 텐데. by 고양이 볶음밥.

#165. #163 지옥의 변호사에게. 너, 죽여 버리겠어. 지옥의 종을 대신해 널 패 죽인다! by 한 시민.

#166. #164님에게. 쥰페이 군의 결행일이 월요일 새벽이니까 내일 중으로 뉴스에 나올 겁니다. 만약 '쥰페이'라는 이름이 보도된다면 당신은 인터넷에서 영원히 사라져 주세요. by 무명씨.

#167. 자위대라는 곳은 야쿠자 출신도 채용하는 건가? by 당사자(唐獅子) 베이비.

#168. 채용할 거예요. 군인들은 머리가 필요 없으니까. by 무명씨.

#169. 적어도 폭주족 출신들은 득실댈걸요. by 무명씨.

#170. #166에게. 그럼 뉴스에 이름이 안 나오면 네가 사라져라. 알았지? 반드시 사라져. by 고양이 볶음밥.

#171. 쥰페이 군에게. 바보들은 신경 쓰지 마세요. 나도 같은 21세니까 한마디만 할게요. 자신을 소중히. 한 번뿐인 20대입니다. by girl A.

#172. 난 어떤 의미에서 쥰페이 군이 부러워. 나는 3류 대학 출신의 파견 근로자로, 장래에 대한 희망 따윈 없어. 자동차 부품 공장 생산 라인에서 정사원과 똑같이 아침부터 밤까지 일하고도 연봉이 겨우 200만 엔 조금 넘는다고. 예금은 제로. 벌써 서른 살이 넘었고, 아마 결혼도 어려울 것 같아. 언제 잘릴지 불안해하면서 하루하루 일하고 있어. 집도 못 사서

월세를 전전하고, 겨우 입에 풀칠이나 하는 정도. 낙이라고는 파친코뿐. 그나마 파친코에서 돈을 잃으면 얼굴이 창백해 가지고 한동안 인스턴트라면으로 연명하고. 나의 인생이란 이런 것인가 생각하면 눈앞이 깜깜해져. 내게 주먹과 배짱이 있다면 야쿠자가 되고 싶어. 설사 감방에 들어가서 인생의 일부를 낭비하더라도 지금 내 인생보다는 훨씬 멋질 거야. 요즘 세상, 참 짜증 나지? by 파견.

#173. 자위대 출신 야쿠자 많은데. 하지만 그러면 뭐하겠어, 쓸모가 없는데. 헌법을 개정해서 전쟁이라도 일으켜 바보들에게도 활약할 장소를 제공해야 한다고. by 무명씨.

#174. #172 파견 씨는 도대체 뭐야? 짜증 난다고, 루저는. 불만만 늘어놓지 말고 내 자동차 부품이나 제대로 만들어. 불량품 만들지 말고. by 애차 렉서스.

#175. 나도 파견. 주먹만 세다면 야쿠자가 되고 싶어. by 무명씨.

#176. #174의 애차 렉서스 씨에게. 진지하게 고민하는 사람에게 이따위 댓글은 예의가 아니라고 생각합니다. 퇴장해

주세요. by 바다의 소녀.

#177. 나왔다, 바다의 소녀. 오키나와 바보. 아직도 있냐? by 남국 boy.

#178. 열심히 일해도 평균적인 삶이 보장되지 않는데 열심히 일하라고만 하는 건 노예를 대하는 태도와 같은 거 아닌가? 나 같으면 자본주의 사회의 노예가 될 바에야 무법자가 되겠어. 쥰페이 군, 당신이 하려는 건 레지스탕스라고 생각해. 주저하지 마. 쏴 버리라고. by 게바라.

#179. 당신도 퇴장해 주세요. by 바다의 소녀.

#180. #178의 게바라 님. 엄청난 비약입니다. 야쿠자가 되는 것이 레지스탕스일지는 몰라도 총알이 되는 것과는 다른 얘기입니다. 살인은 범죄라고요. by 폴리스.

#181. #180 폴리스 님아, 너 머리 나쁘지? 나는 전체적인 관점에서 얘기하는 거야. 미주알고주알 따지려거든 다른 곳으로 가. by 게바라.

#182. 쥰페이 군, 속세에서의 마지막 밤이네. 후회가 남지 않도록 마음껏 놀아 보게. 이미 결심한 거 아닌가? 말리지는 않겠네. by 건전한 시민.

#183. 다들 함부로 지껄이지 마. 살인이라고! 말리는 것이 상식 아닌가? by 규중처녀.

#184. 이 댓글의 발단은 접니다. 어젯밤을 쥰페이 군과 보낸 가나입니다. 아까부터 쥰페이에게 전화를 걸고 있는데 안 받네요. 연락되면 지금 어쩌고 있는지 알려 드리겠습니다. by 가나.

가부키초의 호텔에 돌아오니 오후 5시였다. 테이블에 고로가 남긴 메모가 있었다. '고마워. 또 봐.'라는 짧은 글이었다.

"또 봐?"

쥰페이는 그렇게 중얼거리더니 흥, 콧방귀를 뀌었다.

휴대 전화를 켜니 부재 수신 표시가 있었다. 오토바이를 타고 오는 동안 온 것이다. 가나가 걸어온 것이 여러 건. 그리고 조직 사무실. 그걸 본 순간 저절로 몸이 쭉 펴지며 차렷 자세가 됐다. 서둘러 전화를 거니 전화 당번인 안도가 받는다.

"사카모토인데, 전화했어?"

"응. 아까 오야붕이랑 형님들이 골프 끝나고 가는 길에 사무실에 들렀는데, 사카모토 너를 부르라 그러더라고. 전화를 안 받는다고 했더니, 연락되면 얼굴 보이라고 전하래. 지금 카사블랑카에서 커피 마시고들 있어."

"무슨 일인데?"

"무슨 일이 있는 게 아니라 그냥 확인하는 거 아닐까? 네가 마지막 순간에 겁먹고 도망갈까 봐서 걱정하나 보지, 오야붕이."

안도의 놀리는 듯한 말투에 쥰페이는 발끈했다.

"야 이 새끼야, 내가 도망을 왜 가냐? 이미 권총도 구했고, 현장 답사도 했다고. 내일 새벽에 당길 거야."

"왜 나한테 화를 내? 하여간 오야붕 만나서 안심시켜."

"웃기고 있네. 날 못 믿겠다는 거야?"

"나한테 그래 봤자 소용없다니까. 싫으면 기타지마 형님한테 대신 말해 달라고 하면 되잖아. 걱정 안 해도 된다고."

"싫어. 형님에게 누를 끼치는 건 싫어."

"그럼 빨리 와. 지금 어디야?"

"신주쿠 프린스."

"바로 옆이잖아. 가면 용돈도 줄 텐데."

"내가 애냐!"

화를 내며 전화를 끊었지만 오야붕의 말을 거스를 수는 없다. 쥰페이는 마지못해 가기로 했다.

오야붕 하야다는 묘하게 걱정하는 습성이 있었다. 야쿠자 주제에 걸핏하면 건강 진단을 받고, 의사의 충고도 엄격히 지켰다. 국민 연금에도 가입했다는 소문이다.

5분 정도 걸어 간부들이 자주 이용하는 카페 카사블랑카로 갔다. 벽 쪽에 오야붕이 앉아 있고 형님들이 주위를 둘러싸고 있었다. 주의 깊은 건지 겁쟁이인지, 오야붕은 보디가드 없이는 사우나에도 안 간다.

"안녕하십니까. 사카모토 왔습니다."

쥰페이가 오야붕 앞으로 가서 차렷 자세로 인사했다.

"아, 미안해. 쉬고 있는데 불러서."

오야붕이 얼굴에 미소를 지었다. 평소 같지 않게 말투도 온화하다.

"너, 준비 다 됐지?"

옆에서 넘버 투가 묻는다.

"네. 마쓰자카파 야자와의 실물을 봐 뒀습니다. 시골에서 권총 시험 사격도 하고요."

"그래? 기대했던 대로구먼. 잘할 걸로 믿네."

오야붕이 매우 좋아하며 지갑을 꺼내더니 만 엔짜리 지폐 한 장을 테이블 위에 놓는다.

"이걸로 맛있는 거라도 사 먹어."

"넵, 감사합니다."

대답은 그렇게 했지만 쥰페이는 속으로 '겨우 만 엔?'이라고 중얼거렸다.

잘 보니 오야붕 옆에 처음 보는 중년 남자가 있었다. 인상과 풍채로 미루어 동종 업계 사람이다.

"다카하시 회장님, 이 녀석이 이번에 마쓰자카파의 빚을 돌려받을 우리 쪽 젊은이입니다."

오야붕이 쥰페이를 턱으로 가리키며 말했다.

"그렇습니까. 하야다 씨 쪽에는 이런 기세등등한 젊은이도 있군요. 부럽습니다."

다카하시 회장이라고 불린 남자가 야쿠자 특유의 으르대는 듯한 투로 말하며 쥰페이를 올려다본다.

"무슨 말씀을. 우리야 불면 날아갈 조그만 조직이지요."

"앞으로 커질 겁니다. 중요한 건 이름을 드높이는 거예요."

"맞습니다. 그래서 말인데, 회장님께서 본가 쪽에 말씀 좀……."

"오야붕께 불쑥 말씀드리기는 어렵겠지만 직계 측근한테라면……."

"물론이지요. 부디 잘 부탁드리겠습니다."

쥰페이는 그대로 계속 서 있었다. 졸병은 존재감이 제로다.

2인자가 일어나 쥰페이를 다른 곳으로 끌고 가더니 "너, 알아들었지? 오야붕이 창피당하지 않도록 명심해."라고 속삭였다.

"네, 물론입니다."

"어떻게 하는지는 알지? 쏘고 바로 도망가. 절대 현장에서 잡히지 말라고. 권총도 현장에 남기지 말고. 출두하는 건 한 나절 지났을 때가 좋고. 출두할 곳은 신주쿠 경찰서. 권총은 거기서 경찰에 넘겨. 휴대 전화는 부숴서 버리고. 통화 기록을 경찰이 조사하지 못하도록 말이야. 알았어?"

"네."

"그리고 사람 정확히 확인하고. 우리 목표는 야자와라고."

"현장 답사했을 때 얼굴을 정확히 확인했습니다."

"그래? 이렇게 생겼나?"

그러면서 손가락을 쭉 펴서 이마와 머리카락 경계선에 댄다.

"네, 그랬습니다."

"으하하하. 그럼 확실하군. 알았지? 작살내는 건 그놈 한 명이야. 다른 인간은 쏘면 안 돼. 균형이 안 맞으면 다음엔 또 우리가 당하니까."

"알겠습니다."

"그리고, 말할 필요도 없겠지만, 입이 찢어져도 조직이 지시했다고 불면 안 돼. 이름 좀 날려 보려고 그랬다고 그러라고. 경찰이 어르고 협박하겠지만 귀 막고 버텨야 돼. 경찰은 금방 포기하게 돼 있어. 저쪽도 이런 일 허다하게 겪었으니까. 변호사 대 줄게."

"네."

"그런데 기타지마 만났나?"

"어제, 잠시……."

"무슨 말 안 해?"

"아니요. 별 얘기……."

"솔직히 말해 봐."

그러면서 주먹으로 쥰페이의 가슴을 쿡 찌른다.

"……평생 보살펴 주시겠다고."

"흥, 기타지마답군."

넘버 투가 코웃음 쳤다.

"너, 배신하면 안 돼."

"물론입니다."

"배신했다가는……."

"배신, 절대 안 합니다."

목소리에 힘을 주어 대답했다. 한편으로 이건 아닌데, 라는 생각이 들었다. 기타지마라면 이럴 때 "믿는다."고 뜨겁게 말해 준다.

넘버 투가 지갑을 꺼내 2만 엔을 줬다. 그리고 "우리 오야붕은 구두쇠야."라고 속삭이더니 어깨를 흔들며 웃었다.

"그럼 가 봐. 남자가 돼서 돌아와."

그러면서 등을 툭툭 두드린다.

찻집을 나왔다. 뒤쪽에서 오야붕들이 웃는 소리가 들려온다. 모종의 거래가 이루어지고 있고 자신은 장기판의 졸에 불과하다는 사실을 알 것 같다.

일요일 저녁의 가부키초는 젊은이들로 넘쳐 났다. 걷다 보니 좀 서글프다는 생각이 들었다. 좀 더 따뜻하게 격려 받고 좀 더 고맙다는 말을 듣고 싶은데. 헛된 바람일 뿐이겠지. 괜스레 누구라도 만나고 싶어졌다.

그때 휴대 전화가 울렸다. 가나였다.

"있잖아, 있잖아, 쥰페이. 지금 어디야?"

여전히 에너지 충만이다.

"가부키초."

"댓글 봤어? 엄청나게 달렸어. 다들 쥰페이를 걱정하고 있어."

"나를 안주 삼아 제멋대로들 놀고 있더군."

쥰페이가 얼굴을 찌푸리며 내뱉었다.

"여전히 할 생각이야, 총알이라는 거?"

"당연하지. 이제 와서 없었던 일로 하라는 거야?"

"오키나와로 도망가면 어떨까? 좋은 곳 같던데."

"말도 안 되는 소리 마. 나 안 도망가. 죽이고 경찰에 자수할 거라고."

"그게 아니라, 죽이기 전에 말이야."

"글쎄 안 도망친다니까!"

"알았어. 그럼 다음 질문. 권총 시험 사격은 해 봤어?"

"그건 또 왜?"

"아이, 가르쳐 줘."

"했어. 오늘 히가시마쓰야마에서."

"흠……, 그렇구나. 알았어. 그건 그렇고, 오늘 밤 만나고 싶어. 9시쯤 만날 수 있어? 나랑 리사는 헌팅당해서 요코하마에 와 있어. 이제 돌아갈 거야."

어처구니가 없어 말이 나오지 않았다. 말없이 한숨을 쉬자 가나는 동의한 걸로 알았는지 "그럼 다시 전화할게. 댓글, 마저 읽어 봐."라고 말하고 전화를 끊었다.

어찌 됐건 대화 상대는 찾았다. 마지막 밤, 혼자 보내지 않아도 될 것 같다.

14

#211. 가나입니다. 좀 전에 쥰페이랑 통화했습니다. 쥰페

이는 도망갈 생각이 없는 것 같습니다. 권총 시험 사격도 했대요. 9시쯤 만나기로 했으니까 다시 한 번 얘기를 잘 들어 볼게요~. by 가나.

#212. 폴리스 공에게. 당신, 완전 바보네. 몇 번 얘기해야 알겠어. 총알이라는 행위까지 포함한 모든 게 레지스탕스라는 말이야. 멍청한 놈들을 상대하는 건 정말이지 피곤해. by 게바라.

#213. 가나 씨, 대체 이 일이 어디서 벌어지는 거지? 도쿄? 오사카? 아니면 오키나와? 오키나와라면 웃기는 거야. 오키나와 주민이 오키나와로 도망치다니. 으하하하하. by 무명씨.

#214. 도쿄예요. by 가나.

#215. 도쿄 어디죠? 가메이도 같은 데면 웃길 텐데. by 세타가야 주민.

#216. 게바라 님, 권력자에게 한 방 먹이는 거라면 모를까, 야쿠자 항쟁에서 사람을 죽이는 게 어떻게 레지스탕스인가

요? 당신은 아무것도 제대로 대답을 못했습니다. 당신, 욱하는 타입인 것 같은데, 퇴장했으면 합니다. by 폴리스.

#217. #215 세타가야 주민에게. 가메이도라면 왜 웃기는 거죠? 가메이도 차별? 이런 발언, 수준이 너무 떨어져요. 도대체 세타가야의 어디가 그렇게 대단한 건지. 2차 대전 전에는 허허벌판이었는데. by 무명씨.

#218. 가메이도가 자식 학교 급식비 안 내는 부모가 수두룩하다는 그 마을인가? by 무명씨.

#219. 가나입니다. 지명을 밝히기는 좀 그렇고요, 일본 최고의 환락가로 유명한 거리입니다. by 가나.

#220. 그렇다면 가부키초밖에 없잖아. by 남국 boy.

#221. #218에게. 그건 아다치 얘기죠. 가메이도는 좋은 사람들이 사는 좋은 동네예요. by 무명씨.

#222. 그래도 세타가야 쪽 땅값이 비싸지. 흐흐흐. by 세타가야 주민.

#223. 아, 싫다, 수준 낮은 인간은. by 무명씨.

#224. 오늘 밤 다들 쥰페이 군을 말리러 가지 않을래요? 여긴 사이타마입니다만, 지금 떠나면 그때까지 가부키초에 도착할 수 있습니다. by 교섭인.

#225. 폴리스 공에게. 너 완전 짜증 나는 놈이야. 친구 없지? by 게바라.

#226. #224의 교섭인 님. 저도 쥰페이 군 마음을 돌리러 가겠습니다. 가나 씨, 좀 더 자세한 정보를 주세요. by 바다의 소녀.

#227. 쥰페이 군을 말리러 가부키초로 간다고? 상대는 야쿠자야. 도대체 무슨 생각들을 하고 있는 거야? by 무명씨.

호텔로 돌아온 쥰페이는 침대에 대자로 누워 창밖을 바라봤다. 서쪽 하늘이 오렌지 빛으로 물든 가운데 니시 신주쿠의 고층 빌딩들이 무표정하게 하늘을 향해 치솟아 있다.

잠시 후 권총을 닦기 위해 배낭에서 꺼내는데 낡은 책자가 툭, 떨어졌다.

“아, 맞다! 영감탱이를 깜빡했네.”

사이토 료우의 『녹우경어』라는 책이다. 페이지를 쓱쓱 넘겨 봤다. 한자에 히라카나로 음이 달려 있어 읽을 수는 있지만 고어가 많아 무슨 뜻인지 아리송하다.

생각건대 친자형제(親子兄弟)는 기호(記號)일 뿐. 인의충효(仁義忠孝)는 기계(器械)일 뿐.

‘뭐야, 이거. 무슨 말이야!’

쥰페이는 죄 없는 책에 대고 화를 냈다.

仁義라는 아는 한자가 있기에 읽어 본 것인데 전혀 이해가 안 된다. 배운다는 것은 대체 무엇일까. 왜 신은 사람의 두뇌에 이렇게 큰 차이를 둔 것일까. 키 차이는 기껏해야 20퍼센트 내외인데 두뇌 능력의 차이는 100배 이상 되는 것 같다. 이렇게 불공평한 일이 도대체 왜 일어나는 것일까.

사람은 죽이는 것보다 죽임을 당하는 것이 더 어렵다. 죽이는 것보다 죽임을 당하는 데에 더 자격이 필요하기 때문이다. 죽임을 당하고 싶은데 죽임을 당하지 못한다면, 바라건대 죽이지 말기를. 죽이지 않고 죽임을 당하지도 않는 것도 보통 사람으로서는 보람 있음에 틀림없다.

"이 자식, 발음 연습시키는 거야, 뭐야."

마음을 가라앉히고 다시 한 번 읽어 본다.

사람은 죽이는 것보다 죽임을 당하는 것이 더 어렵다.

"도대체 무슨 뜻이야."

살인을 앞둔 쥰페이의 입장에선 묘하게 신경이 쓰이는 말이다.

'이러니까 멍청한 놈은 불편한 거야.'

책을 집어던져 버리고 벌렁 누워서 뒤척이다가 눈을 감았다. 자, 마지막 밤이다. 무얼 하며 보낼 것인가.

뽀송뽀송한 이불의 감촉이 기분 좋았다. 감방에서는 어떤 이불을 덮을까. 설마 깃이불은 아니겠지.

슬슬 저녁 먹을 시간이다. 배는 고픈데 딱히 먹고 싶은 게 없다. 그동안 아무거나 대충 먹는 데 익숙해져 있어서다.

메시지 착신 음이 울렸다. 열어 보니 신야가 보낸 것이다. 여자 얼굴 사진이 첨부돼 있었다.

'내 여자여. 웃어 주라.'

신야 말대로 뻐드렁니는 뻐드렁니인데 애교 있는 뻐드렁니다. 해달을 닮았다. 방금 찍은 듯한데, 두 사람이 사진 찍는 과정을 생각하니 쓴웃음이 나왔다.

'이 여자랑 밥 먹고 나서 가부키초로 간다. 전화할게.'

마음이 따스해진다. 혼자가 아니다.

쥰페이는 침대에서 벌떡 일어났다. 저녁 먹기 전에 한 건 해결하자. 영감탱이를 이소에파로부터 구출해 내는 거다.

책임감을 느낄 정도는 아니었다. 그보다 『녹우경어』에 나오는 그 한 문장이 대체 무슨 뜻인지 설명을 듣고 싶었다. 영감에게는 설명할 의무가 있다.

야구 점퍼에 팔을 꿰고 배낭에 권총과 책을 넣어 등에 멨다. 지금부터 이소에파 사무실로 쳐들어간다. 전혀 두렵지는 않았다. 지금 거기서 잡히거나 죽임을 당하면 안 되는 입장이지만, 왠지 잘될 것 같다. 근거 없는 낙관이 흘러넘쳤다.

창 앞에 서서 야경을 향해 중국 권법의 호흡법 흉내를 냈다. 그러자 온몸에 기가 충만해지고 배틀 게임의 캐릭터가 된 듯한 기분이 든다. 머리를 매만지고 성큼 방을 나섰다.

가부키초 거리 모퉁이에서 젊은 삐끼에게 물었다.

"야, 이소에파가 나를 찾고 다닌다며?"

"그거, 어제부터 그랬어요."

"오늘은?"

"두어 시간 전에도 왔었어요. 하야다파 사카모토 쥰페이를 못 찾으면 형님한테서 벼락 떨어진다면서 잔뜩 찡그리고 다니더라고요."

"흠, 고생들 하는군."

아무래도 조직 차원에서 일제히 쥰페이를 찾아 나선 모양이다. 다른 조직 똘마니한테 당하면 그 어떤 야쿠자라도 속이 뒤틀리겠지.

'자, 영감을 어떻게 구출한다?'

분명 조직 사무실에 감금되어 있을 테니 직접 쳐들어가서 데리고 나오는 건 불가능하다. 아무리 권총이 있다 해도 이쪽은 혼자다. 뒤에서 누가 찌르기라도 하면 그걸로 끝이다. 그렇다면 저쪽에서 나오도록 만드는 게 최선인데…….

쥰페이는 일단 이소에파 사무실에 염탐을 가기로 했다. 어느 건물인지는 아는데 몇 층인지는 모른다.

가부키초의 야쿠자 조직 사무실들은 동네 규모와 부동산 사정 때문에 서로 사이가 좋건 나쁘건 오월동주 신세가 불가피하다. 건물 하나에 조직 사무실 2개와 우익 단체 사무실 1개가 공존하는 경우가 드물지 않다. 하야다파와 이소에파만 해도 사무실 직선거리가 100여 미터에 불과하다.

코마 극장에서 북쪽으로 쭉 가서 낡은 상가 건물이 늘어선 지역으로 들어갔다. 행인과 네온사인의 수가 급격히 줄고 번화가의 소음마저 멀찍이 물러나는 곳이다.

이소에파가 입주한 빌딩까지 갔다. 사람이 아무도 없을 때를 틈타 입구에 있는 안내판에서 방 호수를 확인했다. 204호실이다. 다시 밖으로 나와 건물 옆면을 올려다봤다. 일요일 밤이라서 불이 들어와 있는 방은 2층 구석에 하나뿐이다. 저기가 틀림없을 것이다. 옆 빌딩과는 1미터 정도밖에 떨어져 있지 않았다.

일단 건물 안으로 들어가 보기로 했다. 상황이 어떤지 미리 파악해 둬야 한다. 까치발을 하고 살금살금 계단을 올라갔다. 그리고 건물 바깥쪽으로 난 복도를 따라 맨 끝까지 가서 낡은 철제문 앞에 섰다. 머리 위에 '이소에파'라고 쓰인 요란한 간판이 걸려 있고 그 위에 방범 카메라가 설치돼 있었다. 카메라의 사각지대를 찾아 벽에 붙어 섰다. 만일의 경우 여기서 그대로 밖으로 뛰어내려 도망가면 된다.

안에서 남자 목소리가 들렸다. 소리가 울리는 정도로 판단하건대 좁은 사무실인 듯하다. 그런데 그 말투가 세상 돌아가는 얘기도, 고통을 호소하는 신음 소리도, 협박하는 고함 소리도 아니고 뭔가 설명회라도 열린 느낌이다. 숨죽이고 문에 귀를 댔다.

"……따라서 혁명 초기에 폭력의 물결이 급속히 높아졌지만, 그건 한편으로 혁명을 완수하기 위해 필요한 것으로 이해할 수 있지. 하지만 전례가 없는 과격함으로 치달은 결과 자기 억제에 실패해 겨우 자유를 쟁취했지만 얄궂게도 공포 정치로 귀결되고 마는 사태를 초래했어요. 즉, 인류는 역사의 과오에서 교훈을 얻음으로써 진보한다고 이해해 주기 바랍니다."

영감 목소리였다. 쥰페이는 미간을 찌푸리며 고개를 갸웃했다.

"그럼 선생, 혁명이 일어나면 야쿠자는 어떤 행동을 취해야 하지?"

다른 남자 목소리다. 혹시 저번의 그 염소수염?

"좋은 질문이에요. 거기에는 두 가지 길이 있겠지. 하나는 권력과 거리를 두고 인민의 중재자 역할을 하는 것. 다른 하나는 권력에 아부하며 이권을 확보하는 것. 다만 후자는 위험이 따릅니다. 권력자가 실각하면 일련탁생(一蓮托生. 죽은 뒤 극락정토에서 같은 연꽃 위에 다시 태어난다는 뜻으로 운명을 함께함을 이르는 말-옮긴이)이니까요."

"선생, 그거 선거랑 똑같네."

"역시 날카로워요. 간부는 다르네. 머리 회전이 빨라."

"아니, 뭐, 그 정도는 아니지만…… 으하하하."

"야쿠자가 번성하는 건 일당 독재 시기뿐입니다. 그건 역사가 증명합니다."

"그럼 안 좋네, 요즘 시대는."

"그래요."

뭘 하고 있는 거야, 저 영감탱이. 작살나고 있을 줄 알았는데 야쿠자를 상대로 강의를 하다니……. 쥰페이는 얼굴을 찡그리며 복도를 빠져나왔다.

일단 건물 밖으로 나와서 팔짱을 끼고 생각해 봤다. 그냥 놔둬도 될 것 같다. 적어도 위험을 무릅쓰고 구출해야 할 상황은 아니다.

생각이 정리되지 않아 건물 주위를 한 바퀴 돌았다. 옆 건물은 폐쇄된 철거 대상 빌딩, 뒤쪽은 코인 주차장이다. 가부키초의 북쪽 절반은 이가 빠진 것처럼 빈 터가 군데군데 있고, 그 대부분이 임시 주차장으로 사용되고 있었다. 가부키초도 내리막을 걷고 있는 것이다.

앞에서 남자 한 명이 걸어왔다. 잘 보니 신주쿠 경찰서의 야마다였다. 쥰페이는 다급히 주차장에 몸을 숨겼다. 등에 멘 배낭에 권총이 들어 있다. 걸리면 끝장이다.

야마다는 많이 취했는지 산보하듯 천천히 걸어왔다.

'일요일인데 저렇게 갈 데가 없나.'

불쌍한 생각이 들었다. 이 형사와는 입장만 다를 뿐 서로 같은 인종인지도 모른다.

야마다가 주차장 앞에서 걸음을 멈췄다. 가슴이 쿵 내려앉았다. 들켰나?

"우우~."

야마다가 개처럼 으르렁거리더니 전신주에 소변을 보기 시작한다. 주르륵주르륵 소리가 들렸다.

쥰페이는 차 뒤에 숨어 그 모습을 보며 탄식했다. 정말 변변치 못한 형사다.

그러다가 문득 시선을 옆으로 돌리자 20미터쯤 떨어진 곳에 남자 두 명이 서 있었다. 잘 보니 어제 그 블루종과 선글라스 2인조다. 골든 스트리트에서 자신을 두들겨 팼던 생활 안전과 형사들. 야마다를 미행 중인 모양이다. 경찰들도 참 고생이 많다.

그때 쥰페이 머릿속에 아이디어 하나가 번뜩 스쳤다. 어제 저 두 형사에게는 자신이 이소에파라고 거짓 신분을 알려 줬다. 그 이소에파 사무실이 바로 옆이고 그 안에는 니시오 영감이 있다.

야마다가 소변을 다 본 후 다시 걷기 시작했다. 2인조도 거리를 두고 그 뒤를 쫓는다.

쥰페이는 주위를 둘러봤다. 철조망에 색싯집 광고판이 철사로 묶여 있는 것이 보였다. 철사를 풀고 광고판을 손에 들었다. 사람 머리를 내리치기에 딱 좋은 모양과 크기다.

소리 없이 뒤에서 따라붙었다. 갑자기 땀이 솟아 등줄기를 타고 흘러내렸다. 길모퉁이를 돌 때쯤 그들을 따라잡았다. 미행하는 인간은 자신이 미행당하고 있으리라고는 꿈에도 생각하지 못하기 때문에 완전 무방비 상태나 다름없다.

"에잇!"

될 대로 되라. 뒤에서 두 사람의 머리를 내리쳤다. 사람 머리가 합판에 맞으니 의외로 좋은 소리가 난다. 두 사람은 손으로 머리를 감싸며 경악한 표정으로 돌아봤다.

"너, 너, 너……."

그러나 두 사람 다 말이 나오지 않았다. 한 사람은 넋이 나간 표정으로 땅바닥에 주저앉는다.

"야, 이 악덕 형사 놈들아! 어제 당한 빚이다. 죄 없는 시민을 건드려? 고소하지 않은 걸 다행으로 생각해!"

쥰페이가 고함을 지르자 두 사람은 그제야 정신이 돌아오는 듯, 쥰페이의 얼굴과 그가 들고 있는 광고판을 번갈아 쳐다본다.

"너는…… 이소에파 똘마니라는……. 이거 야마다의 계략이지!"

블루종이 고함쳤다.

'아, 그렇게 추리할 수도 있겠군.'

정작 야마다는 등 뒤에서 무슨 일이 일어나고 있는지 알아차리지 못한 채 길모퉁이를 돌고 있었다.

"불만 있으면 야마다 씨한테 말하라고!"

쥰페이는 한술 더 떠 그렇게 내뱉고 돌아서서 뛰기 시작했다.

"야! 너 안 서! 상해 및 공무 집행 방해로 체포한다!"

두 사람이 기를 쓰고 쫓아왔다. 쥰페이가 길가에 세워져 있는 자전거를 밀어 넘어뜨리자 운동 신경이 둔한지 두 형사는 보기 좋게 걸려 넘어졌다.

"야, 이 자식아!"

형사들 머리에서 김이 뿜어져 올라올 듯했다.

쥰페이는 이소에파 사무실이 있는 빌딩으로 뛰어 들어가 허둥지둥 계단을 올라갔다. 두 사람도 그를 뒤쫓아 빌딩으로 들어온다. 2층 바깥 복도를 달려 이소에파 사무실 문 앞까지 가서는 난간을 훌쩍 넘어 아래로 뛰어내렸다. 그리고 옆 빌딩과의 틈새에 숨어 숨을 죽였다.

두 형사가 계단을 달려 올라오더니 멧돼지마냥 복도 끝까지 돌진해 이소에파 사무실 문을 미친 듯이 두드려 댔다.

"야! 문 열어!"

쥰페이는 느닷없는 소리에 놀라고 있을 이소에파 인간들의 모습을 상상해 봤다. 필시 그들은 다른 조직의 급습을 떠올리고 있을 것이다.

두 사람은 계속 문을 두드리고 발로 찼다. 완전히 꼭지가 돌아 버린 듯, 고래고래 고함을 질렀다. 잠시 후 인터폰에서 소리가 들렸다.

"너희들 누구야!"

누가 야쿠자 아니랄까 봐 그들도 지지 않고 소리쳤다.

"경찰이다. 신주쿠 경찰서. 이 자식들, 형사를 갖고 놀다니 작살날 줄 알아!"

"경찰?"

인터폰이 끊겼다.

"빨리 열어, 문 부수기 전에!"

"경찰이면 영장을 내놔!"

"시끄러워! 어디서 주워들은 걸 가지고 입을 나불대!"

두 형사는 극도로 흥분해서 철문이 움푹 팰 정도로 계속 걷어찼다.

과연 이소에파가 어떻게 나올까. 영감을 감금하고 있으니 그들로서도 쉽게 문을 열어 줄 상황이 아니다. 필시 그들은 영감을 납치 감금하고 있는 것 때문에 경찰이 찾아왔으리라고 생각할 것이다. 엄청 당황하고 있겠지.

10초 정도 후, 문 잠금장치를 푸는 소리가 들렸다. 쥰페이는 벽에 바짝 붙어 귀를 기울였다.

"신분증!"

안에서 나온 남자가 낮은 소리로 요구한다.

"이 자식들아! 신주쿠 경찰서 생활 안전과야. 형님들 얼굴 정도는 기억하고 있어야지!"

"생안이 무슨 일로?"

"아까 그 젊은 놈 나오라 그래!"

"아까 그 젊은 놈이라니, 무슨 얘긴지……."

"시치미 떼지 마! 아까 저 길에서 우리를 덮쳤던 똘마니 말이야!"

그러면서 두 사람이 문을 확 잡아당겼다. 체인이 걸려 있어 캉, 캉, 하고 소리가 울려 퍼졌다.

쥰페이는 몸을 낮추고 건물 뒤로 돌아갔다. 이소에파 녀석들이 도망갈 곳은 창문 베란다밖에 없다. 위를 올려다보니 마침 이소에파 사무실 창문이 열리고 누군가 베란다로 나오는 중이었다. 니시오 영감이었다. 젊은 놈 하나도 뒤따라 나온다.

"이봐, 여기야."

쥰페이가 목소리를 죽여 가며 불렀다.

"영감, 뛰어내려! 내가 받아 줄게."

"어! 자네는……."

영감이 깜짝 놀란다. 젊은 녀석은 뭐가 어떻게 돌아가는지 전혀 모르는 듯했다.

"서둘러. 경찰이 곧 들이닥칠 거야."

"네, 죄송합니다."

젊은 녀석이 그렇게 대답한다. 도와주러 온 사람으로 착각한 모양이다. 고마운 오해다.

영감이 난간을 타고 넘었다. 젊은 녀석이 엉덩이를 밀어 올리며 그를 도왔다.

"이봐, 여기 너무 높아. 뛰어내리다가 다치겠어."

영감이 겁을 냈다.

"그럼 주차돼 있는 자동차 지붕으로 뛰어내려!"

다급해진 쥰페이가 소리를 질렀다.

영감이 공중으로 몸을 날렸다. 그런데 하필이면 신형 벤츠 지붕 위로 쿵, 엉덩이부터 떨어졌다. 철판이 움푹 패고 말았다.

"아이고, 아야. 허리를 부딪쳤어."

"빨리 내려와!"

쥰페이는 영감을 자동차 지붕에서 끌어내렸다.

"그래, 잘했어."

베란다에 있는 녀석에게 그렇게 말하며 손을 들어 줬다.

"감사합니다."

젊은 녀석이 머리를 숙였다.

조금 있으면 놈들은 대체 무슨 일이 일어난 거냐며 큰 혼란에 빠질 게 분명하다. 그걸 생각하자 슬그머니 웃음이 삐져나왔다.

"영감, 뛰어!"

"허리 아파."

"참아!"

영감의 등을 밀치며 가부키초 거리를 달렸다. 이걸로 마음의 짐도 모두 덜었다.

15

영감이 하도 숨을 헐떡거려서 일단 하야다파 사무실로 피신시키기로 했다. 신주쿠 경찰서의 두 형사나 이소에파 녀석들 모두 혼란에 빠져 있을 테니 당분간은 쥰페이가 저지른 짓이라는 게 들통 나지 않을 것이다.

가부키초를 3분 정도 달려 사무실에 도착했다. 들어가 보니 당번인 안도가 혼자 소파에 누워 텔레비전을 보고 있었다.

"아이고, 죽겠다. 물 좀 줘."

영감이 할딱거리며 말했다.

"냉장고 안에 있으니까 알아서 꺼내 마셔."

쥰페이가 턱으로 냉장고를 가리켰다.

영감이 냉장고를 열고 안을 둘러본다.

"야! 이런 데 맥주가 있다니. 게다가 시원하기까지 하고 말이야."

쥰페이가 돌아봤을 때는 이미 맥주를 꺼내 뚜껑을 따는 중이었다.

"누구야, 저 할아버지는?"

안도가 멍한 눈으로 묻는다. 쥰페이는 안도가 약을 했음을 직감했다.

"그냥 좀 아는 사이."

그러면서 테이블로 눈을 돌린 쥰페이는 얼굴을 찡그렸다. 약을 흡입했다는 걸 보여 주는 파라핀 종이와 빨대가 놓여 있었던 것이다. 소파에 앉으며 안도에게 물었다.

"뭐 한 거야?"

"코카인. 흑인 판매상한테 좀 얻었어."

"너, 형님들한테 걸리면 작살이야."

"형님들이 없으니까 한 거지. 뭐야, 너 지금 형님들한테 고해바치기라도 하겠다는 거야?"

안도는 주눅 드는 기색이라고는 없었다. 반소매 밑으로 드러난 문신을 북북 긁어 댔다.

"안 해. 좀 있으면 사라질 몸인데 무슨."

"그래, 너도 참 더럽게 걸렸어."

안도가 입 꼬리를 올리며 희미하게 웃는다.

"그게 무슨 말이야? 나는 내 의지로 하는 거야. 출소했을 때는 기타지마 형님도 일가를 이루었을 테니 나는 기타지마파의 2인자가 되는 거라고."

쥰페이는 기분이 언짢아 쏘아붙였다.

"헤헤, 순진한 녀석. 너, 기타지마 형님을 너무 과대평가하는 거 아냐?"

"뭐야? 이 자식이! 형님을 나쁘게 말하는 놈은 형제라도 용서 못해."

"저 말이지, 너 너무 모르는데, 네가 총알이 되는 대신 기타지마 형님이 독립을 허락받은 거라고. 그건 말이지 한마디로, 네가 형님과 오야붕 간의 거래를 위한 재료에 불과하다는 거야. 내 말이 틀려?"

그 말을 듣는 순간 피가 머리로 솟구쳤다. 동시에 떠오르는 것이 있었다. 어제쯤부터 가부키초에서 기타지마가 독립한다는 소문이 나돌기 시작했다. 그게 그 얘긴가?

"야, 나 그 말 그냥 넘길 수 없어. 어디서 들은 거야?"

물론 믿고 싶지 않았다.

"우리 형님이 말해 줬어. 기타지마도 참 못할 짓을 한다 그러더라고. 오야붕이 차일피일 미루면서 독립을 안 시켜 주니까 쥰페이라는 카드를 희생양으로 내밀었다고. 너, 끽해야 감방에 차입해 주는 횟수가 느는 정도일걸."

"거짓말 마, 이 자식아. 너, 나랑 형님의 관계가 질투 나서 그런 말도 안 되는 소릴 하는 거지?"

"흥, 정말 순진한 녀석일세."

"너, 아까 한 말 취소해!"

쥰페이가 벌떡 일어서며 안도의 멱살을 끌어당겼다.

"이거 놔. 왜 나한테 화풀이야."

"거짓말이야. 기타지마 형님이 나를 팔아넘길 리 없어."

"그럼 왜 기타지마 형님은 네가 총알이 되겠다고 했을 때 쉽게 허락했을까? 마쓰자카파 간부를 제거한다는 건 오야붕이 본가한테 점수를 따겠다는 얘기잖아. 너는 이중으로 이용된 희생양이라고."

쥰페이는 안도를 소파로 밀어 넘어뜨리고 배낭에서 권총을 꺼냈다.

"취소해. 지금 한 말 취소해! 안 그러면 쏴 버리겠어."

진짜로 쏴 버리고 싶었다. 죽이진 않더라도 한바탕 난리를 피우지 않으면 마음이 진정될 것 같지 않았다.

"너도 참 복잡한 놈이야. 쏘고 싶으면 쏴."

안도는 약에 취해서인지 겁도 없이 말을 내뱉었다.

"취소해. 빨리 취소해!"

쥰페이는 안도를 걷어차며 고래고래 소리 질렀다. 분노의 수위가 단번에 하늘 끝까지 치솟았다.

"이봐, 사카모토 군! 좀 진정하게."

뒤에서 맥주를 마시던 영감이 그를 말렸다.

"시끄러워. 입 닥쳐!"

"그 권총 진짜가? 그럼 어디 나도 한번……."

"닥치라고 했잖아!"

테이블을 발로 차 쓰러뜨렸다.

"쥰페이, 아주 힘이 넘치는구나. 넌 대체 뭘 믿고 살아가냐?"

안도가 소파에 몸을 기댄 채 말했다. 죽은 사람처럼 힘이 하나도 없어 보인다.

"야, 웃기는 소리 말고 취소하라고!"

"나 말이지, 야쿠자 세계를 동경해서 여기까지 왔지만, 요즘 들어 모든 게 시들해져 버렸어. 손가락을 자르고서라도 손 씻고 싶어."

"그럼 빨리 자르든지! 아니, 내가 잘라 줄까?"

"그렇게 화내지 마. 나, 아버지가 없잖아. 그래서 오야붕이나 형님들을 가족처럼 모셔 왔고, 어떻게든 도움을 주려고 애썼어. 그런데 우리 같은 똘마니들은 어차피 장기의 말에 불과하다는 걸 깨닫고 말았어. 충의를 다한다고 인정받는 게 아니야. 요즘의 야쿠자는 머리 좋고 돈 잘 버는 놈들만 대접받고 우리같이 싸움밖에 할 줄 모르는 인간들은 막 쓰이기나 할 뿐이야. 일반인들보다 훨씬 심한 격차 사회가 된 거지. 이번엔 쥰페이가 총알로 지명됐지만, 만일 우리 형님이 독립하고 싶어 했다면 내가 떼밀려 나갔을지도 몰라. 나도 처음에는 네가 총알로 지명돼서 질투도 났어. 왜 내가 아니고 널까. 하지만 뒷얘기를 알게 되자 모든 의욕이 사라져 버렸어."

"그래서 뭐야. 너 지금 날 동정하는 거냐?"

"그런 게 아니야. 넌 과연 뭘 의지하며 살아왔는지 궁금해서. 너, 외롭지 않니? 난 외로워. 이렇게 일요일 밤에 혼자 사무실이나 지키고, 얘기 나눌 상대도 없고. 뭐랄까, 뿌리 없는 잡초 같다는 생각이 들어."

"거참, 말 많네. 칙칙한 얘기 그만 해. 나도 뿌리 없는 잡초긴 마찬가지야. 사는 데 의지할 거라곤 아무것도 없다고."

"그래서 이렇게 아무렇지도 않은 거야?"

"애면글면해 봐야 어차피 내 손안에 들어오지 않을 건 어쩔 수 없잖아!"

"소리 지르지 마. 귀 아프다."

"너, 일단 취소해. 기타지마 형님이 날 팔았다는 말 취소하라고!"

그렇게 외치는 쥰페이의 가슴에 먹먹함이 퍼지기 시작했다. 울고 싶어졌다. 만약 안도의 말이 사실이라면 기타지마 형님은 왜 쥰페이에게 의논하지 않았을까. "네가 감방에 가주면 나는 오야붕의 허락을 받아 독립할 수 있다"고. 그랬더라도 쥰페이는 기꺼이 총알이 됐을 텐데.

"취소 안 해. 사실이니까."

"취소해."

"싫어. 쏘려면 쏴. 나는 죽어서 천국에 갈 테니까."

안도의 눈은 완전히 풀려 있었다. 초점 없는 시선이 허공을 떠다녔다.

"더러운 놈. 약 따위에나 의지하고. 나는 마지막 밤인데 술 한잔 못 했다고."

"그럼 남은 코카인 너 줄게. 질이 꽤 좋은 거야."

안도가 셔츠 주머니에서 작은 봉지를 꺼내서 "자." 하며 팔랑팔랑 흔들었다.

쥰페이는 저도 모르게 손을 내밀었다.

16

코카인이 든 종이 꾸러미를 주머니에 쑤셔 넣고 쥰페이는 사무실을 나왔다. 안도에게 들은 얘기 때문에 그는 소금을 뒤집어쓴 달팽이처럼 풀이 죽어 있었다. 몸에서 힘이란 힘은 모조리 빠져나간 느낌이었다. 기타지마를 만나 확인하고 싶지만 그럴 용기도 없었다.

"이봐, 사카모토 군. 어디 가는 거야?"

뒤에서 니시오 영감이 캔 맥주를 한 손에 들고 쫓아왔다. 대답할 기력조차 없다.

"여기서 얼쩡거리면 안 좋지 않을까? 이소에파도 지금쯤은 상황 파악이 됐을 테니 죽자고 쫓아올 텐데."

그러고서 쥰페이는 길가의 '급전 대출' 입간판을 괜스레 걷어찼다. 도미노처럼 간판 3개가 연달아 넘어졌다. 길고양이가 놀라 달아난다.

"슬슬 저녁 먹을 시간인데 어디서 배라도 채우는 게 어떨까?"

"시끄러워."

단호한 말투로 딱 자르고 정처 없이 걸음을 내디뎠다. 식욕이 없었다. 속세에서의 마지막 만찬인데.

"와! 저기 맛있어 보이는 불고기 집이 있네. 사카모토 군, 갈비에 생맥주는 어때?"

"시끄럽다고 했잖아!"

쥰페이가 뒤돌아보며 소리쳤다.

"고기는 어제저녁에도 먹었다고. 그저께 저녁에도!"

"젊은 사람이야 얼마든지 또 먹을 수 있잖아. 나는 고기 안 먹은 지 오래됐어. 어쩌면 다시는 못 먹을지도 모르고."

"무전취식이 특기 아냐?"

"고기는 혼자 먹으면 맛이 없어."

"배부른 소리 하네."

"난 지금 고기가 먹고 싶어. 몸이 동물성 지방을 원하는 건 오랜만이야. 자네는 잘 모르겠지만, 나이를 먹으면 몸이 기름진 걸 받아들이지 않는다고."

"그래서?"

"먹고 싶어진 지금 이 순간을 놓친다는 건 너무도 아까운 일이라는 거지."

"그게 나랑 무슨 상관인데?"

"그러지 말고. 아까 사무실에서 들으니 자네, 총알이 된다던데."

"영감이랑 관계없는 일이야."

"이미 한배를 탄 처지라고. 내 상담 좀 해 주지. 고기나 먹으면서."

소리를 지르려고 돌아보니 영감은 불고기 집 앞에 서서 부모에게 조르는 아이처럼 진열장을 들여다보고 있었다. 한숨이 나왔다.

쥰페이는 하는 수 없이 불고기 집으로 들어가기로 했다. 식욕은 없지만 목이 말랐다. 자리에 앉고 싶기도 하다. 그리고 무엇보다도 마음을 좀 가라앉히고 싶다.

안으로 들어가니 에어컨 바람이 피부를 찌르는 듯한 느낌이 들었다. 그제야 쥰페이는 자신이 땀에 젖어 있다는 사실을 깨달았다. 종업원의 안내로 빈 테이블을 찾아 앉았다. 여기저기서 한국말이 오가고, 손님들은 일요일의 만찬을 즐기고 있다.

고기 주문은 영감한테 맡기고 쥰페이는 생맥주를 마셨다. 이게 마지막인가 생각하니 쓴맛이 입천장에 스며든다. 담배에 불을 붙이고 의자 깊숙이 몸을 묻었다. 감기라도 걸린 것처럼 온몸이 뜨겁다.

"사카모토 군, 이 집 육회 맛있는데."

영감이 눈을 가늘게 뜨며 말한다.

"시끄러워. 입 닥치고 먹어."

"대화하면서 먹어야 맛있다고. 근데 사카모토 군, 아까 한 얘기 말인데, 총알이 된다는 거, 상대 폭력단의 누군가를 죽인다는 거지?"

"맞아. 내일 새벽에 나, 사람을 죽일 거야."

"그래서 권총을 가지고 있는 거야?"

영감이 옆에 놓인 배낭을 턱으로 가리켰다.

"아님 뭐겠어. 내가 총 수집가도 아니고."

"그럼 가능하면 실패하지 않아야겠군."

말릴 줄 알았더니……. 쥰페이는 맥이 빠져 버렸다.

종업원이 갈비가 담긴 접시를 가져왔다. 영감이 갈비를 석쇠에 올렸다. 슈웃, 맛있는 소리가 난다.

"사람 목숨을 쓸데없이 중시할 필요는 없어. 게다가 죄 없는 보통 사람을 죽이는 것도 아니고. 그렇지?"

"맞아, 저쪽도 야쿠자야."

"그럼 피차 각오하고 있겠군."

그리고 영감은 갈비를 입안 가득 넣었다. 말에 왠지 모를 설득력이 있다.

"맛있네, 갈비. 이게 몇 년 만이야. 이봐, 사카모토 군. 철창 안으로 들어가면 이런 거 앞으로 몇 년은 못 먹을걸."

영감이 젓가락으로 고기를 들어 흔들어 댄다.

"이런, 제길."

쥰페이는 혀를 차며 갈비에 젓가락을 내밀었다. 혀에 닿는 양념 맛이 달짝지근하다. 3일 연속인데도 맛있다.

"아, 맞아! 영감한테 묻고 싶은 게 있었어."

쥰페이는 배낭에서 사이토 료우의 책을 꺼내 접어 둔 페이지를 펼치고서 영감에게 내밀었다.

"여기 쓰여 있는 거, 무슨 뜻이야?"

"어디, 어디……."

영감이 주머니에서 돋보기안경을 꺼내 코에 얹고 낭독하기 시작했다.

"사람은 죽이는 것보다 죽임을 당하는 것이 더 어렵다. 죽이는 것보다 죽임을 당하는 데 더 자격이 필요하기 때문이다. 죽임을 당하고 싶은데 죽임을 당하지 못한다면, 바라건대 죽이지 말기를. 죽이지 않고 죽임을 당하지도 않는 것도 보통 사람으로서는 보람 있음에 틀림없다……. 사카모토 군, 이 경구에 흥미를 느끼나?"

"흥미까지는 아니고. 죽인다느니 죽임을 당한다느니, 살벌

한 말들이 쓰여 있어서."

"쉽게 말하면, 살인 청부업자보다 그에게 죽임을 당하는 사람의 가치가 더 높다는 뜻이야."

"엉? 그럼 내가 아래란 말이야? 왜 그런데?"

쥰페이는 기분이 나빠 저도 모르게 말투가 거칠어졌다.

"그렇잖아. 보복을 하건 전쟁을 일으키건, 가치 없는 인간을 죽일 필요가 뭐가 있겠어. 자네가 죽이려는 인간이 자네보다 격이 낮은 인간이라면 죽이는 의미가 없지. 자네들 세계는 세력의 균형에 따라 움직이지 않나?"

쥰페이는 말문이 막혔다. 동시에 가슴속에 불쾌감이 가득 차올랐다. 숨을 거칠게 몰아쉬다가 종업원을 불러 "이봐, 여기 곱창 좀 줘. 그리고 생맥주 한잔 더!"라고 화내듯 말했다

"곱창 좋지. 노인은 좀 씹기 힘들지만, 자네와 만난 걸 기념하는 의미에서 나도 먹어 볼래."

영감은 그렇게 말하고 히죽 웃더니 말을 계속했다.

"예를 들어 '나 죽여라' 하고 큰대 자로 눕는 녀석들, 그런 녀석들은 자신이 죽임을 당할 만큼의 가치가 없다는 걸 알고 있어. 상대도 내심 '이런 놈을 죽여서 뭐하겠어.'라고 생각하고. 진정으로 가치 있는 인간은 그런 식으로 나오지 않아. 아무도 의지하려 들지 않는 가치 낮은 인간이나 그러는 거지."

쥰페이는 사흘 전 일이 떠올랐다. 자신은 이소에파에게 정

신없이 얻어맞으면서 "야, 죽여!"라고 고함치고 큰대 자로 누웠다. 그 생각을 하니 얼굴이 뜨거워졌다. 자신이 걸핏하면 사생결단하고 덤벼들었던 것은 잃을 게 없었기 때문이었던 것이다. 기타지마는 싸움을 시작할 때 항상 어떻게 끝낼 것인지를 계산해 두고 있었다. 그에 비해 자신은 무조건 붙고 볼 뿐이다. 한마디로 총알에 딱 맞는 존재인 것이다.

"젊은이가 죽음을 두려워하지 않는 건 인생을 모르기 때문이야. 모른다는 건 없는 것과 마찬가지니까 아깝다고 생각하지도 않지. 내 아이를 안아 보는 감동도, 큰일을 성취한 기쁨도, 부모의 임종을 지키는 슬픔도, 오랜 벗과 밤새 얘기하는 정겨움도 경험한 적이 없으니까 '지금 모든 것이 활활 타 버려도 상관없다.'고 아무렇지도 않게 얘기하지. 정말이지 젊은이는 우둔한 생물이야. 더 큰 문제는, 젊었을 때는 젊음의 가치를 모른다는 거지. 건강의 가치는 병에 걸리고 나서야 알 수 있듯, 젊음의 가치는 나이를 먹지 않으면 몰라. 정말로 신은 짓궂은 존재야."

평소라면 도무지 종잡을 수 없는 어려운 얘기였겠지만 오늘은 귀에 쏙쏙 들어온다. 한마디 한마디에 쥰페이의 마음은 바람에 나부끼는 벼 이삭처럼 싸르락거렸다.

쥰페이는 왠지 모르게 자포자기의 심정이 되어 종업원이 들고 온 곱창을 있는 대로 석쇠에 올려놓고 닥치는 대로 먹었다.

"이봐, 아직 안 익었잖아. 곱창은 제대로 익어서 기름이 빠진 다음에 먹어야지."

"참견 마. 난 못 기다려."

"그래? 그럼 맘대로 하든지. 젊다는 건 참 문제야. 성공 체험이 적으니까 기다릴 줄을 몰라요. 당장 눈앞의 일밖에 안 보이고 기다림 뒤에 뭐가 있는지를 모르지. 아아, 청춘은 참 골치 아파. 되돌아가래도 난 못할 것 같아."

"거참, 시끄럽네. 입 다물고 먹어!"

"대화하면서 먹으면 더 맛있다니까 그러네."

영감이 불쾌한 얼굴로 말한다. 어느새 만취 상태였다.

사실 쥰페이는 고기보다 흰쌀밥이 먹고 싶었다. 형무소 밥은 보리가 섞여 나온다고 한다. 쥰페이는 보리밥보다 쌀밥이 좋았다. 밥을 큰 공기로 주문했다. 그리고 시계를 보니 오후 8시. 이제 몇 시간 안 남았다.

"이봐, 여기 석쇠도 바꿔 줘. 그리고 갈비 상등품 추가."

"나는 로스."

영감이 손을 들며 말한다. 이제는 대꾸하기조차 귀찮다. 아무 말 않고 먹기에 전념했다. 조금 전까지 식욕이 없었다는 게 거짓말인 양 고기가 술술 넘어간다.

"그런데 말이지…… 이대로 도망가면 어떻게 되나?"

"다른 조직원에게 본을 보이기 위해서라도 어떻게든 찾아

내서 요절을 내겠지."

"그래? 야쿠자 노릇도 이만저만 힘든 게 아니군."

영감이 눈썹을 모으고 잠시 생각에 잠기더니 다시 입을 열었다.

"아까는 내가 실수하지 말라고 했지만, 가슴 말고 딴 데를 쏘면 안 될까?"

"왜?"

"죽여야 할 정도로 대단한 놈도 아니잖아. 일본의 인구 감소를 막는 데 기여하는 셈 치고."

쥰페이는 밥을 계속 입속에 밀어 넣으며 말했다.

"그건 안 되지, 내 체면도 있는데."

그리고 또 우적우적 씹는다.

"그래, 좋아. 나는 자네의 운을 믿네."

"무슨 뜻이야?"

"아냐. 신경 쓰지 마."

그리고 영감은 염소처럼 상추를 사각사각 베어 먹기 시작했다.

그건 그렇고, 왜 나는 이런 밤에 이 노인과 함께 앉아 밥을 먹고 있는 걸까.

한국말이 난무하는 고기 집에서 쥰페이는 현실감을 찾느라 애를 먹고 있었다.

식당을 나와 영감과는 헤어졌다. 발로 차서라도 떼어 내려고 생각하고 있는데 "마지막 밤을 나 같은 늙은이하고 보내면 안 되지."라며 알아서 물러났다. 가면서 "또 만났으면 좋겠네."라고 하기에 "그럼 오래 살든지."라고 해 줬다.

혼자 걷다가 코마 극장 광장에 다다랐을 때 갑자기 생각이 나서 휴대 전화로 인터넷 게시판을 열어 봤다. 거사가 임박해서인지 댓글의 수가 엄청났다.

#245. 시간이 다가오는군. 기대되네. 신문 읽기가 이렇게 즐거운 적은 처음이야. 화끈하게 3명 정도는 죽여야지. by 킬러 퀸.

#246. 그 순간을 동영상으로 찍어서 올려 줘요. 삭제되기 전에 제가 재빨리 복사해 전 세계로 퍼뜨려 드리겠습니다. by 무명씨.

#247. 쥰페이 군, 마지막 밤이죠? 공짜로 해 드릴 테니까 이리로 전화해요. 090-×××-××××. by 모나리자.

#248. 쥰페이 님, 신초 출판의 후지모토라고 합니다. 거사에 성공하면 우리 출판사에서 수기를 출판할 수 있도록 해 주

십시오. 어느 형무소로 가시더라도 꼭 찾아뵙겠습니다. by 후지모토.

#249. 쥰페이 씨, 나는 중학교 2학년 여학생입니다. 사람을 죽이는 건 좋지 않다고 생각합니다. 누구에게나 살 권리가 있기 때문입니다. 살생이 허용되는 경우는 먹기 위해 죽였을 때뿐입니다. 그러니 죽였다면 먹어 주세요. by 돌고래, 중학교 2학년 A반.

#250. 쥰페이 군, 엉뚱한 사람 죽이지 않도록 주의하세요. 타깃은 확실히 확인했나요? 세상에는 얼굴이 꼭 닮은 사람이 최소한 3명 있다고 합니다. 자, 슬슬 불안하시죠? by 무명씨.

#251. #249의 돌고래 씨, 그 코멘트 정말 마음에 들어. by 무명씨.

#252. 쥰페이 군, 설득 부대는 어떻게 돼 가고 있나요? 저도 참가하고 싶은데. 도쿄 아사가야에 사니 바로 가겠습니다. by 3류 사립대생.

#253. 쥰페이 군의 얼굴도 시간도 장소도 모르는데 어떻게

모인다는 건가. 모두들 고독을 달래려는 것뿐이지? by 4류 사립대생.

#254. 가나 씨가 보내올 정보를 기다리죠. 저도 가겠습니다. by 바다의 소녀.

#255. 경찰에 신고하면 어떨까요? 가부키초는 신주쿠 경찰서 관할이죠? 경찰이라면 정보를 갖고 있을 거고, 사전에 막을 수 있을지도. by 일류 재수생.

#256. 그럼 당신이 직접 신고하면 되잖아. by 무명씨.

#257. 경찰은 움직이지 않아. 학교를 폭파한다든가 하는 예고에는 신경질적으로 반응하지만 야쿠자끼리 싸우는 건 맘대로 하라는 입장일 거야. by 심야의 형사.

#258. 가나입니다. 잠시 후 가부키초로 돌아갑니다. 쥰페이 군을 만날 겁니다. 전할 말씀 있으시면 지금 접수하겠습니다. by 가나.

쥰페이가 미간을 찌푸렸다. '가나'라니, 그 가나인가? 대체 나를 두고 인터넷 게시판에서 무슨 짓들을 하는 거야. 설득 부대는 또 뭐고.

#259. 여러분, 일요일 밤의 심심풀이로 딱이군요. 쥰페이라는 젊은 야쿠자를 설득하려 하다니 대단한 양심들이십니다. 하지만 말이죠, 왠지 위에서 내려다보는 듯한 시선이군요. 결국 우월감에 빠지고 싶으신 것 아닌가요? by 한가한 사람.

#260. 쥰페이인가 뭔가, 실제로는 없다니까 그러시네. 전부 가나라는 여자가 지어 낸 얘기예요. 여러분, 왜 그렇게 쉽게 넘어가는 거죠? by 무명씨.

#261. 가나라는 분, 실제로는 남자일 거야. 가슴 떨리네. by 무명씨.

#262. 가나가 북한 공작원이라는 설도 있음. by 외무성.

#263. #259의 한가한 사람에게. 위에서 내려다보는 시선이란 게 도대체 무슨 말이죠? 적어도 저는 같은 눈높이에서 쥰페이 군을 바라보고 있습니다. 진심으로 그를 구해 주고 싶어요. 그것뿐입니다. by 바다의 소녀.

#264. 가나 씨, 결행 장소와 시간을 꼭 알아내 주십시오. 모두들 그곳으로 갑시다. by 교섭인.

#265. 바다의 소녀, 끈덕지네. '구해 주고 싶다'는 말 자체가 위에서 내려다보는 시선이야. 이 여자, 학교나 직장에서도 성가시게 굴겠네. 그냥 죽어 버려. by 남국 boy.

#266. 남국 boy, 너야말로 성가신 놈이다. 심성이 썩었어. 불쌍한 놈. by 무명씨

#267. 가나가 우주인이라는 설도 있음. by 울트라맨.

#268. ↑ 재미없어. by 울트라 세븐.

#269. 참가자가 늘어서 그런지 장난 댓글도 늘어난 것 같습니다. 여러분, 진지하게 생각합시다. 21세의 한 젊은이가 살인을 저지르려 하고 있습니다. 가능한 모든 방법을 동원해 멈추게 하는 것이 인간의 도리 아니겠습니까. 농담은 자제해 주세요. by 무명씨.

#270. #269에게. 그럼 네가 마이크 들고 "쥰페이 군, 다시

생각해요."라고 꽥꽥 소리 지르면서 가부키초를 돌아다니지 그래. 폼 잡지 말라고. 참고로 나는 오사카에 살고 있기 때문에 강 건너 불 구경이나 할 생각이야. 재미있는 결말 기대할게. by 오사카의 아이.

#271. 쥰페이 군에게. 이 댓글 읽고 있다면 당신도 글을 올려 주세요. 지금 심경이 어떻습니까? 마음 바꿀 생각 없나요? by 무명씨.

쥰페이는 휴대 전화를 쥔 채 잠시 그대로 서 있었다. 답을 해 줄까. 문장을 생각해 봤다.

'나를 안주 삼아 신 나셨네 다들! 하지만 내 마음은 안 바뀔 거야.'

하지만 그건 생각일 뿐, 올리지는 않기로 했다. 한가한 인터넷 오타쿠들에게 씹을 거리나 제공하고 싶지는 않다.

건조한 밤바람이 불어온다. 일요일 밤이어서 평소보다는 행인이 적다. 길 막다른 곳에서 회오리로 변한 바람에 분홍색 전단지가 하늘로 날려 빙글빙글 돈다.

기타지마 형님 목소리가 미치도록 듣고 싶어졌다. 안도가 한 말이 마음에 걸려서다. 제발 형님이 아니라고 해 줬으면.

"내가 그따위 짓을 할 것 같아? 너 이 자식, 나를 의심했단 말이야!"

평소처럼 그렇게 호통 쳐 준다면 가슴 터질 듯한 행복을 느끼며 무릎 꿇고 엎드려 사죄하는 거다.

휴대 전화 화면에 기타지마의 번호를 띄웠다. 통화 버튼만 누르면 기타지마의 평소 그 목소리를 들을 수 있다. 심호흡을 한 번 했다. 속세에 미련을 남기지 말자. 버튼을 눌렀다. '뚜—' 하는 전자음이 가느다랗게 울린다. 기타지마는 금방 전화를 받았다.

"오오, 쥰페이! 무슨 일 있나?"

밝고 상냥한 목소리다.

"아, 아닙니다. 별일 없습니다."

긴장해서 혀가 꼬였다.

"그, 그러니까, 저…… 내일 새벽에 제대로 당기고 오겠습니다. 형님은 아무 걱정 마십시오."

"걱정 같은 거 하지도 않아. 너는 결정적인 순간에 더 간이 커지는 사내야. 나는 그걸 잘 알고 있지. 그래도 무리하지는 마라. 쏘는 건 한 사람으로 충분하다. 일 마치면 즉시 튀고."

"알겠습니다. 감사합니다."

"너, 지금 누구하고 있어?"

"여자하고 있습니다."

거짓말을 했다.

"그거 좋아. 호텔은 바꿨나?"

"신주쿠 프린스 스위트룸에 묵고 있습니다."

"하하하. 멋지군. 마지막 밤이다. 야경도 보면서 그녀와 잘 보내라."

"감사합니다."

"할 말은 그것뿐인가?"

"그렇습니다."

물어보려는 마음은 이미 사라지고 없었다. 신뢰를 깨고 싶지 않았고, 목소리를 듣다 보니 뭔가가 충족됐다.

"쥰페이, 미안하다. 네가 감방에서 고생하는 동안 나는 반드시 멋진 형이 될 테니 기다려라."

"기다리겠습니다."

"그럼."

"네."

전화를 끊었다. 이제 어찌 된 사정이건 상관없다. 내가 믿는 게 진실이다.

목소리를 듣고 싶은 사람이 하나 더 생각났다. '백조의 호수'의 댄서 가오리. 그것만 마치면 속세와 안녕이다.

쥰페이는 천천히 걷기 시작했다.

일요일에는 평소보다 쇼가 일찍 시작된다. 쥰페이가 옆문으로 들어갔을 때는 이미 두 번째 쇼가 막바지에 접어들고 있었다. 하도 드나들다 보니 얼핏만 봐도 공연이 어디까지 와 있는지 알 수 있다.

모닝재킷에 망사 타이츠 차림의 가오리가 실크해트와 지팡이를 소도구로 춤추고 있었다. 쥰페이는 벽에 기대어 차분한 마음으로 바라봤다. 안고 싶다거나 키스하고 싶은 욕망은 이제 없다. 자신과는 완전히 다른 청춘을 가는 그녀를 두 눈에 새겨 두고 싶을 뿐이다.

스테이지는 이윽고 피날레로 접어들어 댄서들이 나란히 서서 박수갈채를 받고 있었다. 가오리는 맨 앞줄 중앙에서 눈부신 미소를 보여 주고 있다.

쥰페이는 대기실 입구에 서서 돌아오는 댄서들에게 말을 걸었다.

"어이, 캐서린. 즐거웠어. 고마워."

"어머, 쥰 짱. 이소에파랑은 어떻게 됐어? 다들 걱정하고 있어."

"다 해결됐어. 혼내 줬으니까 다시는 안 올 거야."

"정말이야? 내가 부탁한 일이라 책임감이 느껴져서 말이지."

"그럼, 정말이지. 걔네들, 복수하고 싶어도 못할 거야."

"왜?"

“뭐, 그렇게 됐어.”

“있잖아, 히로미 보증금 돌려받았으니까 보답도 할 겸 다음 주에 다 같이 밥 먹자.”

“거, 좋지. 맛있는 거 사.”

“불고기 어때?”

“좋지.”

“그럼 날짜 정해서 연락할게.”

캐서린이 그 굵은 팔로 쥰페이를 껴안고 뺨에 키스했다. 전 같으면 몸을 비틀며 피했을 쥰페이가 가만있자 캐서린이 의외라는 듯 몸을 뗐다.

“왜 그래, 피곤해?”

얼굴을 들여다보며 묻는다.

“응, 조금.”

“그럼 안 되지. 내일부터 새로운 한 주가 시작되는데. 오늘 밤은 푹 쉬어.”

“그래, 알았어.”

그 순간 가오리가 두 사람 앞을 지나갔다.

“저, 잠깐 시간 좀 내 줄 수 있어?”

허세 부리지 않고 자연스럽게 말을 걸 수 있었다.

“무슨 일인데요?”

가오리는 늘 그렇듯 긴장하는 기색이었다. 야쿠자랑 가까워지고 싶지 않을 테니 당연하다.

"가오리는 장래의 꿈이 뭐지? 말해 줄 수 있어?"

"꿈? 내 꿈?"

가오리가 '무슨 소리지?' 하는 표정을 지으며 입을 다문다.

"그래. 영원히 가부키초에 있을 건 아니잖아."

"그야 그렇지만……. 그건 알아서 뭐하게요?"

"그냥 알고 싶어. 가오리처럼 좋은 여자에게는 어떤 꿈이 있는지."

"좋은 여자라니, 너무 과대평가하는……."

"말해 줘."

그러자 가오리의 표정이 진지해졌다.

"사람들한테 말한 적은 없지만, 3년 내에 뉴욕 브로드웨이 무대에 도전하고 싶어요."

가오리가 부끄러운 듯 말꼬리를 흐리며 대답했다.

"뉴욕이라……. 그래, 본고장이지. 나 같은 놈도 그 정도는 알아. 그래, 이뤄지면 좋겠네. 나, 뒤에서 응원할게."

"정말? 아, 좋아라."

가오리의 표정이 밝아진다. 그러자 그녀는 눈 속의 다람쥐처럼 귀엽고 따뜻했다.

"그럼, 파이팅."

"고마워요. 그런데 무슨 일 있어?"

"일은 무슨."

"왠지 쥰페이 씨 오늘, 작별 인사라도 하러 온 것 같아."

"왜 그렇게 생각하지?"

"새삼스러운 걸 물어보고 그러니까요."

"좋잖아, 가끔은."

"그럼 쥰페이 씨 꿈은?"

"없어."

"없다고?"

"그러니까 이러고 사는 거지."

"이제부터라도 찾아봐요."

"알았어. 찾아볼게."

더 얘기하다간 쓸데없는 욕망이 뿜어져 나올 것 같아 쥰페이는 발길을 돌렸다. 이걸로 충분하다. 아쉬움은 없다.

애당초 쥰페이에게 세상은 낙원이 아니었다. 인생이 희망으로 가득 찬 적도 없었다. 그럼에도 온갖 곡절을 겪으며 21년을 살아왔고 셀 수 없을 정도로 많이 웃었다. 앞으로 10년쯤 감방에서 산다 한들 그게 무슨 대수랴.

백조의 호수를 나오는데 휴대 전화가 울렸다. 신야였다.

"늦어서 미안. 지금 가부키초에 도착했어. 너 어디냐?"

"풍림 회관 바로 앞."

"금방 갈게. 기다려라."

퐁, 퐁, 말을 쏟아 놓고는 일방적으로 전화를 끊는다.

통화 종료 버튼을 누르는데 다시 전화벨이 울렸다. 이번엔 가나다.

"야호~, 쥰페이. 나 돌아왔어. 지금 어디야?"

"풍림 회관 앞."

"어머, 그래? 마침 그 근처 클럽에서 올나이트 파티가 있어. 같이 가자. 데리러 갈게."

"그보다, 너……."

인터넷 게시판 건으로 한마디 하려는데 전화가 끊겼다.

쥰페이는 휴대 전화를 주머니에 넣고 한숨을 푹 쉬었다. 담배에 불을 붙이고 밤하늘을 향해 연기를 내뿜는다. 일요일 밤인데 주변은 온통 카바레 호객꾼들뿐이다.

17

먼저 도착한 건 신야였다. 술을 마셔서 얼굴이 붉고 목소리가 커져 있었다.

"어이, 형제. 이쪽하고는 할 일을 다 했는가? 아직이면 나는 그냥 갈 것이고."

새끼손가락을 추켜세우고 개처럼 눈을 가늘게 뜬다.

"만나고 왔으니까 신경 안 써도 돼. 여자한테는 말 안 했어. 울고불고하면 귀찮잖아."

쥰페이는 손가락으로 코 밑을 긁적이며 그렇게 대답했다. 거짓말도 하면 는다.

"대단해, 쥰페이는. 나도 닮고 싶어."

그리고 신야는 손에 들고 있던 종이봉투에서 거무칙칙한 조끼 같은 걸 꺼냈다.

"이거 너 주려고. 그래서 다시 온 거여."

받아 들어 보니 묵직했다.

"방인(防刃) 조끼. 방탄조끼였으면 더 좋았겠지만. 그래도 몸을 보호하는 데 도움이 될 거여. 우리 오야붕은 말이지, 조직의 젊은 놈이 출입처에서 찔려 죽었을 때 자기 돈으로 이걸 사서 조직원 모두에게 나눠 줬어. '니들, 부모보다 먼저 죽으면 안 된다.'면서. 우리 오야붕, 얍삽한 장사꾼인 줄만 알았는데 그 말 듣고 눈물이 나오려고 하더라고. 나도 그 흉내 한번 내 봤어. 쥰페이 너, 죽으면 안 된다."

"그래, 고마워."

예상치 못한 선물에 쥰페이도 코끝이 찡했다. 그러고 보니 남에게 선물이라고는 받아 본 기억이 없다.

점퍼를 벗고 T셔츠 위에 조끼를 걸쳤다. 두 손으로 조끼 걸

면을 쓰다듬는데 주머니에 무언가가 들어 있다. 꺼내 보니 부적이었다.

"전에 이세 신궁에서 산 거여. 이왕이면 유명한 곳 부적이 효험이 있을 것 같아서."

"형제! 이렇게 이것저것 보살피다가 내가 잡히면 네가 귀찮아질 수도 있어."

"상관없어. 뭐하면 출두할 때 같이 가지, 뭐."

그러면서 신야는 자기 가슴을 두드렸다. 잠시 말없이 서로를 바라보다가 두 사람은 동시에 웃음을 터뜨렸다. 그때였다.

"야호! 기다렸지?"

가나와 리사가 고무공 튀듯 나타났다. 겨우 이틀 전에 알게 된 사이인데 왠지 동창생 같은 느낌이다. 두 사람 다 전과 다른 머리 모양과 옷차림이었다. 도대체 가부키초에서 어떤 이틀 밤을 보냈는지.

"뭐야, 뭐야."

신야가 흥분한다.

"언니들, 뭐야?"

"댁이야말로 누구세요?"

가나가 묻는다.

"나는 쥰페이의 형제, 신야."

"거짓말. ……그럼 그쪽도 야쿠자?"

리사가 방긋 웃으며 친한 친구라도 만난 듯 반가워한다.
"응. 세이와회 기지마파의 긴시초 담당."
"그래? 그럼 우리랑 친구 하자. 가나가 어제부터 어찌나 자랑하는지. 자기 야쿠자 보이프렌드 있다고 말이야."
"무슨 얘기여?"
"있잖아, 형제. 금요일 밤에 만나서 좀 논 사이야."
쥰페이의 설명에 신야는 "너 정말로 가부키초 스타구나!"라며 혀를 내두른다.
"그럼 그쪽도 총알?"
"아녀."
"뭐야, 게시판에 올리려고 했더니."
"참 내, 그건 또 무슨 얘기?"
"맞다, 게시판! 너희들 나를 안주 삼아 아주 신이 났더라."
쥰페이가 불만 섞인 투로 말한다. 지금 이 순간에도 게시판에서는 쥰페이 얘기가 오가고 있을 것이다.
"뭐, 어때. 하여간 가자. 요 옆에 있는 '판게아'라는 클럽에서 비밀 파티가 열리고 있어."
"웬 파티? 나는 클럽이라는 데는 한 번도 안 가 봤어."
"괜찮아. 상관없어. 그리고 비밀 파티라고는 해도 단골이면 누구나 들어갈 수 있어."
"너, 갈 거냐?"

신야가 쥰페이에게 묻는다.

"글쎄…… 가 볼까? 달리 할 일도 없는데."

쥰페이가 어깨를 으쓱하며 쑥스러운 미소를 짓는다.

"그럼 결정한 거다. 그런데 쥰페이, 안에 뭐 입었어?"

신야가 준 조끼를 입었다고 사실대로 알려 주자 가나는 일순 할 말을 잃은 듯 "응……." 하고 입을 오므리며 몇 번이고 쥰페이의 가슴을 두드려 댔다.

넷이서 걷기 시작했다. 사람들의 왕래가 적은 탓인지 골목에 부는 건조한 바람이 피부에 기분 좋게 와 닿는다.

"어머 쥰 짱, 잘 있었어?"

손님을 배웅하러 나와 있던 호스티스들이 말을 걸어왔다.

"그럼, 잘 있었지."

쥰페이는 그렇게 대답해 준다.

"쥰 짱, 오랜만."

여기저기서 호스티스들의 인사가 날아든다.

"어, 오랜만!"

턱을 내밀고 인사를 받는다.

"쥰 짱, 쥰 짱. 부탁할 게 좀 있어. 내일 가게로 와 줄 수 있어?"

마담 하나가 쥰페이의 팔을 붙잡는다.

"알았어, 갈게."

하는 수 없이 그렇게 대답한다.

"어, 쥰페이 군!"

"하이, 쥰페이!"

"쥰 짱, 안녕!"

일요일 밤인데도 인사를 건네 오는 사람들이 꽤 많다. 내일도 평소 같은 일상이 기다리고 있을 것만 같은 착각이 들었다.

"쥰페이, 정말 발 참 넓다!"

가나가 감탄하는 표정으로 말한다.

"대단해. 멋져!"

리사도 존경의 눈길로 쳐다본다.

신야는 말없이 쥰페이의 어깨에 손을 얹었다.

뭐야, 이거. 신이 위로라도 하는 건가.

쥰페이는 스스로를 빈정거리기라도 하듯, 속으로 그렇게 생각했다. 이 주말, 주위에 사람들이 들끓는다. 이렇게 사람들에게 위로받고 이렇게 사람들이 자신에게 의지해 오기는 처음이다. 인터넷에서까지 자신의 얘기가 떠돌고 있다. 여태까지는 내내 혼자였는데 말이다. 불량 친구들은 많았어도 의지할 친구는 없었다. 항상 허세를 부리고, 바보 취급 당하는 걸 두려워했었다.

왜 신은 인간의 성장 과정에 차별을 두는 걸까. 지금의 자신을 성장 과정 탓으로 돌릴 생각은 없지만, 좀 더 사랑받고 자랐다면 야쿠자가 되지는 않았을 것이다. 맨 마지막 순간에 이렇게 따스한 기분이 되니 솔직히 미련이 피어오른다. 세상은 의외로 살 만한 곳인지도 모른다. 그렇게 생각을 고쳐먹고 싶어졌다.

"어이, 쥰페이. 여자랑 가네. 젊어서 좋겠다!"

샌드위치맨이 말한다.

"쥰 짱, 오늘 쉬는 날? 그럼 놀러 와."

이번엔 호스티스

마치 퍼레이드 같다. 한 걸음 떼어놓을 때마다 누군가 나타나 말을 건다.

가나에게 이끌려 도착한 클럽은 코마 극장 바로 뒤편 지저분한 상가 건물 지하에 있었다. 전에는 라이브 쇼 하우스였음직한 장소다. 머리를 박박 민 덩치 커다란 흑인이 입구를 지키고 있었다. 그 옆을 지나쳐 가는데 영어로 뭐라고 떠든다.

"팁 달라고 그러는 거 같은데."

가나의 말에, 옥신각신하기 귀찮았던 쥰페이는 천 엔짜리 지폐 두 장을 쥐여 줬다.

계단 아래에는 로커가 있고, 젊은 야쿠자 하나가 서 있었다. 아무리 봐도 클럽과는 어울리지 않는 녀석이지만, 이 구역 담당일지도 몰라 일단 인사를 건넸다.

"하야다파의 사카모토입니다. 수고가 많습니다. 잠시 놀다 가겠습니다."

그러자 상대방이 놀란 표정으로 잠시 쥰페이를 보더니 "혹시 이런 일, 좀 알아요? 형님이 세금 거두는 업소라고 해서 보러 왔는데 도무지 적응이 안 되네."

그러면서 어깨를 으쓱했다.

그 옆에서는 분홍색 가발을 쓴 여자가 입장료를 받고 있었다. "얼마 내건 상관없어."라고 이해 못할 말을 하기에 쥰페이는 4명분으로 만 엔을 내밀고는 코인 로커에 짐을 넣었다.

안으로 들어가니 베이스의 중저음이 고막을 흔들고 마리화나 냄새가 진동한다. 붉은 조명 몇 개만이 켜진 어두컴컴한 실내는 암실을 연상시켰다. 금요일에 갔던 클럽과는 차원이 다른 느낌이다. 댄스 플로어에서는 젊은 남녀가 나른하게 몸을 흔들고 있고, 주위에 놓인 소파에서는 제각기 괴상한 자세로 서로 부둥켜안고 있다. 손님들은 대부분 신주쿠 일대에서는 좀처럼 보기 힘든 사이키델릭한 의상을 걸치고 있었다. 쥰페이와는 애초부터 문화권이 다른 것 같다. 입구에서 만났던 야쿠자가 곤혹스러워할 만도 했다.

음악도 도무지 종류를 알 수 없다. 아니, 음악이라 부를 수 있는지 어떤지도 모르겠다. 심장 고동 소리 같은 리듬이 쿵쿵 울리고, 거기에 전자음이 동맥처럼 얽혀든다. 마치 엄마 배

속에 있는 듯한 느낌이다.

멍하게 서 있다가 리사의 손에 이끌려 스테이지로 올라간 신야는 눈동냥을 하며 몸을 흔들기 시작했다. 쥰페이와 가나는 벽 쪽 카운터에 앉아 이름을 알 수 없는 칵테일을 마셨다.

"가서 마리화나 받아 올까? 화장실에 가면 나눠 주는데."

"나 이거 있어."

쥰페이가 주머니에서 비닐 봉투를 꺼내 흔들어 보였다.

"허! 그거 혹시 코카인이야?"

가나가 눈을 빛낸다.

"응, 아는 놈이 주더라고."

"와! 우리 하자."

가나가 카운터 안에 있는 남자를 손짓해 불렀다.

"여기요, C세트 좀 갖다 줘요!"

남자가 가져온 것을 보니 C세트란 검은색 플라스틱 받침과 자, 그리고 빨대였다. 일이 농담처럼 되어 가는 게 쥰페이는 재미있었다.

가나가 이끄는 대로 따라갔다. 플로어를 빠져나가자 어두운 복도가 나타나고, 거기에도 사람들이 넘쳐 나고 있었다. 다들 약을 한 모양이었다. 맨 구석에 놓인 긴 의자에 바둑이라도 두듯 마주 앉은 뒤 가운데에 플라스틱 받침을 놓았다.

"여기다 놔."

가나가 시키는 대로 쥰페이는 봉투를 찢어 하얀 가루를 털어 놓았다. 그러자 가나는 가루를 자로 능숙하게 이등분하더니 빨대를 내밀면서 먼저 하라고 권했다.

전에 딱 한 번 해 본 적이 있었다. 그 생각을 하며 빨대를 한 쪽 콧구멍에 끼우고 다른 쪽 콧구멍을 손가락으로 눌러 막고 단숨에 들이마셨다. 파우더 상태의 코카인이 콧구멍을 통과해 목까지 내려가더니 그 후로는 어디로 사라졌는지 느낌이 없다.

"그럼 나도."

가나가 같은 방법으로 코카인을 들이마셨다. 문득 시선이 느껴져 돌아보니 모르는 남자가 바닥에 앉아 두 사람을 쳐다보고 있었다.

"저기요, 엘은 필요 없어?"

딱 들으니 호모 음성이다.

"있어?"

가나가 묻는다.

"한 알에 5천 엔."

"비싸다."

"뭐야, 엘이라는 게?"

"LSD 말이야."

"좋아. 사 줄게."

어차피 다 쓰지도 못할 돈이다. 5만 엔어치를 샀다. 약국에서 파는 알약마냥 파라핀 종이에 한 알 한 알 싸여 있다.

"쥰페이, 지금 제정신이야?"

가나가 어이없어한다.

그 모습을 보고 있던 남녀 한 쌍이 우호적인 미소를 띠고 다가왔다. 그 얼굴에 "조금만 줘."라고 쓰여 있다.

"옜다, 서비스."

경찰에 붙잡혔을 때 마약 소지죄가 추가되는 것도 그렇고 해서 시원스럽게 나눠 줬다.

쥰페이는 처음 시도해 보는 약을 손바닥에 놓았다.

"있잖아, 처음에는 반 알만 먹는 게 좋아."

가나의 말에 약을 절반으로 쪼개 입에 넣고 옆에 있는 누구 건지 모를 맥주를 들이켰다.

"근데 쥰페이, 총알, 그만둘 생각 없어?"

"지금 장난해? 이제 와서 어떻게 그만둬. 나도 의지라는 게 있다고."

"후회할 것 같아서."

"안 해. 도망가면 더 후회할 거야. 이 세계는 말이지 한번 도망가 버리면 끝장이라고."

"흠, 그런가……."

가나가 입을 오므리며 천장을 올려다본다.

주위에 있던 사람들이 통로를 막고 둥그렇게 모여 앉았다. 화장실에 가는 데 방해되지만 거기에 불만을 터뜨리는 사람은 없고 오히려 유쾌해 보이기까지 한다. 처음 보는 사람들끼리 연인이나 형제처럼 어울리고 있다. 빨간 머리를 한 여자 하나가 비틀거리다가 쥰페이 위로 엎어지더니 그대로 무릎에 올라앉아 팔을 쥰페이의 목에 감는다.

"자기, 멋있네. 뭐 하는 사람?"

"야쿠자."

"아, 그래."

놀라지도 않고 대답하더니 키스를 해 왔다. 혀를 밀어 넣는다.

가나가 기분 나빠할 것 같아 돌아보니 그녀도 옆에 앉은 모델처럼 생긴 남자에게 기대어 황홀한 표정을 짓고 있다. 다른 남녀들도 통로를 점거한 채 서로 껴안고 있었다.

그때 쥰페이의 몸 안에서 코카인의 반응이 나타나기 시작했다. 일종의 쾌감이랄까. 시든 야채를 찬물에 담그면 순식간에 탱탱해지는, 그런 감각이다. 신경이 예리해지고 솜털이 곤두선다. 이런 상태라면 맥박조차 흩트리지 않고 권총을 쏠 수 있을 것만 같다.

마리화나가 여기저기 돌고 있었다. 누가 쥰페이에게도 건네기에 한입 빨고 옆으로 돌렸다. 지금 쥰페이는 각종 마약의 실험장이다. 별안간 기분이 이상해진다. 웃기 시작했다. 무릎 위 여자도 웃고 있다.

"형제, 이런 데서 뭘 하고 있나?"

신야와 리사가 나타났다. 쥰페이는 뭔가 말하려고 입을 벙긋거렸지만 사방으로 흩어진 말은 문장이 되지 않았다.

"할래? 너도. 줄게. 엘이라면."

그런 식으로 나온다.

가나가 신야에게 약을 건넸다. 신야와 리사가 그 약을 나눠 먹더니 어딘가로 사라졌다. 그걸 보며 잠시 웃고 있는데 몸 저 깊은 곳에서 마그마 덩어리 같은 것이 새로 솟아나 모든 감각을 한층 예리하게 만든다. 손으로 뺨을 쓰다듬자 모공의 존재까지 확실히 느껴진다. 시험 삼아 여자 머리카락을 만져 봤더니 한 올 한 올의 감촉이 손바닥으로 전해졌다. 이것이 LSD 환각 체험이라는 것인가.

#317. 가나입니다. 지금 쥰페이와 클럽에 있습니다. 최후의 밤을 즐기는 중이에요. 그는 방인 조끼라는 걸 입고 있어요. 앞으로 몇 시간 뒤면 결행의 시간을 맞습니다. 그만두라고 말려 봤지만 결심이 굳은 것 같아요. 무책임한 여자라고 생각하실지도 모르지만, 제가 남자라도 쥰페이처럼 할 것 같습니다. 제 직업은 사기 통신 판매 회사의 전화 담당으로, 파

견 근무이고 보람이라고는 없습니다. 여자니까, 결혼하면 일에서 벗어날 수 있으니까 무덤덤하게 하고 있을 뿐이죠. 하지만 남자라면 어떤 세계에서건 인정받아야 하잖아요. 쥰페이가 속한 세계는 특히 그게 중요한가 봅니다. 한번 도망가면 끝이다, 쥰페이는 그렇게 말합니다. 그가 무사하길 기도할 뿐입니다. by 가나.

#316. 있잖아, 가나라는 여자, 진짜 이상하지 않아? by 무명씨.

#317. 글쎄 말이야. 피해자 쪽은 안중에도 없고 영웅심에 젖어서 말이지. 자기중심적인 여자야. by 무명씨.

#318. 그보다 그 클럽 어디야? 알고 싶어. by 구경꾼.

#319. 가나 씨 얘기를 조금은 이해할 것 같아요. 지금의 세상은 성실하고 점잖은 인간만 짓밟힐 뿐입니다. 야쿠자끼리의 전쟁이고, 저는 일개 개미에 불과합니다만. by 나도 파견.

#320. 가나 씨, 저 지금 가부키초 맥도날드에 있습니다. 쥰페이 군과 만나 얘기하고 싶어요. 클럽이 어딘지 알려 주세

요. by 바다의 소녀.

#321. 정말로 가부키초예요? 다들 좀 침착해집시다. by 무명씨.

#322. 야쿠자를 상대로 청춘 놀음 하지 맙시다. by 무명씨.

#323. 방관자는 닥치고 있어. 저도 지금 막 가부키초에 도착했습니다. 맥도날드로 찾아가겠습니다. 제 복장은 감색 긴소매 T셔츠에 오렌지색 니트 모자입니다. 수색대를 지원하신 분들, 저를 보면 불러 주세요. by 아기 영웅.

#324. 그럼 나도 갈까? 집이 아사가야거든. by 3류 사립대생.

#325. 일요일 밤에 고생들 많으십니다. 다들 참 한가하군요. by 남국 boy.

#326. ↑ 그만 하고 꺼져. by 무명씨.

#327. 안녕, 준페이 님. 전직 야쿠자입니다. 댓글들 잘 읽

어 보고 있나요? 모두들 걱정하고 있습니다. 시험 사격을 해 보라든가 일부러 빗나가게 하라든가 하는 글들을 올렸지만 제가 진심으로 바라는 건 쥰페이 님이 손을 씻는 겁니다. 야쿠자에겐 미래가 없어요. by 트럭남, 샛별.

#328. 가나입니다. 쥰페이는 야위었고 머리는 올백이고 점퍼에 청바지, 부츠를 신고 있습니다. 저, 약에 취했습니다. 여기까지. by 가나.

빨간 머리 여자가 볼을 잡아당겨 눈을 뜨니 시력이 좋아지기라도 한 것처럼 모든 것이 선명하게 보인다. 그녀의 팔에 이끌려 일어선 쥰페이는 댄스 플로어 쪽으로 돌아갔다. 문을 연 순간 모든 소리가 알알이 살아나 몸에 부딪혀 온다. 무수히 많은 고무공이 날아다니는 가운데 서 있는 느낌이다. 그리고 거리감을 상실했다. 눈앞에 여자가 다가왔다 멀어졌다 한다. 또한 잔상이 길어져 시야 전체가 흔들리는 파도마냥 너울거린다.

색채가 선명하다. 암실 정도 밝기였던 붉은 조명이 아침 해처럼 눈부시게 빛나고, 춤추는 남녀의 의상이 만화경처럼 컬러풀하다. 허공에서 기하학적 문양이 춤을 춘다. 그게 뭔가 중요한 의미를 갖는 것처럼 보여 쥰페이는 손을 뻗어 잡으려

한다.

형언할 수 없는 행복감이 샘처럼 용솟음쳐 온몸을 가득 채웠다. 천국이 있다면 이런 것이리라. 불안이라고는 털끝만치도 없다.

카운터 안쪽에서 라운드셔츠 차림의 신야가 옥수수를 굽고 있었다. 즐거운 듯 하얀 이를 보이며 "형제, 너한테 줄 거야."라고 말한다. 가나와 리사는 손님들에게 옥수수를 나눠 주고 있다. 어느 틈엔가 플로어는 축제 마당이 되었다. 벽 쪽에는 포장마차가 늘어서 있다. 음악은 축제의 북소리다.

어린 남자아이가 보인다. 엄마 손을 잡고 있다. 자세히 바라보니 쥰페이와 엄마다. 엄마는 앞머리를 세우고 짙은 화장을 하고 몸매가 드러나는 원피스를 입었다. 버블 경제 시절 유행했던 디스코 패션이다. 쥰페이는 엄마의 진한 향수 냄새와 화려한 옷차림이 싫었다. 보육 시설에 찾아왔을 때도 언제나 엄마는 다른 엄마들과 어울리지 못하고 따로 떨어져 있었다. 사람들 앞에서 담배를 피우는 것도 싫었다. 술 취한 목소리로 늘 언짢은 듯 욕을 해 댔다.

그런 혐오의 감정이 지금은 없었다. 엄마라는 인간이 이해됐기 때문이다. 용서도 아니고 관용도 아니다. 굳이 말하자면 포기랄까. 쥰페이는 어른이 되면서 포기하는 법을 배웠다. 자신의 인생에 기대를 걸지 않기로 했다.

기둥에 기대어 담배를 피우는 남자가 있다. 다정한 눈으로 쥰페이를 보고 있다.

"어른 다 됐네."

아버지라는 걸 알았다. 아버지에 대한 기억은 거의 없지만 왠지 확신할 수 있다. 요란한 실크 셔츠 옷깃 사이로 잉어 문신이 들여다보인다. 엄마가 말해 준 적은 없지만 아무래도 아버지는 야쿠자였던 것 같다.

"나 조금 이따가 사람을 죽일 거야. 그리고 남자가 되어 다시 가부키초로 돌아올 거야."

소리가 되어 나왔는지는 의심스럽지만 하여간 쥰페이는 그렇게 말하고 아버지와 악수했다.

그 뒤에는 할아버지 할머니가 있었다. 역시 기억은 없지만 왠지 알 수 있다. 두 사람이 쥰페이 얼굴을 만지며 "훌륭한 사람이 되렴."이라고 말하고 미소짓는다. 가만 보니 사촌들이 주위를 둘러싸고 있다. 모두들 웃음 짓는다. "쥰페이, 쥰페이." 하고 말을 걸어온다. 친척이 이렇게 많았다니. 혈연 따위, 지금까지 생각해 본 적도 없다.

"쥰 짱, 쥰 짱."

그런 외침에 맞춰 손님들이 춤을 춘다.

다음 순간 눈앞에서 플래시가 터졌다. 눈앞의 광경이 빙빙 돌기 시작하더니 굉음과 함께 그 속도가 더욱 빨라진다. 아까 그 여자가 다가와 쥰페이의 손을 잡고 소파로 이끈다. 그리고 두 사람의 몸이 겹쳐졌다. 마치 제트코스터를 탄 것처럼 몸이 오르락내리락하는 것을 느낀다. 뇌가 두개골 속에서 좌우로 흔들린다. 위험을 느끼고 여자에게 매달린다. 여자도 필사적으로 쥰페이를 껴안는다.

플래시의 깜빡임이 한층 격렬해졌다. 팡. 팡. 눈앞이 새하얘진다. 이윽고 만화경 속에 빨려 들어간 듯 온갖 색채가 회전목마처럼 빠르게 돌아간다.

이번에는 성모 마리아상이 나타났다. 장엄한 성가가 흐르는 가운데 탑처럼 우뚝 솟아 있다. 어렸을 적, 교회가 운영하는 보호 시설에 잠깐 들어간 적이 있었다. 나이 든 신부가 남자아이들 성기를 주무르곤 했다. 그때 일이 생각났다. 그때는 무서워서 소리조차 지를 수 없었다. 그 신부는 이제 죽었을까. 살아 있다면 가서 죽여 버려야 한다.

무대가 반전된 것처럼 이번에는 교실이다. 중학생 때 담임이 서 있다.

"체육 수업 중에 ××군의 지갑이 없어졌습니다. 범인을 알고 있는 학생은 신고하세요."

차가운 표정으로 그렇게 말한다. 한 학생이 쥰페이를 돌아본다.

"나 아니야. 나 아니란 말이야! 왜 맨날 나만 가지고 그래.

나 아니란 말이야!"

있는 힘을 다해 외친다. 온몸의 피가 들끓고 피부에 핏줄이 불거진다. 좀 전까지의 행복감은 날아가 버리고 시야의 모든 것이 탁한 색으로 변한다.

눈앞이 빙그르 돌더니 이번에는 다리 밑이다. 생각난다. 히가시마쓰야마의 폭주족 시절, 사소한 일 때문에 개울가에서 린치를 당했다. 사이좋았던 친구가 선배의 지시로 쥰페이에게 돌을 던졌다.

"하지 마. 하지 말라고! 넌 내 친구잖아."

쥰페이의 외침은 바이크 엔진 소리에 묻히고, 선배들의 웃는 얼굴만 소용돌이친다.

그런 식으로 쥰페이는 기억 여행을 반복했다. 여기저기서 인연의 끈이 닿았던 사람들이 나타나 희로애락의 스위치를 난폭하게 눌러 댔다.

감정이 점점 부풀어 오른다. 터져 버린다. 다시 부풀어 올랐다가 터진다.

떨어진다. 솟아오른다. 떨어지고, 또 솟아오른다.

어지럽게 돌아가는 뇌 속의 스크린을 향해 쥰페이가 외치고, 외친다.

"너희들, 잘 들어. 나를 이 세상에서 지워 버리려 해도 그렇게는 안 돼. 나는 한없는 고통 속에서 번민하고 있을 때에도 있는 힘을 다해 생각하고 괴로움을 물리칠 거야. 때로는 악의적인 방해물이 나를 막아서고 때로는 거친 짐승에 물려 상처 입어도, 의지가 있는 한 나는 호흡을 계속하고 전진할 것이다. 태양이 아무리 눈부셔도, 구름이 아무리 두꺼워도, 바다가 아무리 거칠어도, 대지가 아무리 요동쳐도, 나의 심장은 계속해서 고동칠 것이고, 붉은 피는 계속 내 몸을 돌 것이다. 적에게 포위됐을 때는 고개 숙여 돌진하고, 배신을 당했을 때는 손에 칼을 들고 벨 것이다. 신은 없다. 부처도 없다. 있는 것이라고는 빙벽처럼 가로막고 선 비정한 파수꾼뿐이다. 내가 부르는 노래에 사랑은 없다. 자비도, 동정도, 용서도 없다. 있는 것이라고는 사막과 같이 말라 버린, 혹은 달빛 없는 밤처럼 용서 없는 운명뿐이다. 운명, 운명, 운명. 나를 기억하지 않아도 좋다. 다만 오늘 밤만은 나를 지켜봐 다오. 만져라. 느껴라. 말하라. 증오하라. 두려워하라. 무의미한 싸움. 1억분의 1. 벌레 같은 목숨. 하지만 살아 있다. 으아아. 빛을 향해 외친다. 으아아!"

정신을 차려 보니 오토바이를 밀며 가부키초를 걷고 있었다. 행인은 거의 없다. 네온사인도 대부분 꺼지고, 건조한 바람만이 골목길을 빠져나간다. 길고양이가 쓰레기통을 뒤지고 있다.

오토바이를 세우고 시계를 봤다. 오전 3시를 지나고 있었다. 곰곰이 생각해 봤다. 도대체 뭘 하고 있었단 말인가. 가나에게 이끌려 클럽에 간 것이 밤 9시. 바로 코카인을 흡입하고, LSD를 삼키고, 마리화나를 빨고……. 약 6시간 동안 정신을 잃었던 것이다.

주위를 둘러보았다. 가나도 리사도 신야도 없다. 어디서 헤어졌지. 클럽에서 헤어졌나. 몸을 살펴보니 배낭은 메고 있다. 급히 배낭 안을 뒤졌다. 권총은……, 들어 있다. 안도의 한숨을 크게 내쉬고 식은땀을 훔쳤다. 야구 점퍼 안에는 방인조끼를 입고 있다. 변한 건 없다.

위험한 상황이었다. 처음이라 감을 못 잡고 지나치게 많이 해 버린 것이다. 2시간만 그런 상태가 더 지속됐다면 임무도 수행하지 못하고 오야붕과 형님에게 큰 낭패를 안겨 줬을 것이다.

몸에도 이상은 없었다. 걸음걸이도 안정되고 비틀거리지 않는다. 아니, 힘이 넘쳐 나고 오감이 살아 있다. 공포심도 없다. 마약으로 얻은 행복감이 몸 어딘가에 스며들어 자신을 격려하고 있었다.

차분히 일을 처리할 수 있으리라는 확신이 들었다. 말없이 다가가 말을 걸고 눈앞에서 권총을 쏜다. 머릿속에서 일련의 행동이 하나의 이미지가 되어 떠올랐다.

메이지 거리에 오토바이를 세웠다. 현장에서 100미터쯤 떨어진 곳이다. 놈들이 쫓아올 걸 생각하면 이 정도 거리에서 따돌리는 게 좋을 거라는 판단이었다.

빠른 걸음으로 코인 세탁소로 갔다. 월요일 새벽 이런 시간에 이용객은 없을 것이라고 생각했다. 호모 고로도 어딘가에서 자고 있을 게 분명하다.

아스팔트가 깔린 골목길을 걷는데 고양이 몇 마리가 눈을 반짝이며 쥰페이를 쳐다본다.

코인 세탁소 근처까지 왔다. 그런데 세탁소에서 밝은 빛이 뿜어져 나오고 있었다. 착각인가. 그곳만 대낮처럼 밝다. 바로 앞까지 가서 세탁소 안을 들여다본 쥰페이는 자신의 눈을 의심했다. 안에 수십 명의 손님이 있었다. 무슨 일이지. 그런데 맨 앞에 있는 사람이 신야와 가나였다.

"어이, 혼자 간다고 하기에."

신야가 문을 열며 말했다.

"드디어 때가 됐네."

가나가 미소짓는다.

"너희들, 여긴 어떻게 알았어?"

쥰페이가 멍한 표정으로 물었다.

"뭐, 다 아는 수가 있지."

"나보다 앞질러 온 거야?"

"그래, 너 혼자 둘 수는 없잖아."

쥰페이는 일단 안으로 들어갔다. 앞이 보이지 않을 정도로 눈이 부셨다. 벽도 바닥도 천장도 전부 새하얘서 그 자체가 예술 작품 같다. 사람들은 모두 정육면체 하얀 상자에 앉아 있었다. 맨 앞은 니시오 영감이다. 걱정 가득한 눈으로 쥰페이를 바라보고 있다.

"어! 돌아간 거 아니야?"

"자네 걱정이 돼서 보러 왔지. 운 좋게 급소를 비껴가길 빌어."

"웃기지 마. 그런 실수 안 해."

"뭐, 좋아. 어쨌든 나는 그렇게 빌 거야."

그 옆에 하야다파의 안도가 있다.

"쥰페이, 아까는 미안했어. 신경 쓰지 마. 나, 네가 부러워서 그랬던 거야."

미안한 듯 한 손을 들며 말한다.

"네가 어떻게 여기에?"

눈이 휘둥그레진 채 바라보는데 뒤에서 조직의 형님들이 나서며 "사카모토, 부탁하네."라고 입을 모아 말하고 쥰페이의 어깨를 두드린다. 도대체 이건……. 당황하는데 오야붕까지 앞으로 나온다.

"사카모토, 뒷일은 걱정하지 않아도 돼."

그리고 부드러운 눈길로 바라본다. 쥰페이는 몸 둘 바를 몰라 차렷 자세를 취했다.

조직원들 중 마지막으로 기타지마가 천천히 걸어서 다가왔다.

"쥰페이, 나쁜 형을 용서해라. 너를 정말로 동생처럼 생각했어."

진지한 얼굴로 말한다.

"아닙니다. 저야말로 형님을 진짜 형처럼 생각하고 있습니다."

"그렇게 말해 주니 고맙다. 네가 나올 때까지 훌륭한 일가를 이뤄서 너를 2인자로 맞이하마."

"감사합니다."

눈물이 나왔다.

"쥰페이 형님."

또 다른 목소리가 들려 고개를 돌리니 히가시마쓰야마 폭주족 후배들이 서 있었다.

"저희들, 쥰페이 선배에게 뒤지지 않도록 앞으로도 정신 차려 열심히 하겠습니다."

"어, 그래."

"권총, 다시 한 번 멋지게 쏴 주십시오."

"알았어."

이번엔 어제 만났던 엄마가 주춤주춤 앞으로 걸어 나왔다.

"쥰페이, 미안. 아무것도 해 주지 못한 나쁜 엄마야."

어두운 표정으로 한숨짓는다.

"그렇지 않아요."

"아니야, 형편없는 엄마였어."

엄마는 쥰페이의 손을 잡더니 두 번 세 번 흔들었다.

쥰페이의 가슴에 다시금 행복감이 부풀어 오른다. 그건 갓난아기처럼 모두가 지켜 주고 있다는 안정감이다.

"이봐, 사카모토. 너, 부모님 잘 모셔야 해. 뭘 하려는지는 모르지만, 부모님 눈에서 눈물 나게 하면 안 돼."

쉰 목소리를 낸 건 신주쿠 경찰서 야마다였다. 이 아저씨까지…….

"쥰 짱, 여러 가지로 고마웠어. 다들 고마워하고 있어."

캐서린이다. 뒤에는 댄서들이 줄지어 있었다. 하지만 가오리는 없다. 그건 이루지 못할 꿈인가.

모두가 쥰페이를 둘러쌌다.

"쥰페이."

"쥰페이 짱."

"쥰페이 군."

소리가 귀 주위를 맴돌며 메아리친다. 벽의 흰색이 너무 눈부셔 사람들의 얼굴이 잘 보이지 않았다. 그리고 얼굴들은 물에 녹듯 하나씩 사라져 갔다.

갑자기 어두워졌다. 새하얗던 벽이 청백색 탁한 빛을 띠었다. 대롱대롱 매달린 형광등의 깜빡거림만이 어슴푸레하게 실내를 비추고 있다. 현기증이 일어 의자에 주저앉았다.

"쥰페이."

다시 소리가 들렸다. 이번에는 현실 같다. 누군가가 어깨를 두드려 올려다보니 고로다. 코인 세탁소 안에는 고로와 자신뿐이다.

"무슨 일이야? 즐거워 보이던데."

"그래? 즐거워 보였어?"

"응, 웃던데."

"내가 웃었나?"

바닥을 기어가는 바퀴벌레의 날개가 검게 빛난다. 밟으려 하자 재빨리 세탁기 밑으로 도망가 버렸다.

"고로, 오늘 손님 좀 받았어?"

"아니, 못 받았어."

"그래, 그런 날도 있구나."

시계를 봤다. 슬슬 도박장이 문을 닫을 시각이다.

휴대 전화를 처분하라는 명령이 생각나 주머니에서 꺼냈다. 마지막으로 인터넷에 접속해 자신에 대해 토론하고 있을 게시판을 봤다. 또 댓글이 늘어 있었다.

#433. 드디어 때가 됐군. 쥰페이 군은 각오를 굳혔을까. 신문 기사, 기대하고 있어. 재판도 보러 갈게. by 무명씨.

#434. 가부키초라는 게 상당히 넓군. 죽어라 헤매도 찾을 수가 없어. 지쳤어요. 이제 그만두겠습니다. by 영웅 아기.

#435. 무작정 헤매고 돌아다녔습니다. 결국 5명이 모였어요. 모두 좋은 사람이었습니다. 하지만 쥰페이 군을 찾을 수가 없네. 분해요. 저의 무력함을 실감합니다. by 바다의 소녀.

#436. 쥰페이 군, 아직 늦지 않았어. 그만두게. 사람을 죽이는 게 아냐. by 현인.

#437. 쥰페이 군, 나도 21살이에요. 무사하길 기도하고 있습니다. by 하나코.

#438. 쥰페이, 마지막 부탁이다. 생각을 바꿔. by 무명씨.

#439. 다들 이제 잡시다. 이상하잖아. 이런 시간까지. by 무명씨.

#440. 너야말로 이상하다. by 남국 boy.

"흥."

휴대 전화를 쓰레기통에 던져 버렸다.

그때 링컨의 묵직한 엔진 소리가 들리더니 바로 앞에 와서 섰다. 젊은 놈이 조수석에서 내려 건물 안으로 들어갔다. 운전사도 차에서 내려 담배에 불을 붙인다.

쥰페이는 배낭에서 권총을 꺼냈다. 안전장치를 풀어 점퍼 품에 집어넣었다.

"쥰페이 군……."

고로가 말을 잇지 못했다.

"잘 있어."

쥰페이의 인사하는 목소리가 갈라졌다.

자리에서 일어서는 순간 빌딩에서 사람이 나왔다. 운전사가 허리를 굽혀 인사한다. 타깃이다. 이마 언저리를 보고 확신했다. 틀림없다.

코인 세탁소 문을 열었다. 사람 그림자에 야쿠자들이 힐끔 쳐다본다.

"이야!"

쥰페이의 외침이 고요한 새벽 거리에 메아리쳤다.

바닥을 박차고 올라 총을 겨눴다. 남자들이 움찔하며 몸을 피한다.

쥰페이는 방아쇠를 당겼다.

#456. 어느덧 아침이군요. 쥰페이 군 걱정에 한숨도 못 잤습니다. 그의 이름이 신문에 나오면 같은 세대로서 우리들은 어느 정도 책임을 느낄 겁니다. by girl A.

#457. 왜 책임감을 느껴야 하지요? 도대체 모르겠네. by 무명씨.

#458. 다들 이걸로 시간 잘 때웠으면 그만이잖아? by 교섭인.

#459. 이런 시간에 댓글 달고 있는 걸 보면 아시겠지만, 저는 무직의 은둔형 외톨이에 가깝습니다. 쥰페이 군이 어떻게 됐는지는 모르지만, 진심으로 걱정해 주는 사람이 많아 조금 감동받았습니다. 개중에는 재미 삼아 무책임한 말을 해 대는 사람도 있었지만, 생판 모르는 타인이라면 무관심한 게 보통입니다. 설사 욕일지라도 열렬히 해 댔다는 것은 누군가와 인연을 맺고 싶어 하기 때문이라고 생각합니다. 이런 거, 왠지 좋지 않습니까? 저도 도쿄와 가까웠다면 가부키초로 달려가고 싶었습니다. 쥰페이 군, 무사하길. by 무명씨.

#460. 아, 졸려. 나 잘래. by 남국 boy.